meu Príncipe Feroz

CB041865

SCARLETT SCOTT

TRADUÇÃO DE SANDRA MARTHA DOLINSKY

meu Príncipe Feroz

CONFRARIA DOS CANALHAS • LIVRO 2

COPYRIGHT © FARO EDITORIAL, 2024

COPYRIGHT © 2023. HER DANGEROUS BEAST BY SCARLETT SCOTT

Todos os direitos reservados.

Nenhuma parte deste livro pode ser reproduzida sob quaisquer meios existentes sem autorização por escrito do editor.

Diretor editorial **PEDRO ALMEIDA**

Coordenação editorial **CARLA SACRATO**

Assistente editorial **LETÍCIA CANEVER**

Preparação **NATHÁLIA RONDAN**

Revisão **BARBARA PARENTE e THAÍS ENTRIEL**

Diagramação **VANESSA S. MARINE**

Imagens de capa e miolo **@morico ©grape_vein | AdobeStock**

Dados Internacionais de Catalogação na Publicação (CIP)
Jéssica de Oliveira Molinari CRB-8/9852

Scott, Scarlett
    Meu príncipe feroz / Scarlett Scott ; tradução de Sandra Martha Dolinsky. — São Paulo : Faro Editorial, 2024.
    224 p. (Coleção Confraria dos Canalhas ; vol 2)

    ISBN 978-65-5957-680-7
    Título original: Her Dangerous Beast

    1. Ficção norte-americana I. Título II. Dolinsky, Sandra Martha III. Série

    24-3894   CDD 813

Índices para catálogo sistemático:
1. Ficção norte-americana

FARO EDITORIAL

1ª edição brasileira: 2024

Direitos de edição em língua portuguesa, para o Brasil, adquiridos por FARO EDITORIAL

Avenida Andrômeda, 885 – Sala 310

Alphaville — Barueri — SP — Brasil

CEP: 06473-000

www.faroeditorial.com.br

✖

À minha irmã, com amor

✖

CAPÍTULO 1

Pela fresta da porta entreaberta, Theo viu dedos de pés.

Não cobertos por meias ou pantufas, mas nus, iluminados pelo brilho evanescente da luz da tarde e por um par de velas. Contra sua vontade, essa falta de decoro o intrigou. Ele se aproximou mais um passo, em silêncio, e foi recompensado pela visão de tornozelos elegantes e bem torneados, cruzados por baixo da bainha de um vestido rosa e branco, fazendo-o recordar que ele era um homem pela primeira vez em…

Em muito tempo.

Ele deveria se virar e deixar aqueles lindos tornozelos e pés em paz. A Hunt House era ampla, e ele passara as últimas horas se familiarizando com cada canto, de cima a baixo. Mesmo assim, ainda tinha cômodos a inspecionar.

Porém, em vez de sair, Theo ficou rodeando a soleira do salão do duque de Ridgely, como se suas botas estivessem grudadas no tapete Axminster sob seus pés. Em outras circunstâncias, poderia ter jurado que havia imaginado aquela visão inesperada. Mas a ouviu falando sozinha, murmurando algo ininteligível, e soube que ela era real.

Quem era ela?

Quem se atreveria a passear descalça por ali, ocupar o divã do duque, acender suas velas? Ela não usava o traje convencional de uma criada. Havia apenas duas outras mulheres na residência, além das domésticas. Uma era a pupila do duque, e a outra, sua irmã. Não eram mulheres que Theo deveria ficar admirando. Ele estava sendo pago, e muito bem, para proteger a casa do duque em Londres, não para flertar com suas mulheres.

Theo pigarreou, anunciando sua presença.

Um suspiro feminino ecoou e os pés e tornozelos desapareceram.

Que pena…

Ele preferia continuar os apreciando.

— Quem está aí? — perguntou a dona dos tornozelos e pés.

A elocução incisiva, nítida e perfeita, apesar de um toque de ansiedade, era agradável como uma carícia calorosa. Ele passara em Londres a maior parte dos anos, desde seu exílio, e já admirava a língua inglesa com todos os seus sotaques peculiares, tão diferentes de seu idioma nativo. Porém, havia algo naquela voz, naquela estranha mistura de formalidade e rouquidão, que o impressionou. Soava como um banho quente depois de um dia inteiro cavalgando.

— Um dos guardas, milady — respondeu ele com frieza, reprimindo a reação indesejada.

Theo apoiou a palma da mão na porta e a empurrou, permitindo-se dar um passo além da soleira. Estava acostumado com as regras da alta sociedade de Londres; era impróprio para um homem ficar sozinho com uma dama a quem não houvesse sido apresentado. Mas, no momento, ele não dava a mínima para as convenções. Estava sempre atento ao motivo de sua presença na Hunt House.

Um assassino tentara matar o duque enquanto ele dormia, nas primeiras horas da manhã.

Contudo, no instante em que a viu por inteiro, sua mente ficou vazia como um céu noturno sem estrelas. Ele esqueceu a razão pela qual estava ali — inferno, esqueceu até mesmo seu nome. Pois ela era indescritivelmente adorável.

De pé ao lado do divã que havia ocupado até momentos antes, ela segurava diante de si uma pasta de couro, como se fosse um escudo. Era dotada de uma beleza clássica que lembrava as antigas deusas retratadas nas esculturas de mármore da terra natal dele. O cabelo dourado dela era brilhante, da mesma cor dos campos de trigo ondulantes que ele se recordava da juventude na Boritânia.

— Um guarda? — repetiu a dama, de olhos arregalados e tom cauteloso, olhando ao redor.

Com certa diversão, o guarda se perguntou se ela estaria procurando um objeto que pudesse ser usado como arma contra ele. Algum castiçal com que o acertar.

— Um dos guardas contratados por Vossa Senhoria — acrescentou ele, pois não sabia quanto o duque havia revelado às mulheres sobre o perigo que o cercava.

A julgar pela confusão dela, ele nada disse da necessidade de contratar proteção.

Theo ofereceu uma reverência tardia da maneira mais elegante que pôde, visto que portava uma pequena pistola, duas facas e correntes. Lembretes de que aquela não era uma visita social; seus dias de cortesão haviam ficado para trás fazia muito tempo. Agora, ele era um mercenário, feliz por viver livre do peso esmagador do dever e da obrigação.

Dono de si mesmo; sem as restrições do passado, se não na mente, pelo menos no corpo.

— Por que Ridgely teria contratado guardas? — perguntou ela. — Tem algo a ver com o intruso que caiu da escada ontem à noite? E por que não fui informada? Não me falaram de tal alteração na rotina da casa, e sou irmã de Vossa Senhoria.

Ah, ali estava a resposta acerca da identidade daquela deusa misteriosa. Não era a pupila do duque, então, e sim a marquesa viúva, Lady Deering.

— Pelo que me consta, é por precaução — replicou Theo. — Quanto ao resto, não saberia lhe dizer, milady.

Ela estreitou os olhos para o guarda, que sentiu a intensidade daquele olhar em seu âmago. Eram azuis, percebeu. O azul profundo e escuro do mar iluminado pela lua.

— Qual é seu nome, senhor? — perguntou ela.

Ele permaneceu como estava, sério e sisudo.

— Costumam me chamar de Fera.

Era um nome que ele conquistara, ao contrário de Theodoric Augustus St. George, sua odiada denominação de nascença.

— Fera — repetiu ela, em um tom impregnado de descrença.

Ele inclinou a cabeça.

— Sim, milady. Fera.

— Não entendo onde Ridgely estava com a cabeça ao convidar um canalha assim à Hunt House.

Sua voz denotava o frio do mais rigoroso inverno. Mas ela não estava equivocada. Ele *era* um canalha.

— Não caberia a mim adivinhar os pensamentos de Vossa Senhoria — disse ele com simplicidade e humildade, ciente do homem que era agora.

A arrogância de Lady Deering o fez desejar, por um breve e fugaz momento, poder lhe dizer quem ele realmente era. Ou melhor, quem havia sido, em um passado tão distante que parecia outra vida. Mas então se lembrou de todos os motivos pelos quais havia deixado aquele mundo para trás, dos perigos que estavam sempre à espreita, e o impulso logo desapareceu.

— Por que está vagando por aí e entrando nos aposentos sem ser anunciado? — Lady Deering exigiu saber.

As suspeitas dela quase o divertiam. Mas a leviandade nunca apeteceu nem a Fera, nem a Theo.

— Fui encarregado de proteger a Hunt House e seus ocupantes — respondeu ele simplesmente. — Não posso fazê-lo se não inspecionar os aposentos e me familiarizar com a planta da casa.

Ela estava séria, com a expressão desconfiada.

— De onde o senhor é?

Ele mantinha a expressão cuidadosamente indecifrável.

— Londres.

Ela ergueu o queixo.

— Antes de Londres. Seu sotaque não me é familiar.

Ninguém notava seu sotaque fazia anos. Ele achava que havia perdido todos os vestígios de sua língua materna. O fato de aquela mulher ter detectado indícios de seu passado o fez hesitar.

— Londres — repetiu ele, sem se deixar abalar.

Ela inclinou a cabeça, avaliando-o de uma maneira desconcertante, que o fez sentir como se ela o visse intimamente, sondasse sua alma em busca de seus muitos segredos obscuros.

— Por que está mentindo?

Porque era necessário. Porque mentir sobre quem era já se tornara instintivo, como respirar. Mas ele não iria contar — não poderia contar — nada disso a ela.

Theo se curvou mais uma vez sem responder à pergunta dela.

— Não me atrevo a me demorar mais. Se me der licença, milady, devo continuar com minha tarefa. Tenha um bom dia.

— Você não me respondeu — ressaltou ela.

Ele já tinha dado meia-volta e estava recuando, segurando a língua. A verdade não serviria de nada a nenhum dos dois.

— Espere! — exclamou ela. — Não vá ainda.

E, por ser um tolo, ele parou, olhando para ela por cima do ombro. A luz do sol se refletia nos cabelos dela, conferindo-lhe um brilho etéreo. Ele nunca tinha visto uma mulher tão bela e tentadora como a marquesa de Deering, descalça às três e meia da tarde. Theo teve a desoladora sensação de que, de todos os perigos que enfrentaria na função de guarda-costas da Hunt House, nenhum se compararia ao calor enlouquecedor que corria por dentro dele neste momento, ao perigo inegável de desejar uma mulher que lhe era proibida.

Ele cerrou a mandíbula, tentando controlar um desejo que não tinha o direito de alimentar.

— Pois não, milady. Tenho meu dever a cumprir.

Ele já havia tido muito mais deveres. Vastos deveres para com seu reino, sua família, seu povo. O suficiente para uma eternidade. Mas se livrara de todos quando fora banido do solo boritano. Apesar da crueldade daquela despedida e de tudo que acontecera antes dela, ele se via pensando nisso agora, diante de uma linda estranha. Pelo fogo do inferno, o que havia naquela mulher que o despojava tanto de suas defesas, que fazia sua mente viajar de volta àqueles anos perdidos? Seria nada mais que o dourado em seus cabelos, lembrando-lhe dos campos ondulantes de trigo que conhecera?

— Que tipo de nome é Fera? — perguntou ela, inclinando a cabeça, com a curiosidade cintilando nos olhos brilhantes.

Lady Deering era ousada. Ele gostava disso. Algo nela lhe parecia familiar e o atraía. Não era só luxúria, e sim uma necessidade muito mais forte. Mais profunda. Dessas que um homem sente até a medula. Havia uma palavra para essa conexão em sua língua materna; ele não conhecia uma equivalente no idioma comum. Talvez não existisse. Mas isso pouco importava.

— É o nome de um homem que não tem muito a perder — retrucou ele com sinceridade.

Tudo de valor que ele já possuíra lhe havia sido tirado. O dinheiro que tinha agora era ganho, não herdado.

Ela franziu a testa, com uma expressão mais suave e certa sombra de tristeza nos olhos que lembravam o mar iluminado pelo luar.

— Sei o que é perder tudo...

O que aquela adorável deusa abrigada nessa mansão em Mayfair havia perdido?

Theo notou que queria saber. Ficou estranhamente comovido ante a declaração dela, ante a melancolia que exalava. Por um lado, ele queria ficar; arriscar-se.

Tocar.

Mas, em vez disso, ele apenas se curvou.

— Sinto muito, milady.

E então ele se despediu, e prosseguiu da maneira como sabia que deveria continuar, sem pertencer a lugar nenhum nem a ninguém.

Com o coração disparado, Pamela ficou observando aquele homem misterioso chamado Fera desaparecer no corredor, tão silenciosamente quanto havia chegado. Ele a pegara de robe, com os pés despojados de calçados e meias. Era um hábito antigo evitar os trajes de gala mais restritivos, a menos que fosse sair de casa. Um hábito que deveria ter abandonado. Ela se sentia envergonhada por ter sido pega daquele jeito, tão desprovida do polimento habitual. Mas não só por isso. Pamela segurava seu caderno de desenho com tanta força que seus dedos doíam. Ficara muito abalada com a intrusão inesperada. Abalada pela violenta agitação da noite anterior.

Mas também ficara abalada pelo próprio intruso.

Quem era ele?

Era realmente um guarda, como afirmava?

E se fosse outro invasor? Nas primeiras horas da manhã, um homem entrara na Hunt House com a intenção de roubar, enquanto a família dormia. Mas encontrara um fim sombrio na escadaria de pedra, ao se desequilibrar quando o duque de Ridgely o perseguia. O homem quebrara o pescoço.

Um arrepio percorreu a espinha de Pamela, o pavor se espalhou por seu ventre. Se aquele Fera fosse um canalha que queria se aproveitar da inegável riqueza que Ridgely possuía, certamente ele não teria conduzido uma conversa educada com ela pouco antes. Com toda a certeza, não teria aparecido à luz do dia, ousado como qualquer outro homem que tivesse a permissão para estar dentro das imensas muralhas da Hunt House.

Ela franziu o cenho. A menos que ele estivesse se passando por guarda para se familiarizar mais com a casa e evitar o infeliz destino do último ladrão. Nesse caso, conviria a ele querer tranquilizá-la com uma falsa sensação de conforto. Se ela houvesse gritado, a casa inteira teria ido até eles.

Uma apreensão a dominou, junto com outra coisa de que ela não gostou. Algo que ela odiava, na verdade: a consciência daquele estranho, daquele Fera, como homem. Pamela começou a apagar os candelabros depressa e saiu apressada do salão.

Enquanto voltava correndo para seu quarto para vestir meias e calçar sapatos, mais perguntas surgiram. Ridgely não a teria informado sobre a contratação de um guarda? Nos últimos quatro anos, desde que a morte do marido a deixara, mais uma vez, à mercê da caridade da família, Pamela supervisionava a Hunt House. Primeiro por seu pai, e em seguida, após a morte deste e de seus dois irmãos mais velhos, Bartholomew e Matthew, por seu irmão Trevor, agora duque de Ridgely. A mãe preferia a residência rural em Ridgely Hall, longe daquela monstruosidade pomposa de Londres onde o marido muitas vezes instalara suas amantes. Sem dúvida alguém — a governanta, sra. Bell, ou o mordomo, Ames, ou o próprio Ridgely — poderia ter mencionado a presença de um homem chamado Fera.

Quando Pamela terminou de se vestir e saiu do quarto, estava determinada a encontrar Ridgely para confirmar suas suspeitas. Tinha certeza de que teria sido informada disso. Ela e o irmão eram próximos; conversavam todos os dias. Ridgely era... irritante, mas não guardava segredos. Não como este: um homem estranho rondando pela casa.

Não; aquele intruso indecentemente bonito, com olhos magníficos e ar autoritário, estava mentindo. Houvera alguns momentos de tensão entre eles, durante os quais ela se vira sob o domínio dele; impressionada com suas feições, muito diferentes das dos cavalheiros que conhecia. E com os mistérios da voz rouca e o leve sotaque.

Agora, no entanto, havia se libertado do feitiço. Não era tola e não permitiria que aquele suposto Fera a tratasse como tal. Chegou ao escritório do irmão e bateu à porta. Não houve resposta, e uma espiada no interior revelou que estava vazio e envolto nas sombras do fim da tarde. Pamela estava passando pela biblioteca quando gritos suspeitos provenientes de seu interior chamaram sua atenção e a deixaram ainda mais preocupada. Eram gritos femininos. Gritos assustadoramente parecidos com os da pupila de Ridgely, Lady Virtue Walcot.

Se aquele infame Fera estivesse lá dentro fazendo mal a Lady Virtue, Pamela nunca se perdoaria por demorar tanto para colocar meias e sapatos. Apressada, ela abriu a porta, e descobriu que o homem deitado em cima de uma forma feminina familiar, no divã clássico da biblioteca, não era Fera.

Era o próprio irmão.

E ele estava... ah, meu deus. Ela ofegou. Não havia razão para Ridgely estar tão intimamente próximo de sua pupila, exceto uma. O choque e a indignação predominaram. Pamela cruzou a soleira, sentindo-se como uma mãe galinha que acabara de pegar uma raposa tentando devorar um de seus pintinhos inocentes.

— Ridgely, o que foi que você *fez*? — perguntou.

Ela teve a presença de espírito de fechar discretamente a porta da biblioteca para afastar ouvidos curiosos e olhares errantes dos criados. Lady Virtue estava tentando arranjar um marido, e qualquer ameaça de escândalo seria desastrosa para ela. Ridgely sabia disso e ainda assim ousara se comportar de maneira tão flagrante. Ah, ela queria estapeá-lo por isso!

— Por deus, Pamela — murmurou o irmão. — O que está fazendo aqui?

— Procurando você — retrucou ela, furiosa com ele por aquela escandalosa demonstração de luxúria. — Mas não o encontrei rápido o suficiente, a julgar pelas aparências.

Ridgely estava todo amarrotado, devasso, com as maçãs do rosto tingidas de vermelho. Lady Virtue estava corada, com o vestido levantado até a cintura, e Pamela desviou os olhos rápido antes de ver algo que não queria ver.

— Inferno — disse o irmão, o que, sem dúvida, não era uma explicação nem uma defesa.

Ora, como poderia justificar estar sobre sua protegida inocente, cujas saias estavam levantadas, com o rosto enterrado em seu corpete?

— Sua linguagem é tão deplorável quanto sua capacidade de se controlar, Ridgely — acusou Pamela, com a esperança de ter interrompido aquilo antes que todos os limites tivessem sido ultrapassados.

Se Ridgely houvesse ido longe demais com Virtue, ele mesmo teria que se casar com ela. E Pamela sabia que o irmão libertino não tinha intenção de se casar com ninguém, muito menos com sua pupila.

Ainda cobrindo o rosto com a lateral da mão e desviando o olhar, Pamela acrescentou:

— Virtue, recomponha-se, por favor, e depois a levarei a seu quarto. Ridgely e eu precisamos conversar.

— Precisamos? — perguntou Ridgely, irônico.

Em se tratando dele, Pamela não tinha compaixão. Estava preocupada com aquele homem chamado Fera vagando pelos corredores, mas naquele momento, tinha problemas muito maiores do que a presença de outro possível invasor. E não estava com humor para achar graça naquilo.

— Sim — disse ela, resoluta. — Precisamos.

O farfalhar de tecidos a fez entender que Virtue havia se levantado do divã clássico e por fim se aproximava. Pamela fitou a garota com um olhar penetrante de desaprovação.

— Venha comigo, milady.

E lançando um olhar furioso para o irmão, acrescentou:

— Voltarei para conversar com você.

Em um silêncio tenso, ela conduziu Lady Virtue biblioteca afora. Não falaram até chegar à santidade do quarto da jovem, onde ninguém poderia ouvi-las. Pamela simplesmente não podia permitir que os ventos do escândalo soprassem na direção de sua protegida. Se qualquer indício da conduta de Ridgely chegasse aos ouvidos de outras pessoas, ela estremecia só de pensar nas consequências para todos eles.

— Quer me explicar o que aconteceu na biblioteca? — perguntou em voz baixa, sabendo que não deveria permitir que a fúria em relação ao inconsequente Ridgely maculasse sua voz.

— Eu...

Virtue mordeu o lábio; seu adorável semblante era uma combinação de incerteza e constrangimento.

Seu coque de cabelos escuros parecia ter sido solto por mãos experientes. Graças a deus não haviam passado por ninguém nos corredores, pois Virtue estava em total desalinho. Qualquer um que a visse saberia o que havia acontecido quando ficara sozinha com Ridgely na biblioteca.

— Não precisa dizer nada — acrescentou Pamela, com um suspiro pesaroso. — Estou vendo muito bem o que aconteceu. Ridgely é um libertino, minha cara. Você nunca deve ficar sozinha com ele. Se o fizer, as consequências poderão ser muito maiores do que pode imaginar.

Ah, sim! Quando estivesse sozinha com seu irmão, Pamela definitivamente lhe estapearia.

Lady Virtue apertou os lábios.

— Não vai acontecer de novo, Lady Deering. Eu prometo.

— Não a culpo pelo que aconteceu — Pamela sentiu necessidade de explicar, pois realmente se preocupava com ela.

Lady Virtue tinha vinte anos e fora abandonada pelo pai, que morrera e a deixara aos cuidados de Ridgely. E seu irmão, sem sombra de dúvida, não queria assumir a responsabilidade.

— Ridgely deveria ter se controlado. Vou falar com ele agora.

Pamela estava tão furiosa com o irmão, que não sabia se conseguiria ter uma conversa calma e educada com ele. Era muito provável que não.

CAPÍTULO 2

Ela encontrou o irmão no escritório, parecendo completamente tomado pela culpa e com um copo vazio de conhaque na mão, como se o álcool pudesse servir de penitência para o que havia feito.

Ele lhe ofereceu uma reverência exagerada.

— Pamela.

Ela não retribuiu; cruzou os braços, encarando-o intensamente enquanto o observava encher o copo.

— Vai me contar o que aconteceu, ou terei que adivinhar?

Ridgely ergueu o copo para ela em um brinde debochado.

— Preciso dar detalhes?

Decididamente, Pamela não gostou da tentativa dele de fazer graça.

— Ridgely.

O irmão tomou um gole de conhaque e depois suspirou, subitamente cansado, mais do que seus 31 anos de idade justificariam.

— Depois que os guardas assumiram os postos, fui até a biblioteca e adormeci.

Guardas.

No mesmo instante, essa palavra fez surgir na mente dela um par de olhos castanhos atraentes, uma boca pecaminosamente esculpida e uma voz profunda, com um leve sotaque que ela não pôde deixar de considerar intrigante. Mas não; ela tinha um assunto mais importante para discutir antes de perguntar ao irmão sobre *ele*, o Fera.

— Isso não explica como foi parar em cima de Lady Virtue no divã — apontou ela, esforçando-se para falar em voz baixa.

Ela esperava que o irmão esclarecesse por que havia tomado tais liberdades com sua pupila. Por que havia sido tolo a ponto de fazê-lo, ainda mais em um divã clássico, à tarde, onde qualquer um poderia tê-los encontrado? Mas Ridgely parecia perdido em pensamentos, tomando seu conhaque com ar contemplativo. Se pensasse de forma objetiva, podia ver por que uma jovem tão ingênua como Lady Virtue se sentiria tentada por um homem com a experiência do irmão. Todas as mulheres de Londres desmaiavam por causa de sua aparência, seus cabelos escuros, e provavelmente ele havia levado metade delas para sua cama.

O que só servia para tornar sua conduta ainda mais grave.

— Não tem nada a dizer? — perguntou ela, frustrada e furiosa além da conta.

— Esqueci completamente a sua pergunta.

Mais alguns passos e ele estaria perto o suficiente para ser estapeado.

— Minha pergunta — repetiu ela, ríspida — foi o que aconteceu entre você e Lady Virtue na biblioteca.

— Ela ainda é virgem, se é isso que quer saber — afirmou ele com ar indolente, como se não se importasse.

E talvez não se importasse mesmo. Ele era um homem, afinal.

Ela sentiu seu rosto esquentar, a raiva tomar conta de seu ser.

— *Não* foi o que eu perguntei, embora esteja satisfeita por ouvir isso. Deus do céu, Ridgely, isso foi demais até mesmo para você.

— Bem, permita-me livrá-la de qualquer preocupação quanto a isso — disse ele, com um gesto de desdém e um sorriso autodepreciativo.

— Há quanto tempo isso vem acontecendo? — perguntou Pamela entre dentes. — Vem abusando da moça durante toda a estadia dela na Hunt House, bem debaixo de meu nariz?

— Tais assuntos são delicados e exigem privacidade — respondeu ele. — Eu jamais sonharia em abusar de minha tutelada debaixo de seu nariz, Pamela. Que tipo de canalha acha que sou?

— Pare de deboche! — gritou ela e a voz ecoou pelo aposento cavernoso. — Como ousa escarnecer disso, Ridgely? Acaso é tão insensível e frio, não tem consciência? Não se sente mal pelo que fez a Lady Virtue?

— Não estou escarnecendo, irmã querida — disse ele, mudando de tom. — Estou perfeitamente calmo. Você, por outro lado, está fazendo um espetáculo.

Como ele ousava acusá-la dessa maneira depois do que acabara de fazer? Quanta arrogância! Ela queria arremessar alguma coisa, qualquer coisa, na cabeça dele!

Pamela avançou, pronta para travar uma guerra.

— Quanto tempo, maldição? Quantas vezes você se aproveitou dela? Eu a adverti contra os perigos que os pretendentes poderiam fazer à reputação dela, mas nunca imaginei que o maior perigo estaria aqui, em sua própria casa.

— Foi um erro — disse ele com frieza. — E não vai acontecer de novo. Isso é tudo que você precisa saber.

— Eu sou a dama de companhia dela. Pense no dano que causaria não só a Lady Virtue, mas a mim, se isso acabasse se tornando alvo de fofocas e se comentassem por aí que o próprio tutor a desencaminhara, debaixo de meu nariz!

Pamela jogou as mãos para cima em desespero e depois olhou em volta, procurando um objeto. Qualquer objeto. O tinteiro na escrivaninha dele serviria, decidiu, antes de pegá-lo e lançá-lo na lareira. Ele se espatifou, espalhando tinta pelos tijolos. A violência da ação amenizou um pouco sua frustração, mas logo a fez se lembrar da última vez em que perdera a paciência e do que lhe custara; e a tristeza, que estava sempre à espreita, invadiu sua mente com renovada sede de vingança.

— Fico feliz por você ter uma excelente pontaria — declarou o irmão. — Eu odiaria ver toda aquela tinta no papel de parede.

Não, ela não pensaria no passado. Não naquele momento, tendo que enfrentar os problemas de Ridgely. Era muito melhor se preocupar com os problemas dele do que com os próprios.

Ela ergueu um dedo repreensivo e o apontou para o irmão como se ele fosse uma criança petulante; porque naquele momento, era o que parecia.

— Se você a tocar de novo, vou mirar em sua cabeça da próxima vez. Leve sua devassidão para qualquer outro lugar de Londres. Vá para sua sórdida casinha de má reputação. Arrume uma amante, se já não tiver uma, mas deixe Lady Virtue *em paz*.

Ridgely concordou, surpreendendo-a.

— Pretendo fazer exatamente isso. Como eu disse, o que aconteceu foi um lapso lamentável. Não vai voltar a acontecer.

— Se acontecer, não terá escolha a não ser se casar com ela — alertou Pamela. — Não haverá outra maneira de protegê-la dos danos.

A expressão de Ridgely era de horror diante de tal perspectiva.

— Esteja certa de que não tenho nenhuma intenção de me casar com Lady Virtue nem com qualquer outra — disse ele baixinho. — Prometo manter distância dela. Você, entretanto, vai incentivá-la a se casar, e depressa. — Ele fez uma pausa, pensando melhor nessa ordem em particular. — Mas *não* com Mowbray.

— Qual é a objeção ao visconde? — perguntou Pamela, indignada.

O visconde havia começado a prestar atenção em Lady Virtue fazia pouco tempo, e a jovem parecera acolher com satisfação o interesse do rapaz.

— Não gosto dele — respondeu Ridgely em tom de desdém. — Ele não é bom o suficiente para ela.

Pela primeira vez, ocorreu a Pamela que o irmão ficava diferente quando falava do pretendente de Virtue. Ficava quase... na defensiva. Como se não gostasse de vê-la ser cortejada por outro. O que não fazia sentido, pois ele era um libertino que não tinha a mínima intenção de se casar.

A menos que...

— Hmmm. — Pamela estreitou os olhos, analisando-o. — Eles pareciam encantados um com outro ontem à noite no baile de Montrose, quando dançaram juntos.

— Eu disse que não — replicou ele, seco. — Agora, há mais alguma coisa pela qual deseja me repreender, ou já terminamos?

Com o fogo de sua ira atenuado pela violência que infligira ao tinteiro e à lareira do irmão, o motivo original para procurar Ridgely voltou à cabeça de Pamela. *Fera.*

Eram os olhos dele. Ela dizia a si mesma que era essa a razão de o ter considerado tão extraordinariamente atraente. Eram cor de avelã — não exatamente marrons, nem verdes, nem azuis. Tinham uma tonalidade própria, única e misteriosamente complexa. Lindos, assim como o resto dele. Ela não deveria ter notado a beleza dele. Isso ainda a incomodava.

— Vai me dizer por que de repente há rufiões perambulando pela Hunt House? — perguntou secamente, esforçando-se ao máximo para esconder o imprudente efeito que o estranho lhe provocara. — Há um homem chamado *Fera* vagando por aí como se fosse um convidado de honra. É tudo muito escandaloso, até mesmo para você.

— São homens de confiança para garantir a segurança da casa — explicou Ridgely, franzindo a testa. — Não precisa se preocupar com eles.

Não era um intruso, então. Teria sido muito mais fácil para Pamela se fosse. Mas não, ele estava ali, sob o mesmo teto que ela. Fera era um guarda, tal como havia afirmado. Não havia mentido.

Ela tentou forçar sua mente a descobrir o motivo da presença de guardas, e a preocupação fez seu estômago se revirar, formando um nó.

— É por causa do homem morto, então? Pensei que fosse um ladrão comum.

O irmão suspirou, e ela notou novamente o cansaço naquele som.

— Existe a possibilidade de que não fosse — afirmou simplesmente. — Os guardas permanecerão até que eu considere não serem mais necessários, para a segurança de todos dentro da Hunt House.

Por deus!

Ela sentiu toda a raiva se dissipar.

— Não gosto disso, Ridgely. O que está escondendo?

O irmão sorriu, mas não pareceu a ela um sorriso verdadeiro. Ela o conhecia bem demais para acreditar.

— Nada, minha cara. Estou apenas sendo cauteloso em demasia. Agora acabou?

Ele a estava dispensando.

— Espero que sejam acomodados para dormir nos estábulos — acrescentou ela, pensando mais uma vez em Fera vagando pelos corredores, passando pela porta de seu quarto... deitando a cabeça sobre um travesseiro em algum dos quartos de hóspedes.

Ridgely soltou outro suspiro.

— Agradeço a preocupação, irmã. Vou levar isso em consideração.

Pamela supôs que já o havia pressionado o suficiente, por ora.

Relutante, ela fez uma reverência.

— Obrigada. Mas esteja avisado, irmão. O que disse quanto a Lady Virtue não foi mera brincadeira. Se você a comprometer ainda mais, terá que se casar com ela.

Ela se despediu, incapaz de banir da mente os pensamentos sobre o homem que a havia flagrado no salão. Tinha esperanças de que aquela situação terrível acabasse depressa, e então, Fera não passaria de uma lembrança muito em breve esquecida.

Como de costume, Pamela não conseguia dormir.

Só que, dessa vez, enquanto estava deitada na cama, olhando para as sombras escuras que brincavam no gesso acima, não era a solidão que a atormentava ou os sonhos e arrependimentos que assombravam seu sono. Não era tristeza nem lembranças agridoces.

Não; para sua vergonha, eram pensamentos sobre o guarda que o irmão havia contratado.

— Fera — pronunciou o nome em voz alta, ainda pensando que era uma denominação improvável para um homem.

Certamente não era o nome de batismo dele.

Quem era ele? Onde Ridgely o encontrara? E por que invadia sua mente, habitando-a como se ali fosse seu lugar, deixando sua marca indelével nela, convincente como um toque? O que havia nele que lhe provocava um desejo tão inexplicável?

Ele era bonito, sim. Cabelos escuros e olhos misteriosos. Era alto e magro, mas exalava uma aura de força e poder. Rondava por ali como sua alcunha, um animal predador.

E ela não pôde evitar que seus pensamentos divagassem, imaginando como seria ser possuída por um homem assim. Por um homem tão complexo e afiado — frieza e violência envoltas nos ornamentos de um cavalheiro.

Por *ele*.

Seu corpo reagiu; uma dor inquietante floresceu entre suas coxas enquanto se deitava ali, sozinha, apertando a colcha nas mãos, desesperada para acalmar-se até adormecer. Era muito errado. E, embora estivesse sozinha, pressionada pela escuridão, que ameaçava sufocá-la, sem ninguém mais ciente de seus desejos desenfreados, ela sentiu as faces corarem.

O que havia de errado com ela?

Como poderia macular a memória de Bertie e do amor que haviam compartilhado sentindo um desejo tão vil por outra pessoa? E pior, por alguém a quem nem havia sido devidamente apresentada. Um homem de origem e família questionáveis, que se autodenominava Fera e a fitara com tanta ousadia que ela sentira, por um breve momento, que não usava um vestido ao perceber aquele olhar cor de avelã passear pelo seu corpo.

Soltando um suspiro, ela rolou de bruços, tentando encontrar uma posição confortável. Talvez devesse ter tomado um *posset*[1], como sua criada gentilmente sugerira ao notar seu estado de desconforto. Mas ela não aceitara, pois se forçava a confiar cada vez menos nessas medidas, temendo passar a depender demais delas. Não, devia ficar ali, sofrendo, pensando em...

Ouviu um ruído no corredor, que interrompeu suas reflexões turbulentas. Ela levantou a cabeça para prestar atenção, prendendo a respiração. Talvez fosse imaginação sua.

Cric.

---

1 Uma popular bebida quente britânica feita de leite coalhado com vinho ou cerveja, muitas vezes temperada, que costumava ser usada como remédio.

Não, ali estava de novo, só que, dessa vez, mais alto. Era o tipo de som que passos abafados poderiam produzir.

Seu coração bateu forte quando ela pensou na admissão de Ridgely, no escritório, de uma possibilidade de que o homem morto nas escadas não fosse um ladrão, afinal. Mas o que ele não dissera era muito mais revelador do que aquilo que admitira. Embora o irmão houvesse alegado que não estava escondendo nada, ela apostaria a escassa herança de viúva que ele estava, sim. O que significava que o homem morto nas escadas tinha a intenção de fazer mal a Ridgely. E a presença dos guardas era toda a prova de que ela precisava.

Cric.

Lá estava de novo. Pamela não estava enganada e temia muito que outro ser infame estivesse diante de sua porta, rastejando pela Hunt House na calada da noite, conspirando para causar mais mal. Se realmente havia um intruso no corredor, ela precisava fazer alguma coisa.

Sua mente girava em desespero, procurando uma solução.

Havia a possibilidade de que fosse um dos guardas que o irmão havia contratado, mas também era muito provável que algo mais nefasto estivesse acontecendo diante de sua porta. Ela poderia gritar e atrair todos os criados, mas isso poderia provocar a fuga do homem. Poderia correr para o quarto de Ridgely, mas isso representava um risco inerente. Se a pessoa que estivesse no corredor suspeitasse que Pamela informaria ao irmão que estavam sendo roubados, poderia fazer mal a ela.

O método mais conveniente seria despachar ela mesma o malfeitor.

Engolindo em seco para conter uma súbita onda de medo, Pamela desceu da cama e, com os pés descalços, foi até a lareira, onde uma brasa abafada ainda fornecia calor. O atiçador de fogo chamou sua atenção. Aquela fina ferramenta de aço teria que servir como arma, pois parecia capaz de ferir.

Umedecendo os lábios secos, ela pegou o atiçador. Apertou os dedos sobre o metal frio e retorcido. Poderia acertar a cabeça do vilão com aquilo, se necessário.

Pamela passou por um momento de arrependimento, sentiu uma pontada visceral diante do pensamento de machucar alguém. Mas, então, disse a si mesma que a pessoa em questão era possivelmente um assaltante que pretendia roubar Ridgely e causar só deus sabia que outro tipo de mal. Reunindo coragem, ela abriu devagar a porta, prendendo a respiração enquanto as sombras escuras do corredor se revelavam.

Ela parou um momento, esperando ouvir o som, algo que a alertasse da presença de outra pessoa. A casa estava estranhamente silenciosa. Nenhum sinal da origem do rangido das tábuas do piso. Nem um passo. Ela teve que voltar a respirar e prosseguir em direção à escuridão abissal. Havia imaginado o som, então? Estava enganada?

Hesitante, ela se aventurou a seguir pelo corredor, segurando o atiçador de fogo com força. Não havia nada além do silêncio, exceto pelo sussurro da própria respiração ofegante enquanto caminhava. Mas, de repente, ouviu. O som suave de passos no carpete avisando-a de que não estava sozinha. Alguém se aproximava dela nas sombras. Deslizava em direção a ela com pressa. Ela ergueu o atiçador, preparando-se para atacar, mas antes que pudesse desferir um golpe, dedos quentes agarraram seu pulso com uma força quase punitiva, impedindo o movimento. Outra mão apertou sua cintura, e então, ela foi movida como se pesasse o mesmo que uma pena.

Foi forçada a cruzar de volta a soleira do quarto, o corpo girando em movimentos tão rápidos e habilidosos que ela se sentiu em uma pista de dança. Mas aquilo não era um salão de baile, e o homem em cujas garras se encontrava não era um pretendente adulador. Ele a segurava com habilidade, impulsionando-a para onde queria situá-la. A porta do quarto se fechou, com um leve estalido, confinando os dois ali, juntos. Aconteceu tão rápido que ela nem teve chance de gritar. Outro giro vertiginoso e suas costas estavam subitamente contra a parede, e Pamela presa por um corpo másculo que a pressionava com firmeza do quadril ao peito, impedindo-a de se mexer. Imobilizando-a.

Prendendo-a.

Um hálito quente se espalhou sobre seus lábios quando o captor falou:

— Péssima escolha de arma, milady.

Pamela reconheceu aquela voz grave e com um leve sotaque.

Era ele. *Fera*. Ele a pegara e a forçara a entrar em seu quarto. E a estava mantendo imóvel. Estavam sozinhos; só os dois, mais ninguém, na noite. Seu corpo e o dela estavam escandalosamente alinhados; e ela podia senti-lo. *Inteiro*. Por um lado, ela gostou, mas, por outro, sabia que não deveria. Não ousava confiar nele. Que tipo de homem, que tipo de guarda a trataria daquela maneira?

Um grito subiu por sua garganta, mas não teve chance de emergir, porque uma boca pousou sobre a de Pamela, abafando-o. E deixando-a em choque. Os *lábios* dele estavam colados aos dela. E eram quentes e firmes, pressionando com a intenção de silenciá-la, pensou ela. E havia algo errado com ela; muito errado; porque estava saboreando aqueles lábios. Estava *gostando* de senti-los nos seus.

Pamela se esqueceu de lutar. Na escuridão, estava toda cercada por ele. Pelo perfume cítrico e do sabonete misturando-se ao odor de couro. A força; a altura. Ele pairava sobre ela, mantinha-a onde queria enquanto suavizava o beijo, roçando os lábios nos dela com desejo, não com força brutal. Arrancando-lhe um gemido.

Mas não de medo.

Era de desejo, que surgia de uma parte de si mesma que ela havia banido anos atrás. Como? Por aquele estranho, aquele homem que ousava empurrá-la contra a parede e colar os lábios nos dela?

Ele afastou o rosto, interrompendo o beijo.

— Não grite.

Aquele intruso na casa dela falou com autoridade. Aquele homem que não pertencia àquele lugar; era perigoso para o bem-estar de Pamela. Não só para seu bem-estar...

Ela não deveria obedecer. Ele era um canalha, não importava se Ridgely o havia contratado, se era guarda. Ele a pegara de surpresa e a beijara, e pretendia fazer sabe-se lá deus o que com ela. Os lábios formigavam e o corpo vibrava pelas lembranças que fizera o máximo para esquecer em sua viuvez.

— Solte-me — exigiu ela, voltando a si.

Ele riu baixinho, de uma maneira agradável até, apesar das circunstâncias.

— Não enquanto eu não tiver a certeza de que não fará algo de que nós dois nos arrependeremos.

Por acaso ele a estava ameaçando?

Ocorreu-lhe, então, um lugar onde os homens eram muito vulneráveis. Ela levantou o joelho com a intenção de acertá-lo entre as pernas, mas ele foi mais rápido, antecipando os movimentos de Pamela e neutralizando o esforço, colocando o próprio joelho entre os dela.

Através do linho fino de sua camisola, ela sentia cada centímetro daquela coxa musculosa pressionando-a intimamente. Que deus a ajudasse, mas uma pontada de puro prazer a percorreu inteira.

— Isso, por exemplo — murmurou ele, e esfregou a face na dela.

Ela sentiu a leve abrasão de uma barba bem aparada sobre a pele. Os lábios dele estavam em sua orelha, roçando-a enquanto falava.

— Não foi sensato tentar me emascular, Lady Deering.

As palavras de advertência deveriam ter incitado mais medo dentro dela, mas tudo que ela sentiu foi a boca de Fera em sua orelha, a respiração dele roçando como seda na sua carne subitamente sensível. Tudo que ela sentia era um anseio profundo em seu âmago. Mas aquilo era errado, muito errado. Sua mente girava, cheia de perguntas, enquanto o corpo lutava contra todas as sensações que a incendiavam.

— O que pensa que está fazendo, senhor, tomando tais liberdades? — perguntou ela, debatendo-se para se libertar do domínio dele.

Mas foi em vão, pois Fera era incrivelmente forte. Os dedos no pulso dela continuavam firmes, mantendo o braço preso à parede ao seu lado. E quando ela usou a palma da mão livre para empurrar o ombro dele, tentando afastá-lo, ele agarrou esse pulso também. Tudo o que conseguiu com isso foi erguer a bainha de sua camisola. O ar fresco beijou seus pés descalços, suas panturrilhas, até seus joelhos.

— O que acha que estou fazendo? — questionou ele com voz profunda e hipnotizante, uma provocação na escuridão.

Oh, para ela, não importava o que ele estivesse fazendo, só queria se libertar.

Pamela se debateu outra vez, mas ele manteve a coxa entre as pernas dela. Seu calor a queimava por cima das poucas camadas de roupa. Ela ofegou, os mamilos se retesaram. Aquela parte há muito adormecida explodiu, ganhou vida, vibrante.

Como era possível? Como podia sentir um desejo tão intenso por um estranho, por um homem que a capturara e depois tomara seus lábios como se pertencessem a ele? A vergonha a fazia queimar, misturando calor e perigo com um desejo vexatório. Ela precisava acabar com aquilo.

— Se não me soltar, vou gritar de novo — avisou ela, sem fôlego, não apenas por todo o esforço, mas também por sua reação a ele. — Vou atrair a casa toda contra você. Mas se me libertar, prometo que não direi uma palavra a meu irmão sobre suas transgressões.

Ou as dela.

— Como vou saber se posso confiar em você? — perguntou ele. — Como posso ter certeza de que você não tentará fazer alguma tolice de novo?

Os lábios lascivos dele, de repente, encontraram um ponto que ela não sabia ser tão sensível. Um lugar logo atrás de sua orelha. Ele a beijou ali, algo tão estranhamente íntimo que a fez derreter.

Outro som escapou de seus lábios antes que ela o pudesse impedir.

— O que... o que está fazendo? — conseguiu dizer, sem forças.

Fosse o que fosse, o lado mais iníquo dela não queria que ele parasse. Queria que aquilo nunca acabasse.

— Estou tentando acalmá-la. — Ele beijou-lhe o pescoço. — Mostrando que não precisa tentar me matar com esse atiçador.

Ah, ele tinha uma técnica muito interessante de produzir um efeito calmante sobre uma mulher. O coração de Pamela praticamente galopava, exatamente o oposto do que ele afirmava ser sua intenção.

— Ou tentando me enganar.

Ela precisava manter o juízo, o que se tornava impossível a cada minuto que passava com aquele homem a tocando e pousando seus lábios nela.

Ela deveria gritar. Ele estava tentando seduzi-la para que soltasse a arma. Tentando impedi-la de pensar com sua boca experiente e aquele calor viril. Ela não podia permitir isso.

— Parece que estou tentando enganá-la, milady? — Ele esfregou a parte interna do pulso dela com o polegar, aliviando um pouco a dor do forte aperto. — Agora, fique quieta e dê-me o atiçador, e eu a soltarei.

Ela não acreditava nele.

Pamela abriu a boca e começou a gritar.

Soltando um xingamento gutural, ele colou a boca de novo na dela.

CAPÍTULO 3

Ele a estava beijando.

De novo.

Mas dessa vez, com uma insistência mais magistral, usando aqueles lábios contra ela, abrindo-a para poder deslizar a língua sinuosamente na boca de Pamela. E então, ela sentiu o gosto dele. Um gosto doce, como chá. E como pecado. E como o perigo também.

E um gosto de outra coisa que ela não provava havia muito tempo: homem. Homem, desejo, anseio flagrante, erótico e carnal.

Ah, as coisas que isso provocou nela! A língua, o jeito como ele a introduzia nela, como a beijava... Cada parte dela, de repente, estava primorosamente viva e totalmente consciente. Desejos que ela julgava mortos havia muito tempo corriam, vivos, pelas veias. Dançavam ardentes por sua espinha.

Os muros cuidadosamente construídos que ela erguera nos anos que se seguiram à morte do marido ruíram. As defesas, das quais ela se orgulhava por serem impenetráveis, haviam desaparecido. Ela soltou um gemido impotente de anseio, que brotou da garganta e não pôde ser reprimido pela razão nem pelo orgulho. E então enroscou a língua na dele, lambendo-o, devorando-o enquanto ele a consumia. Banqueteavam-se um com o outro, os beijos tornando-se cada vez mais vorazes, disputando o controle.

Um baque interrompeu o silêncio da noite; ela se deu conta de que era o atiçador de fogo, que caíra dos dedos frouxos, batera na parede e caíra no tapete. Ele já apertava menos seu pulso, até que a soltou e levou a mão à sua cintura, segurando-a com tal firmeza e intimidade que a fez se sentir como uma amante; beijos noturnos e carícias percorrendo a pele nua, sussurros na escuridão e beijos longos e lânguidos, e um homem que a desejasse desesperadamente.

Maldita reação traiçoeira do corpo!

Pamela levou a palma da mão ao ombro dele, mas o impulso de empurrá-lo evaporou tão rápido quanto a determinação. Ela enroscou os dedos na maciez do colete dele, enterrou-os nos músculos poderosos abaixo, e ali os deixou. Não para afastá-lo, mas sim a fim de puxá-lo para mais perto de si, agarrando um punhado de tecido.

Ele grunhiu. Aprovação? Desejo? Vitória?

Ela não sabia. Só o que sabia era que ele a beijava como ela não era beijada havia anos, fazendo-a sentir coisas que não tinha o direito de sentir como a viúva decorosa e respeitável que era, sozinha na escuridão com um homem que acabara de conhecer de passagem naquela mesma tarde. Um homem cheio de segredos e mistérios, com frios olhos cor de mel e um semblante impassível, que era tão severo quanto bonito.

Ele intensificou o beijo, mexendo os lábios sobre os dela em habilidosa sedução; e de repente, o outro pulso dela também estava livre. Mas esse também se rebelou contra a firme determinação da consciência de Pamela de fazer o que era certo. Sua mão se levantou, hesitante, e pousou na face dele. As cócegas provocadas pela barba dele a encantaram; ele a pegou pela nuca, com dedos longos apoiando a base de seu crânio para protegê-la da parede dura. Quase gentilmente, com ternura, como se quisesse resguardá-la enquanto a consumia. Esse gesto não combinava com o homem arrogante que a levara para seu quarto e a prendera; que a beijara e se tornara tão íntimo dela.

Ela estava chocada e um tanto horrorizada por sua reação a ele, mas não conseguia parar agora que havia começado. Estava faminta por seu toque, por seus beijos, por aquela velha, mas não esquecida sensação de ser o objeto de desejo de um homem. Como havia se convencido, durante todo esse tempo, de que não tinha necessidades? Que poderia viver contente sozinha e intocada?

Durante anos, ela fora muito cuidadosa, muito cautelosa. Sua única indulgência era fazer compras. Mas leques, vestidos e tecidos não preenchiam o doloroso vazio que havia dentro dela como aquele canalha estava preenchendo. Como ela sabia, por instinto, que ele poderia preencher.

Como seria ser amante daquele homem? Tomar a mão dele e levá-lo para a cama, seduzi-lo sob aquele misericordioso luar? Esquecer o passado e o futuro por uma noite? Ela nunca acreditara que tinha isso dentro de si, mas ele trouxera algo à vida, e esse ressurgimento exigia resposta. Enquanto trocavam beijos e carícias na parede do quarto dela, tudo parecia possível.

Ela conseguia se lembrar de como era ser desejada.

Deitar-se sob um homem, com seu grande corpo cobrindo o dela, seu membro deslizando dentro dela, preenchendo-a. E não era Bertie quem ela imaginava sobre ela na cama. Não era por Bertie que ela ansiava. Era por aquele estranho cujos beijos a incendiavam e faziam seus joelhos tremerem, induzindo-a a querer coisas que deviam continuar muito além de seu alcance.

Com um gemido, Pamela virou a cabeça, interrompendo o beijo, pois aquilo havia ido longe demais. Além dos limites. Ela não deveria permitir que a boca daquele homem, daquele *Fera*, tocasse a dela por nem mais um momento.

Seu coração batia acelerado, descompassado, quase tão alto quanto a respiração ofegante, erguendo-se como um coro em desaprovação e a assombrando.

— O que foi, marquesa?

Ele retirou devagar a mão da nuca de Pamela, quase afetuosamente, e passou a lhe acariciar o rosto.

Ela sentiu o metal de um anel no rosto, aquecido pela pele dele. A ausência de luz ali fazia com que a intimidade que compartilhavam fosse muito mais intensa. Como seu toque era suave, gentil! Era a carícia de um sedutor habilidoso, pensou ela. Não a força bruta e contundente de um canalha que quisesse lhe fazer mal.

— Quem é você? — perguntou ela outra vez, porque não podia acreditar que era o homem que tinha se apresentado a ela.

Não havia nada simples nele. Ele era mais que um mero guarda. Era inteligente, sedutor, perspicaz e perigoso demais para a força de vontade dela.

— Já lhe disse. Fera, milady.

Ele passou seu polegar calejado e áspero pelo rosto dela.

— Ninguém se chama Fera.

Ela umedeceu os lábios e sentiu o gosto dele, e foi como beijá-lo de novo. Oh, o que ela havia feito?

— Pois *eu* me chamo.

Ela ainda não acreditava nele.

— Por que fica vagando pelos corredores?

— De que outra maneira posso proteger a casa e os ocupantes, e manter a todos seguros? — respondeu ele, com certa diversão. — Acha que os crápulas que desejam fazer mal respeitam a santidade do sono?

A mão em sua cintura se moveu, subindo até suas costelas. Ele a acariciou devagar, como se tivesse todo o direito de fazê-lo. E, pior, ela permitiu.

Porque gostava da sensação.

— Claro que não — disse ela, relutante, com o coração ainda batendo forte e rápido.

Seu corpo ainda estava ali, indefeso sob o feitiço dele.

Devagar, ele passou a fazer movimentos enlouquecedores com o polegar. Depois do frenesi dos beijos, um toque tão simples deveria ter sido uma decepção, mas a excitou secretamente.

— Pode confiar em mim — falou ele com suavidade. — Estou aqui para mantê-la segura, marquesa.

Contudo, ela não se sentia segura, pressionada contra seu corpo quente e musculoso. Sentia-se em perigo, sem dúvida; correndo o risco de perder a capacidade de resistir a ele. Sob o risco de perder a sanidade. A moral. A dignidade.

— Por que eu deveria acreditar em você? — perguntou ela em um sussurro. — Nenhum cavalheiro ousaria me tratar assim. Afirma estar protegendo esta casa, mas me forçou a entrar em meu quarto e me mantém cativa aqui.

Ele afastou uma mecha de cabelo do rosto de Pamela e a colocou atrás da orelha dela, deixando-a incapaz de pensar. Foi um gesto muito inesperado. Os dedos arrastaram-se atrás da sua orelha, onde antes estivera sua boca, e ficaram ali, roçando sua pele.

— É nisso que acredita, milady?

A voz grossa fez surgir mais sensações indesejadas.

— Claro que sim — ela conseguiu dizer. — Você me abordou nas profundezas da noite.

— Eu não a abordei, apenas quis evitar que fizesse uma tolice — rebateu ele, percorrendo a garganta de Pamela com os nós dos dedos, devagar, deixando um rastro ardente. — Quis impedir que atraísse sua família inteira com gritos ou cometesse um assassinato.

— Assassinato?

— Assassinato, milady. O meu. A menos que eu esteja enganado sobre seus planos para o atiçador.

Ele não estava enganado. Ela teria batido nele com toda a força possível, acreditando que era outro intruso ou pior. Mas os pecados que ele cometera contra ela eram de um tipo diferente e totalmente inesperado. Não interessava o fato de ela ter se excitado com cada um deles.

— E você… o que você… *isso* — sibilou ela, incapaz de pronunciar a palavra *beijo* por medo de desejar os lábios dele nos dela outra vez, mais do que já desejava. — Como explica suas ações, seu tratante?

— A que *isso* se refere? — perguntou ele.

Ele a estava provocando.

Gostando de ver as faíscas saltando entre eles.

Ela também estava gostando. Suas ações haviam sido igualmente vergonhosas, e estava ciente disso. Ela havia *participado*. Permanecia ali, sendo que poderia escapar com muita facilidade. Estava saboreando a sensação da coxa musculosa dele entre as dela, separando-as. Deliciando-se com a ilusão de que ele a mantinha prisioneira. Como se percebesse a direção dos pensamentos dela, ele subiu mais o joelho. Uma explosão de prazer irradiou por todo o centro de Pamela.

E foi então que ela teve dolorosa consciência de sua reação a ele. Sua região mais íntima estava molhada. Escandalosa e embaraçosamente. Ela não se lembrava de já ter tido uma resposta como essa assim, de forma tão repentina e desenfreada.

— Você não me respondeu — insistiu Fera.

Pamela engoliu em seco, tentando controlar uma nova onda de desejo, dizendo a si mesma que era mais forte que isso. Ela era uma viúva fiel havia anos; sempre evitara a tentação e o pecado. Guardava a lembrança do marido no coração, firme e forte, e nunca, nem uma única vez, vacilara na devoção a ele. Não sem razão era conhecida como a Viúva de Gelo na alta sociedade — pelas costas, evidentemente. Como Fera podia deixá-la tão rápida e implacavelmente em chamas?

— O beijo — explicou ela, furiosa consigo mesma e dominada pelo desejo por um homem sem nome que nem podia ver direito à luz tão escassa. — As carícias. A intimidade com minha pessoa. Como descreve isso se não como abordagem? Vou lhe dizer claramente, senhor, que depois de contar ao meu irmão o que aconteceu entre nós, você partirá ao amanhecer.

— Conte-lhe então, marquesa. E quando contar, diga-lhe também como reagiu. Diga como correspondeu a meu beijo, como acariciou com a língua a minha.

Oh, meu bom deus!

Aquelas palavras ásperas sussurradas se enrolaram em torno dela como uma serpente, fazendo com que todo o calor que corria por suas veias queimasse ainda mais. Ela havia feito essas coisas, não é? Mas que falta de cavalheirismo da parte dele insultá-la tanto, dando voz ao inexprimível!

Ela sentiu suas bochechas queimarem de novo, e o calor entre as pernas aumentar.

— Você se aproveitou de mim.

Talvez, se ela repetisse essas palavras suficientemente, seus protestos as tornassem verdadeiras.

— Eu me defendi — afirmou ele, com a mão em torno da garganta de Pamela, apertando de leve, de uma maneira que não deveria ser erótica, mas era. — Você pretendia me machucar com aquele atiçador, não é?

Todas as suas sensações estavam intensificadas. Desde a respiração ofegante, passando pelos lábios inchados pelo beijo, até cada lugar em que fora tocada. Ambos ainda estavam intimamente entrelaçados, como um casal de amantes se encontrando sob o manto da escuridão por medo de serem descobertos. Ela ficou chocada ao perceber que poderiam sê-lo muito facilmente. Ele poderia abrir as calças e entrar nela com um movimento forte. Seus músculos internos se contraíram em deliciosa antecipação. Como era terrível pensar que ela o acolheria de boa vontade!

Não, Pamela. Você não deve se permitir seguir esse desastroso caminho, que só a levaria à ruína e ao escândalo.

Mas seria essa a voz de sua mente ou a voz crítica de sua mãe? Às vezes, era difícil diferenciar as duas. A mãe a criara para ser uma mulher exemplar, e Pamela estava horrivelmente aquém do esperado.

— Ouvi rangidos no corredor e pensei que fosse outro ladrão — admitiu ela.

— E achou prudente enfrentar sozinha um homem perigoso? — perguntou ele com voz áspera. — Prometa-me que não fará mais algo tão imprudente, milady.

Acaso ele se atrevia a chamá-la de imprudente depois de a ter levado para seu quarto com ousadia de um amante, e a beijado até deixá-la sem fôlego? Depois de estar tão perto que seu perfume a envolvia como um abraço e o menor movimento do corpo contra o dela incitava a rebelião contra a vida casta de viúva decente que ela levava?

Quatro longos e solitários anos.

— Não lhe devo tal promessa — retrucou ela. — Não estou em dívida para com você. Nem sequer o conheço.

— Você me conhece bem o bastante, marquesa.

Seu tom era arrogante. Provocativo. Mas ele não estava errado, ela o conhecia. Conhecia a coxa dele pressionando sua carne ansiosa. Conhecia o gosto dele, a maneira como beijava. Conhecia seu toque, a firmeza de seu corpo se fundindo com a suavidade do dela. Mas Pamela não podia se livrar da sensação de que reconhecer isso em voz alta a tornaria ainda mais culpada. Era um segredo proibido que nunca deveria ser revelado.

— Você é um estranho para mim — rebateu ela, desafiadora, recusando-se a permitir que ele fizesse uma conexão entre eles que a tomava de uma vergonha sem fim. — Como posso saber que não é tão perigoso quanto os homens contra os quais pretende proteger esta casa?

As mãos pousadas nas laterais do tórax de Pamela se deslocaram devagar, até que os polegares roçaram a parte inferior e macia de cada seio. Oh, como ela queria esse toque mais alto! Queria a mão dele nela, persuadindo-a a dar uma resposta que ela não devia dar.

Não devia. Nem essa noite nem nunca.

— Porque estou lhe dizendo, e eu sou um homem de palavra — declarou ele baixinho com sua voz de veludo e pecado. — Você está segura comigo.

Ele baixou o rosto até o dela e Pamela sentiu o calor do beijo dele na face. Suave, muito suave… quase reverente.

— Tão segura quanto desejar.

O corpo de Pamela estava tomado de um desejo infame. A maneira como ele havia dito *Tão segura quanto desejar* fez as palavras parecerem um desafio. Ela passara anos segura. Primeiro, durante o casamento com Bertie — um casamento por amor. E depois, uma viúva segura e intocada durante quatro anos após o choque da morte prematura dele. Mas a segurança tornara-se uma companheira fria.

— Você se atreve a fazer uma proposta indecorosa à irmã do duque que lhe deu seu cargo? — perguntou ela, tentando manter a voz fria e impassível.

Mas sem sucesso.

Havia certa rouquidão em sua voz que ela não conseguiu esconder, devido ao desejo que a queimava de dentro para fora.

De novo o arranhar da barba na face de Pamela. Os lábios roçaram a orelha dela enquanto ele falava, tão baixo que ela mal conseguiu ouvir.

— Acredite, marquesa, se eu lhe houvesse feito tal proposta, estaríamos naquela cama, nus, eu estaria dentro de seu corpo, e você estaria implorando por mais. — Ele beijou a orelha dela, e então se endireitou de maneira abrupta. — Mas eu não fiz isso, portanto, boa noite.

As palavras — atrevidas, maravilhosas e terríveis — fizeram Pamela desejar ser tocada. Ansiar mais que aquele encontro breve, delicioso e imprudente no meio da noite. Ela almejava tudo que ele havia dito: estar em sua cama com Fera, ele em cima dela, sem nenhuma barreira, nenhum tecido afastando sua pele da dele. Sentir sua rigidez, seu toque, beijar e acariciar cada centímetro dele. Tê-lo dentro dela. Seria grosso, grande e duro? Como seria ter um homem de novo, despertar o corpo daquela dormência a que ela mesma se impôs?

Seria confuso e terrível, e mais tarde ela se afundaria em vergonha. Mas não havia mais ninguém acordado, ninguém ali para saber em que atos perversos eles poderiam se envolver por alguns momentos fugazes. A tentação nunca havia sido tão forte.

Mas então, ele se mexeu. Abaixou a coxa, libertando-a por completo. O peso do corpo musculoso dele contra o dela desapareceu. E o desespero a tomou. A mão de Pamela disparou por vontade própria, agarrando-o pelo plastrão[2], enterrando os dedos no linho engomado, segurando-o contra si.

— Não — disse com desespero. — Não.

Ainda não, acrescentou em pensamento. *Só mais uns momentos desta loucura primeiro.*

E então, ela colou os lábios nos dele.

Pamela nem sequer foi gentil.

Ela o reivindicou.

Não, não foi bem assim. Ela fez uma *imposição*.

Lady Deering o pegou pelo plastrão e o puxou contra si; aqueles lábios macios e deliciosos tomaram os dele com um apetite voraz que fez sua ereção pressionar a calça, implorando para ser liberta. E mesmo sabendo que não deveria, ele correspondeu ao beijo. Permitiu que ela o seduzisse com sua combinação estranhamente fascinante de gelo e fogo. Rendeu-se ao desejo por ela, que começara quando seus caminhos se cruzaram pela primeira vez no salão. O mesmo desejo que o fizera se assegurar de vigiar o corredor do andar dos dormitórios, em vez de permitir que outro guarda o fizesse.

Porque o fato de um dos outros homens estar perto dela enquanto ela dormia lhe parecia errado. Não fazia sentido essa possessividade que ele sentia em relação à mulher que estava beijando. Mas ele era boritano de nascença e não havia esquecido os velhos costumes da terra natal — costumes que ainda corriam por seu sangue. Sua avó materna acreditava firmemente no destino e incutira nele o mesmo sentimento de aceitação. Ele sentia uma ligação mais

---

2 Gravata larga com pontas que se cruzam.

profunda com Lady Deering. Reconhecia isso, por mais que aquilo parecesse um erro.

O erro que era ser bem pago para cuidar de uma casa e de seus ocupantes e, ainda assim, encostar uma das damas na parede e arrebatar seus lábios. Ele disse a si mesmo que os beijos anteriores haviam sido para abafar os gritos dela e não acordar o restante da família. Disse a si mesmo que estava salvando a própria pele, protegendo-se de uma pancada na cabeça com um atiçador de fogo pelas mãos delicadas de uma deusa de cabelos dourados.

Mas ele não tinha mais desculpas para estar ali retribuindo os beijos dela. Para permitir que a mão deslizasse pela delicada estrutura do tórax dela até tomar a voluptuosa plenitude do seio. Nenhuma desculpa; nada que ele pudesse dizer tornaria certo o que estava fazendo.

Mas ainda assim pretendia continuar.

Porque o mamilo dela estava duro, e quando ele o provocou com o polegar, ela ofegou e passou a perna ao redor do quadril dele. Esse movimento fez a fina camisola subir. Ele pegou a coxa dela com a outra mão e sentiu aquela gloriosa pele macia e exuberante. Tão suave e firme, mas com curvas que fizeram toda sua determinação derreter como gelo sob um sol escaldante. A sensação subiu pelo braço. Ele passou as unhas levemente pela coxa dela, desejando poder ver os tênues traços que elas marcaram na pele momenta-neamente. Lambeu-lhe a boca, saboreando-a de novo.

Hortelã, talvez do pó dental. Fresco, suave e tudo mais que ele queria. A língua dela brincava com a dele e os beijos foram ficando frenéticos. Ele ansiava, desesperado por seu toque, para que qualquer parte de suas curvas encostasse em seu pau. Precisava do atrito, da liberação. Na escuridão, o perfume dela o extasiava, floral e exótico. Jasmim, pensou ele, com um toque de jacinto.

Inebriante, assim como ela.

Ele precisava se controlar. Deveria ser um homem melhor. Mas como poderia afastar os lábios dos dela? Como poderia negar a si mesmo aquela boca, a língua, as curvas sedutoras que o envolviam? *Só uma vez*, sussurrou uma voz dentro de si que ele pensava ter silenciado havia anos. Era a voz do príncipe egoísta, do homem que um dia fora.

Um homem negligente.

Um homem que não respeitava nada importante, até que fora tarde demais.

Essas velhas lembranças, resquícios da vida que ele havia deixado para trás, deveriam alfinetar sua consciência. Deveriam tê-lo detido, ou pelo menos arrefecido um pouco de seu ardor. Mas ele não se cansava dos beijos famintos de Pamela, dos gemidos roucos dela quando ele se detinha sobre um mamilo, do suspiro ofegante que ela dava sobre sua boca enquanto a mão subia mais um pouco, até agarrar um punhado de carne nua.

Seu traseiro era tão bem formado quanto o restante do corpo. Ele apertou o pau contra a pelve de Pamela, desejando estar dentro dela, não separado por camadas inconvenientes de roupa. Tanto calor irradiava dela que ele pensou que o queimaria como uma chama. E ele ficaria feliz por ser consumido pelo fogo dela.

A necessidade cegante expulsou a lógica e a razão da mente. Não importava que ela estivesse determinada a acertá-lo com um atiçador de fogo; que ela houvesse olhado para ele com um desdém gélido no salão. Que falasse com ele com o mesmo tom de arrogância fria que ele já havia usado com outras pessoas, havia muito tempo. Ela ganhara vida em seus braços, como a estátua de uma divindade esculpida em mármore que de repente se transformou em uma mulher de carne e osso.

Envolveram-se em uma batalha pela supremacia, lutando pelo domínio nos beijos. Ela pegou o lábio inferior dele entre os dentes e o mordeu, e ele fez o mesmo. Seus dentes se chocavam, as línguas se entrelaçavam, sinuosas, exigindo mais. Seu pau pulsava; ele não conseguia se lembrar de alguma vez ter estado tão duro, tão desesperado. Quase tonto, Theo afastou a boca da de Pamela. Ambos respiravam com dificuldade, ofegantes. Eram os únicos sons na quietude da noite.

Ela jogou a cabeça para trás, batendo contra a parede, e ele tomou isso como um convite, enterrando o rosto em seu pescoço enquanto massageava a carne macia de seu traseiro e acariciava seu seio. Ele respirou fundo, perplexo com a resposta do próprio corpo, atônito por ter perdido todo o controle. A contenção havia desaparecido naquela noite escura, assim como o atiçador. Theo encontrou o lugar onde pulsava a veia do pescoço dela e a beijou ali.

Outro som emergiu dela, parte gemido, parte súplica. Ele passou os dentes ao longo do pescoço dela, foi até a orelha e a lambeu, até que Pamela gemeu baixinho. Ela soltou o plastrão dele, dando liberdade às suas mãos para acariciar peito e ombros. Ele estava louco para arrancar o casaco e o colete, tirar a camisa para poder sentir os dedos macios dela em sua pele nua.

Era um desejo desconhecido, tão repentino quanto avassalador, pois ele jamais permitira que alguém o visse assim, testemunhasse as terríveis cicatrizes que o marcavam. Essa despreocupação chocou Theo, lembrou-lhe a razão das marcas que cobriam o corpo, disfarçadas pela nobreza.

Lembranças retornaram com um desejo de vingança visceral. Em um instante, o doce perfume floral de Lady Deering foi substituído pelo cheiro pungente de suor e sangue. A doce voz dela foi abafada pelo cruel estalar de um chicote e por seus próprios gritos.

E assim, de repente, Theo se lembrou de quem era e por que estava ali. A ereção se desfez e ele afastou os lábios daquela bênção sedosa que era a pele da marquesa. Soltou-a, desembaraçando-se tão rapidamente que ela emitiu um som de protesto e cambaleou para o lado, deslizando pela parede.

Ele queria segurá-la, protegê-la, impedir que caísse, mas seus demônios o mantiveram imóvel; incapaz de fazer qualquer coisa além de permanecer estoico e impassível, tentando abafá-los com respirações calmas e comedidas.

— Fera?

A voz hesitante de Pamela cortou a noite e suas memórias.

Ele engoliu em seco, tentando controlar a bile que ameaçava subir por sua garganta. Sim, Fera. Esse era ele, como seu passado o havia feito. Não o príncipe de mãos macias, não o libertino que conquistara a corte e podia escolher qualquer mulher do reino como sua parceira na cama. Não o descendente incólume, intacto e mimado do rei boritano.

Apenas Fera. Um mercenário. Um recluso coberto de cicatrizes. Um homem perigoso, que não podia se permitir distrair-se com as curvas flexíveis de uma linda viúva ou com a promessa de enterrar-se dentro dela e esquecer toda a feiura que manchara sua outrora promissora vida. Uma mulher como ela merecia muito mais que o homem ferido e vazio que ele se tornara.

Onde estava com a cabeça?

— Permaneça em seu quarto, que é seu lugar, milady — disse ele, rosnando as palavras como um alerta, áspero e mordaz. — E lhe aviso: se eu a pegar vagando pelos corredores com um atiçador nas mãos, não serei tão indulgente da próxima vez.

E então, ele saiu correndo do quarto dela, afastando a tentação e voltando à escuridão à qual pertence.

CAPÍTULO 4

Pamela fez o que sempre fazia quando estava nervosa.

Foi às compras.

Normalmente, uma longa visita à Bellingham & Co. lhe proporcionava uma cura temporária do que a afligisse. Mas ela comprou dois lindos leques, várias rendas e cinco pares de luvas de pelica, e ainda se sentia terrivelmente agitada.

Agitada e excitada; seu corpo estava tomado de sensações que eram uma traição em todos os sentidos da palavra. Uma traição à memória de Bertie, a si mesma, à família de seu irmão. Céus, até mesmo a Lady Virtue, que a acompanhava naquele passeio, e a quem ela com frequência oferecia conselhos severos sobre a necessidade de aderir firmemente ao decoro, evitar libertinos e nunca se permitir fraquejar ante as atrações de um cavalheiro bonito e inescrupuloso.

— Podemos voltar para a Hunt House agora? — perguntou Lady Virtue, que resmungava enquanto Pamela examinava roupas de que não precisava.

Voltar para a Hunt House lhe parecia imprudente naquele momento. Porque vagava por ali um homem que havia estado em seu quarto na noite passada. Um homem que ela beijara. Um homem que pegara seu traseiro nu com a mão grande e calejada, sem nada entre eles. Um homem cuja anatomia estava inteira encostada nela, informando-lhe, sem palavras, que ele era grande *em todos os lugares.*

Pamela pigarreou.

— Ainda não, minha querida.

Nunca, se ela pudesse evitar.

Ocorreu a Pamela que não suportaria cruzar o caminho de Fera outra vez. Não à luz do dia. Captar seu olhar frio cor de avelã, lembrar-se de seus lábios nos dela, do apetite desesperado que ele havia despertado nela a encheria de vergonha.

— Meus pés estão começando a doer — queixou-se Lady Virtue.

Pamela não tinha dúvidas disso. Passaram a tarde inteira fazendo compras, em uma tentativa desesperada de evitar ficar sob o mesmo teto que o homem a quem ela teria permitido liberdades muito maiores do que as que ele havia tomado. Ela se odiava pelo que havia feito. Havia sido desprezível. Fora um milagre que ela houvesse conseguido olhar para o irmão à mesa do café da manhã depois de tê-lo repreendido pela conduta com Lady Virtue.

Que hipócrita ela era!

— Só mais alguns minutos — replicou, consolando a protegida e pensando que teria deixado Lady Virtue em casa se não temesse que Ridgely encontrasse uma oportunidade para arruiná-la ainda mais.

Ela não confiava no irmão.

Mas também não confiava em si mesma.

Era como se fossem dois pecadores cortados do mesmo tecido iníquo.

— Você disse isso há uma hora — apontou Lady Virtue, desanimada.

— Estava pensando em dar uma olhada nos chapéus — comentou Pamela alegremente, ignorando a queixa da jovem.

Naquele momento, Pamela foi tomada por uma vontade de fazer compras pelo resto da vida, na esperança de que assim pudesse evitar o guarda perversamente bonito e totalmente sórdido que assombrava os corredores da Hunt House. Por que seus beijos eram tão primorosamente habilidosos? Por que ele não beijava mal como alguns dos cavalheiros que a haviam cortejado antes de seu casamento? Ela nunca esqueceria as tentativas de lorde Garson com seus lábios molhados, seu beijo nos jardins iluminados pela lua, que não tinham gosto de romance ilícito, e sim de cebola.

Não, os beijos de Fera eram exigentes e famintos. Ele havia derrubado todas as pedras do muro que Pamela construíra ao seu redor após a morte de Bertie, e ela o odiava por isso. Odiava a si mesma ainda mais. Era por isso que tinha que continuar evitando a Hunt House — e Fera.

Dirigiu-se ao departamento onde havia uma grande variedade de chapéus. Lady Virtue a seguiu depois de soltar um suspiro de frustração. Pamela sabia que a pupila de seu irmão não gostava muito de fazer compras, a menos que fosse em uma livraria. A ânsia de sua protegida por mais material de leitura a mantinha diante das prateleiras durante horas. Infelizmente, Bellingham & Co. não possuía um departamento de livros onde Virtue pudesse se perder.

Pamela parou diante de um chapéu matutino de musselina adornado com renda e fita branca. Era adorável; mas ela já tinha três muito parecidos, e ainda não havia usado nenhum. Ridgely era mais que generoso permitindo que ela comprasse o que quisesse na conta dele. Infelizmente, Bertie a deixara com uma minúscula pensão por viuvez, além de um coração partido. Pamela retribuía ao irmão como podia, mais recentemente, colocando Virtue sob sua proteção.

Ridgely queria que Lady Virtue se casasse o mais rápido possível. E Virtue desejava muito permanecer solteira e voltar para sua casa em Nottinghamshire. Ambos os fatos, aliados ao desastre inesperado que ocorrera na biblioteca no dia anterior, atrapalhavam bastante as tentativas de Pamela de alcançar um resultado benéfico.

— O que acha deste, minha querida? — perguntou a Lady Virtue sobre o chapéu matutino que já havia decidido não comprar.

Talvez pudesse distrair sua protegida e prolongar suas compras. Quanto mais tempo longe, menos tempo ficaria perigosamente perto de um homem com quem nunca deveria ter ficado a sós, muito menos beijado ou tocado. Sim, ela o tocara. Ele era musculoso e esbelto, e a força contida sob suas roupas ainda assombrava a ponta de seus dedos, enquanto ela fingia avaliar o chapéu branco.

— É bem simples — retrucou Lady Virtue, sem fazer nenhum esforço para disfarçar seu tédio.

— Seria melhor se tivesse um pouco mais de cor — concordou Pamela, esforçando-se para ignorar os sentimentos enlouquecedores que ameaçavam dominá-la desde a noite anterior.

Quanto tempo ela permanecera encostada na parede depois que ele saíra, apoiada no friso, com os joelhos trêmulos como os de um potro recém--nascido, tentando acalmar seu coração acelerado? Tentando esquecer o calor exuberante de seus lábios sensuais nos dela, a maneira descarada como ele massageara seu traseiro e passara o polegar por seu mamilo?

Não, não, não. Tinha que parar de pensar em Fera.

Queria ter em mãos um dos leques que acabara de comprar e usá-lo para refrescar suas faces em chamas. Mas havia instruído o vendedor que as ajudava a enviá-los à Hunt House mais tarde, junto com suas outras compras, como de costume.

— Está se sentindo bem, milady? — perguntou Lady Virtue, com voz atenciosa e olhar astuto.

Avaliando…

— Estou me sentindo maravilhosamente bem — mentiu Pamela, abrindo um sorriso falso.

A jovem era inteligente demais, pensou Pamela. Provavelmente, devido a todos aqueles livros em que enterrava o nariz o dia inteiro. Sabia que Lady Virtue não era mais uma menina — tinha vinte anos de idade —, mas Pamela sentia cada um dos seus vinte e oito anos. Quando tinha a idade de Virtue, casara-se com Bertie, acreditando ingenuamente em um futuro de felicidade sem fim, cercada por ao menos meia dúzia de filhos e pelo amor eterno de seu marido. Um amor que ela tivera, até que Bertie adoecera inesperadamente e a deixara sozinha.

— Tem certeza? — persistiu Lady Virtue, intrometendo-se nas lembranças torturantes de Pamela sobre o que sua vida poderia ter sido. — Não está com muito calor? Está quente aqui, não acha?

— Bem quente — concordou Pamela, com uma indiferença proposital, e voltou sua atenção a outra coleção de chapelaria.

Para sua vergonha eterna, sentia calor demais, sim, desde a noite anterior. Nada apagava o fogo do desejo desesperado que aquele homem terrível acendera dentro dela. O que havia nele? Fera não era o cavalheiro polido e contido que Bertie havia sido.

Seu marido era incrivelmente charmoso, tinha sempre um sorriso contagiante no rosto que incitava todos a rirem junto com ele de qualquer confusão em que se encontrasse. E sendo Bertie quem era, as confusões eram muitas, de fato. O coração de Pamela se apertou à lembrança de seu sorriso enviesado e matreiro, que ela nunca mais poderia ver. Não importava quanto tempo passasse, ela nunca deixaria de sentir falta dele.

Não, o estranho que a deixara tão trêmula de desejo não se parecia em nada com Bertie. Os dois homens não poderiam ser mais diferentes. Fera era frio e distante, ameaçador e forte, com seus traços angulosos e virilidade, lábios sensuais sempre tão sérios. Ele exalava perigo.

Pare de pensar nele, Pamela, repreendeu a si mesma interiormente.

— Está muito brava comigo por causa do... do que aconteceu ontem? — indagou Lady Virtue.

E por um momento, o coração de Pamela ameaçou saltar do peito. Até que ela percebeu que Virtue não estava falando do que acontecera entre Pamela e Fera, e sim do que houvera entre ela e Ridgely. Como era tola! Claro que ninguém mais poderia saber. Estavam sozinhos nas profundezas da noite, em seu quarto.

— Minha querida, não devemos mais falar sobre isso — disse ela severamente, lançando um olhar firme à sua protegida. — Ainda mais em um lugar como Bellingham & Co.

Às vezes, a ingenuidade campestre da jovem transparecia para além do verniz urbano que Pamela tentava incutir nela. Era espantoso que os lobos da alta sociedade não houvessem despedaçado sua ovelhinha. Felizmente, Virtue tinha Pamela para protegê-la. E ela a protegeria como fosse necessário. Principalmente para que não permitisse se envolver em condutas escandalosas como a da noite passada.

Não, isso nunca, jamais, deveria se repetir.

— Claro — aquiesceu Lady Virtue. — É que você está estranhamente calada hoje, e eu gostaria de saber o motivo. Sei que está descontente comigo, e eu entendo. Agi como uma tola e sinto muito.

Descontente com ela? Meu deus, se Pamela estava descontente com alguém, era consigo mesma, por suas transgressões na noite anterior com Fera. E descontente com Ridgely também, pois ele tinha trinta e um anos, era um libertino experiente e guardião da jovem. E sabia que não devia brincar com donzelas inocentes.

— Não estou descontente com você, minha querida — negou Pamela, seu tom tranquilo. — Estou apenas pensativa, hoje.

Muito pensativa. Atormentada por pensamentos sobre um certo canalha. E seus beijos luxuriosos. E suas mãos. Ah, como ela gostara daquelas mãos sobre seu corpo… Como ansiava que voltassem, só que, dessa vez, sem o inconveniente da camisola.

Lady Virtue a olhava com o cenho franzido.

— Se insiste, Lady Deering…

Acaso era tão transparente para uma neófita como Virtue? Pamela estremeceu ao pensar no que aconteceria se Ridgely soubesse o que ela havia feito. Recordou as provocações de Fera na noite anterior e sentiu suas faces arderem — e aquele lugar entre suas pernas também, com o mesmo calor.

Diga-lhe também como reagiu. Diga como correspondeu a meu beijo, como acariciou com sua língua a minha.

— Este chapéu é lindo, não acha? — disse com animação forçada, indicando educadamente um chapéu de palha ornamentado com uma fita de seda e ramos de lilases e rosas.

— É muito bonito — concordou Lady Virtue, nem um pouco impressionada. — Talvez deva comprar esse também, e então, poderemos voltar para a Hunt House para descansar um pouco.

Voltar para a Hunt House? Não, ela não poderia. Não ousaria. Muitas tentações a esperavam entre aquelas paredes familiares. Tentações onde, até poucos dias antes, não havia nenhuma.

— Ainda não, minha querida — replicou Pamela alegremente. — Talvez passemos pela Bond Street antes de voltar.

Ao seu lado, Virtue soltou um suspiro demorado; seu descontentamento era óbvio.

— Precisamos mesmo?

— Ah, sim — afirmou Pamela séria, decidida a expulsar de si todo aquele desejo inconveniente pelo homem chamado Fera antes de retornar à Hunt House. — Precisamos.

— Parece não ter dormido.

A indelicada observação foi feita por Archer Tierney enquanto Theo se acomodava em uma cadeira no escritório do outro homem.

Ele encarou aqueles olhos verdes intensos que não piscavam.

— É porque não dormi.

Ele e Tierney se conheciam havia vários anos. Pouco depois de Theo chegar a Londres, em frangalhos, exilado e com raiva do mundo, cruzara com o então agiota. A reputação implacável de Tierney o precedia. Theo provara seu valor ao *incentivar* os devedores de Tierney a pagar suas dívidas; um punho de cada vez. Tinham uma sociedade informal e forjada em aço desde então.

Tierney ergueu uma sobrancelha, dando uma longa tragada de um charuto.

— Mais invasores misteriosos com um pescoço quebrado na Hunt House?

— Nenhum — relatou Theo.

Era mais como uma deliciosa deusa que quase o deixara de joelhos com seus beijos. Mas ele não estava disposto a admitir sua chocante falta de disciplina no que dizia respeito a Lady Deering. Se havia algo que ele aprendera com a tortura de seu tio, era a segurar a maldita língua.

— Viu algo suspeito ontem à noite? — perguntou Tierney, estreitando os olhos e observando Theo.

Ele hesitou um momento a mais do que deveria para responder, pois seus pensamentos estavam na mulher que o assombrava a cada segundo desde que se separaram na noite anterior. Surgira nele um desejo por ela, uma necessidade de a possuir, de a proteger. Ele deveria ter pensado bem antes de acreditar que o destino poderia ser ignorado. Seu primeiro aviso fora à tarde, quando a vira desenhando no salão, descalça e linda.

— Viu alguma coisa — adivinhou Tierney, astuto. — O que foi?

— Só uma pessoa que me confundiu com outro ladrão — explicou ele depressa, mantendo a expressão cautelosa e o tom calmo.

— Certamente não foi Ridgely, não é?

— Não — respondeu Theo, sacudindo a cabeça, sem dar mais detalhes. Não queria pensar em Lady Deering. Não queria se demorar na lembrança daquele encontro fatídico. Seria melhor se esquecesse que aquilo havia acontecido.

— Um dos criados, então? — sugeriu Tierney a seguir, aparentemente não querendo deixar o assunto de lado.

Raios! Tierney seria capaz de ficar a tarde toda tentando adivinhar, e isso só prolongaria o sofrimento de Theo.

— A irmã de Vossa Senhoria — declarou Theo com voz seca.

Estava sendo cauteloso, muito cuidadoso, tentando não demonstrar em sua expressão qualquer evidência do que havia acontecido entre eles. Tierney não era um homem que se deixava enganar facilmente e entendia muito mais que a maioria. Era inerentemente inteligente para alguém que vivera grande parte da vida no caldo brutal das colônias. Tinha que ser, para poder sair das profundezas como saíra.

— Ah, a viúva Lady Deering — disse Tierney devagar, com um olhar avaliador.

Ocorreu a Theo que Tierney devia ter relações amistosas com o duque de Ridgely. Havia todas as possibilidades de que Tierney conhecesse Lady Deering. Talvez mais que de vista.

Uma súbita explosão de possessividade o dominou.

— Conhece a marquesa? — perguntou, o tom mais ríspido do que pretendia.

Outra sobrancelha erguida, outra baforada contemplativa no charuto.

— Não — respondeu Tierney com um sorriso diabólico. — Mas talvez devesse conhecer.

Theo cravou os dedos nos braços da cadeira até deixá-los brancos e cerrou a mandíbula para evitar soltar palavras que não deveria dizer. Palavras que a reivindicariam para si, apesar de não ter nem o direito nem a verdadeira intenção de fazê-lo.

Inspirou devagar, pensando nos lábios dela perfeitamente encaixados nos dele, como se houvessem sido feitos um para o outro, e se obrigou a emitir palavras diferentes.

— Como quiser.

— Hmmm. — Tierney acariciou o queixo preguiçosamente.

Theo sustentou seu olhar, recusando-se a revelar mais de si mesmo do que já havia revelado. De todos os homens que conhecia desde que encontrara seu lar nas entranhas de Londres e renascera, Tierney era aquele em quem Theo mais confiava. Mas não havia nada para contar.

Ele beijara uma linda mulher na noite anterior. Permitira se distrair com a lembrança havia muito morta de como era desejar uma mulher quando era um homem completo, um príncipe em vez de um monstro. Isso não aconteceria outra vez.

— Os outros homens relataram algo errado? — questionou Tierney por fim.

Da meia dúzia de homens que haviam sido designados para guardar a Hunt House, nenhum relatara sequer um indício de perigo. Mas estariam preparados para isso se, où quando, acontecesse.

— Nada — confirmou. — E a investigação? Descobriu quem era o homem morto?

A descoberta bastante incomum fora que o suposto assassino que tentara atacar o duque de Ridgely durante o sono era desconhecido do duque. O que significava que o homem havia sido contratado por alguém.

— Ainda não — disse Tierney, enigmático. — Aguardarei outro relatório no mesmo horário amanhã. Se alguém vir algo errado, se ouvirem um maldito espirro durante a noite, avisem-me.

Theo assentiu com a cabeça; estava sendo bem pago para fazer tudo que Tierney lhe pedisse.

— Se isso é tudo, preciso voltar.

Se bem que voltar era a última coisa que gostaria de fazer. O que queria — *precisava* — era ficar o mais longe possível de Lady Deering.

— Só um momento, por favor — pediu Tierney, concedendo-lhe momentaneamente uma oportunidade de adiar sua volta. — Uma pessoa anda fazendo perguntas a seu respeito.

— Creio que meus serviços não estarão disponíveis por algum tempo — ironizou Theo, pois não tinha ideia de por quanto tempo seria necessário na Hunt House e pretendia cumprir seu contrato, mesmo que isso o levasse à morte também.

Ele havia sobrevivido à masmorra de seu tio, poderia sobreviver mais alguns dias ou semanas sem sucumbir à tentação de tocar uma marquesa viúva.

— Ninguém perguntou por seus serviços — disse Tierney.

Alguém de Boritânia, então? Parecia improvável, depois de tantos anos. Mas o passado nunca saía de seus pensamentos. Era muito difícil esquecer, pois todos os dias tinha que ver as cicatrizes que cobriam seu corpo.

Theo ficou petrificado; sentiu aquele velho e familiar aperto de pavor em suas entranhas.

— Quem andou perguntando?

Tierney o observou com uma expressão curiosa, como um gato estudando um rato, avaliando o momento de atacar.

— Uma dama.

Não era seu tio, graças a deus. Theo jurara que, se um dia visse seu tio outra vez, seria com sua adaga cravada profundamente entre as costelas daquele maldito, vendo sangue vital jorrar de sua boca enquanto engasgava.

Mas uma mulher? Isso não fazia sentido.

— Qual é o nome dela? — perguntou, esforçando-se para evitar que a intensidade de sua reação transparecesse em seu semblante.

— Ela alega ser Vossa Alteza Real, princesa Anastasia Augustina St. George.

— Stasia?

O apelido carinhoso que usava com ela escapou da boca antes que ele pudesse evitar, tão grande foi seu choque.

Ele mal podia acreditar. Sua irmã estava em Londres? Como e quando escapara do governo tirânico de seu tio?

Tierney soltou calmamente uma nuvem de fumaça.

— Um mercenário que conhece uma princesa boritana... que descoberta interessante!

— Quando ela o procurou? — perguntou Theo, ignorando as palavras incisivas do outro.

Tierney não era tolo, mas Theo não estava com disposição para discutir os detalhes de seu passado violento de ex-príncipe. Nem naquele momento, nem nunca. Enterrara aquela parte de si mesmo havia muito tempo.

— Ontem — disse Tierney baixinho, tragando seu charuto.

Suas entranhas se agitaram. Theo jamais pensara que seu tio permitiria que alguma de suas irmãs saísse viva da Boritânia. Elas eram muito úteis como peões, assim como seu irmão Reinald. E Gustavson poderia casá-las com outros governantes para aumentar seu poder e prestígio. Teria Stasia conseguido fugir?

— Por que acha que ela não estava procurando meus serviços? — perguntou Theo.

— Porque ela disse que estava procurando o irmão. — Tierney jogou o charuto na lareira com tranquilidade, como se estivessem falando sobre o que haviam comido no almoço. — O exilado príncipe Theodoric Augustus St. George, um homem que, como ela tinha motivos para acreditar, morava em Londres e se autodenominava Fera.

Maldição!

Ele fez um grande esforço para manter a compostura, para não mostrar nenhum indício de sua crescente agitação interior.

— Nunca ouvi falar dele.

— Muito bem — disse Tierney devagar. — E o que devo dizer à princesa, caso se rebaixe a me fazer outra visita?

Theo se levantou; precisava sair. Precisava de ar, espaço e liberdade. Precisava fugir dos demônios dos quais pensava já ter escapado. Contudo, tinham reaparecido de repente, ameaçando arrastá-lo de volta às entranhas do inferno.

Desta vez não, jurou ele a si mesmo. Theo lutara demais — e sobrevivera — para se render sem resistir.

Sustentou o olhar verde e feroz de Tierney.

— Diga a ela que o irmão está morto. Eu mesmo o matei.

E então se despediu.

CAPÍTULO 5

Pamela voltou das compras exausta, irritada e de mau humor. Mas apesar da falta de sono na noite anterior, sabia que não adiantaria tentar dormir. Deixou Lady Virtue, muito cansada, na segurança do quarto e, depois de se certificar de que Ridgely não estava em casa e que não havia perigo de ele andar sorrateiramente pela Hunt House para praticar mais de suas artimanhas libertinas contra sua pupila inocente, ela foi para seus aposentos pegar seu caderno e seu estojo de desenho.

Em dias como aquele, quando se sentia tensa, muitas vezes encontrava consolo em seus desenhos. Apesar do frio do final da tarde, pegou um xale e foi até os tranquilos jardins da Hunt House, que a acalmavam. Sua posição peculiar, em um amplo terreno afastado das ruas, proporcionava espaço em abundância. Seu pai não poupara gastos no espetáculo que era a Hunt House, desde a enorme escadaria esculpida até o teto pintado de seu interior. Mas era ao ar livre, no jardim, que Pamela sempre se sentira mais à vontade.

Trilhas de cascalho a conduziam graciosamente por entre as malvas, rosas e aquilégias plantadas seguindo um cuidadoso planejamento. As flores já haviam caído, mas parte da vegetação permanecia. Como sempre, ela foi até o canto mais distante dos jardins, onde havia um pequeno banco de pedra paralelo a uma sebe de buxos bem aparada e uma fonte de três níveis, cujos alegres sons gorgolejantes eram uma companhia reconfortante.

Ela se acomodou no banco, abriu o caderno e escolheu a ponta de giz pastel preto para começar. Em sua solidão, Pamela percebeu que sua mente vagava de volta à fonte de sua angústia.

Fera.

Ela não o via desde que ele deixara seu quarto. Não que o houvesse procurado. Na verdade, passara o dia inteiro se assegurando de *não* o encontrar, até que finalmente reconhecera que havia um limite para as compras que poderia fazer em uma tarde.

Ela não ia desenhá-lo.

Não precisava de nada que a lembrasse do que havia acontecido entre eles, e quando ele houvesse partido da Hunt House e nada mais que um arrependimento pairasse nos cantos mais escuros de sua mente, ela não gostaria de folhear seu caderno e ver o rosto dele.

Mas seu giz pastel se mexia sobre o papel, aparentemente com vontade própria. Apesar de suas intenções, logo apareceu a figura grosseiramente delineada de um homem assomando à porta do salão. Talvez, se ela o desenhasse, pudesse expurgá-lo de sua mente, pensou, acrescentando as linhas largas de seus ombros, a longa extensão de suas pernas.

Estava tão absorta em sua tarefa que não ouviu o som de pés no cascalho acima do ruído da fonte, até que uma longa sombra recaiu sobre seu caderno.

Pamela ergueu os olhos esperando ver o irmão, pois Ridgely costumava também se sentar no jardim quando ela desenhava.

Um olhar frio e assustadoramente familiar se fixou no dela, despertando-lhe choque e consciência.

Ele parou; seu semblante anguloso era uma máscara impassível. Ofereceu-lhe uma reverência que teria envergonhado qualquer lorde.

— Lady Deering.

Ela fechou depressa o caderno e se levantou, apertando-o contra o corpete, na esperança de que ele não houvesse notado o que estava desenhando.

— Senhor. O que está fazendo nos jardins?

Ele era a última pessoa que Pamela esperava que se intrometesse em sua solidão. E com ele ali, uma sensação estranha tomou seu ventre, e ela a reconheceu como o prelúdio do desejo. Maldito Fera pelo efeito tão indesejado que provocava nela! Se ao menos não fosse tão bonito à luz da tarde, como ela bem lembrava! Mas ele estava ainda mais atraente do que ela se recordava, exalava um magnetismo que a obrigava a rememorar cada segundo da noite passada — o corpo dele prendendo o dela contra a parede, aquela boca a beijando até transformá-la em uma devassa que ela mal reconhecia.

— Estou procurando — disse ele simplesmente.

Pamela pestanejou, tentando se lembrar do que estavam falando e percebendo, tardiamente, que havia perguntado por que ele estava nos jardins.

— Por mim? — perguntou, tão surpresa pela afirmação que sua voz soou mais aguda que o natural.

Meu deus, ela parecia uma menina tola, mas era uma viúva matronal. O que ela tinha na cabeça?

Aquele olhar cor de mel desceu até os lábios de Pamela antes de voltar aos olhos dela.

— Por intrusos, milady.

Que vergonha! A faces de Pamela ardiam, e ela agradeceu por estar usando um chapéu que cobriria as evidências de sua humilhação. Tanto alarde por causa de um ou dois beijos insignificantes! Ela não era uma virgem inexperiente; já havia beijado antes. Estava muito bem familiarizada com o leito conjugal. O que havia acontecido entre os dois na noite passada não havia sido nada.

— Claro — murmurou ela, fazendo o possível para não demonstrar seu constrangimento. — Não vou atrapalhá-lo.

Mas quando ela foi contorná-lo para ir, ele se colocou diante dela, bloqueando seu caminho.

— Não precisa ir por minha causa. Já vou embora, deixarei você com seu desenho.

Ele a vira desenhando, então. Pamela torcia para que ele não houvesse olhado atentamente para o papel; que não tivesse notado que ela o estava desenhando. Que estava pensando nele ou tentando expulsá-lo de sua mente a cada segundo que passara acordada desde o encontro da noite anterior. E dormindo também.

Ela ergueu o queixo, cravando-lhe aquele olhar frio que dava a qualquer pessoa que ousasse ultrapassar os limites.

— Estava me espionando?

Aqueles lábios tão carnudos, tão perfeita e pecaminosamente bem formados, se contraíram, como se ele reprimisse um sorriso.

— Por que eu a espionaria, marquesa?

Ela gostaria que ele não a chamasse assim. Ninguém se referia a ela como *marquesa*. Parecia errado, especialmente depois das intimidades que haviam compartilhado. Mas ela não poderia pedir que ele usasse seu nome de batismo.

Pamela reprimiu esse impulso.

— Não sei dizer, senhor. — Ela inclinou a cabeça, estudando-o. — Talvez deva me contar. Parece que tem me seguido desde sua chegada, não imagino por quê.

Outra vez, um leve indício de sorriso. Ela se perguntou se em algum momento ele sorria *de verdade*. Seu semblante era severo, como se um pouco de alegria pudesse quebrá-lo. Parecia uma estátua ameaçadora, esculpida em mármore frio e impenetrável. Mas ela sabia, por tocá-lo, como ele era quente.

— Acha que a estou seguindo, milady?

Era uma acusação ridícula, e ela sabia disso mesmo quando seu orgulho a forçara a proferi-la. Seria muito mais fácil fingir que todas as interações entre eles haviam sido provocadas por ele, fingir frio desinteresse, agir como se a presença dele não a afetasse. Mas a verdade era que, secretamente, seu coração batia disparado, e o desejo já corria por suas veias, insidioso como uma serpente.

— Sim — respondeu ela, seu tom seco. — De que outra forma explica sua presença contínua quando é menos desejada?

Que mentirosa! Pamela já experimentava diversas sensações a cobrindo como um manto, deslizando por sua espinha como mel morno. Seus lábios formigavam pela lembrança dos beijos possessivos e magistrais de Fera, cada parte de seu corpo ansiava pelo toque dele.

— Pelo que me lembro, ontem à noite foi milady quem me seguiu, brandindo um atiçador com a intenção de me ferir — apontou ele.

Ele inclinou a cabeça, e os fracos raios do sol filtrados pelas nuvens cinzentas se refletiram em seu cabelo, destacando fios dourados que se mesclavam com o rico castanho.

Por que ele não estava usando chapéu, como qualquer cavalheiro? Pamela não queria dar atenção a detalhes tão complexos; não tinham utilidade alguma.

— Como também deve recordar, eu não sabia quem estava rondando à noite diante da porta de meu quarto. Estava apenas tentando proteger a mim e a minha casa.

— Quer mesmo revisitar o que aconteceu, marquesa?

Essa pergunta a deixou em tal estado que Pamela deixou seu suporte para giz de cera cair no cascalho a seus pés com um som metálico. Quando ela se abaixou para pegá-lo, seu caderno de capa de couro também foi ao chão, abrindo-se na página em que estava trabalhando no instante em que ele aparecera.

Com as faces ardendo, ela tentou pegá-lo, mas Fera também se abaixou. A compreensão a fez olhar para ele. Nessa proximidade, ambos abaixados, estavam à mesma altura. Uma brisa soprou, carregando o perfume dele, provocando seus sentidos.

Ele não havia se barbeado naquela manhã; a evidência dessa omissão sombreava seu queixo forte. A vontade absurda de passar os dedos pelo rosto dele aumentou; de sentir as cócegas da barba dele na ponta de seus dedos.

O camareiro de Bertie o barbeava todas as manhãs; Pamela jamais sentira sequer um vestígio de barba por fazer. Estar tão perto de outro homem, pensando em tais intimidades, deveria ter sido um choque para ela. Até aquele exato momento, jamais havia se dado conta das complexidades das abluções matinais de outro homem.

— O senhor é um canalha — disse ela, mas com pouca firmeza.

Suas palavras saíram abafadas, como se estivesse sem fôlego. Ela se odiava; odiava Fera. Odiava o que ele a fazia sentir.

— Sou muitas coisas, Lady Deering — retrucou ele, pegando o caderno com tal cuidado que a surpreendeu.

Com que delicadeza ele o tocara, como se fosse feito de fios de ouro, não de couro e papel! Seu esboço apressado a atormentava ali, na página aberta, nas linhas do corpo dele, no vão da porta que o cercava. Viu claramente seu desenho debochando dela quando olhou para aqueles traços de giz pastel preto, o que fez mais calor tomar suas faces.

— Meu caderno de desenho, por favor — disse ela, estendendo a mão com a palma voltada para cima a fim de recebê-lo.

Mas ele não o devolveu.

Ele permaneceu ali, examinando-a de forma meticulosa, com seus olhos frios, fazendo-a sentir como se ele estivesse percorrendo seu corpo com as mãos.

— É uma surpresa ver que está calçada hoje. Pensei que preferia desenhar descalça.

Uma onda de indignação a atravessou. Como ele ousava se referir aos seus pés, à falta de meias e sapatos do dia anterior?

Mas, tão depressa quanto atingiu o pico, sua indignação esmoreceu, pois ela se deu conta de que bobagem era preocupar-se com isso depois de o ter beijado com tanta ousadia, como uma meretriz qualquer. Depois de, como ele havia dito com tanta prepotência, acariciar com sua língua a dele.

— Não é aconselhável andar sem calçados fora de casa — rebateu ela, grata por ter recuperado o juízo.

E pela compostura que, sem saber como, ela conseguia manter diante do impressionante magnetismo dele. Ele era poderosamente másculo, e suas feições, suas maneiras, muito diferentes das dos cavalheiros que Pamela conhecia. Estava acostumada a almofadinhas adornados, com suas camisas engomadas, e a viúvos sérios que divagavam sobre a necessidade de uma segunda esposa sempre que tentavam atraí-la para a cama. Ela resistia a todos. Cada convite, cada olhar obsceno, cada insinuação, ninguém mexia com sua cabeça.

— Posso imaginar como essas pedras afiadas machucariam sua pele macia — comentou ele, fechando o caderno.

Ela poderia ter perguntado como ele sabia se a pele dela era macia, mas isso seria imprudente. Ele sabia porque a havia tocado. A sensação da mão dele envolvendo sua coxa nua estava gravada em sua carne. O olhar de Pamela se desviou para os longos dedos dele, o anel no dedo indicador que sentira deslizando intimamente sobre sua pele, e ela ansiou ter aquelas mãos em seu corpo outra vez.

— Sem dúvida — retrucou ela, saindo do devaneio, mas ainda incapaz de banir o desejo.

Ela agitou os dedos em um gesto de impaciência.

— Meu caderno, por favor.

Mas ele não o entregou.

Passou os dedos pela capa de couro, em um gesto um tanto distraído e, ao mesmo tempo, sensual.

— Desenha com frequência, marquesa?

Ela arrancou o caderno das mãos dele de maneira bastante rude, tentando recuperar o senso de autopreservação e o sangue-frio que tinha perdido no momento em que ele chegara.

— O que eu faço não lhe diz respeito.

— Hmmm.

Esse som evasivo a incomodou, mas ele, notavelmente, não parecia afetado nem pela proximidade entre eles nem pela ira dela. Ele recolheu o suporte para giz de cera caído e o entregou também.

— O que a incomoda mais: o fato de ter correspondido a meu beijo ontem à noite, ou de ter gostado?

A pergunta, feita com tanta calma, surpreendeu Pamela.

Fez um calor correr entre suas pernas.

— Eu não... — mentiu ela, enquanto arrancava o suporte para giz de cera das mãos dele, mais uma vez incapaz de pronunciar a palavra *beijo* na sua presença.

De dar voz ao que se passara entre eles na escuridão.

— Não correspondeu ao meu beijo ou não gostou?

O calor subiu por sua garganta; Pamela tinha certeza de que estava vermelha como as rosas dos arbustos quando estavam em plena floração.

— Nenhum dos dois. — Sua angústia era tão grande que ela nem sabia o que estava dizendo. — Ambos — corrigiu.

Por que ainda estava ali, agachada naquela posição, interagindo com um mero guarda que se autodenominava Fera? Certamente ele tinha um nome próprio. Ele não parecia uma fera. Na verdade, era terrivelmente lindo. Até se vestia como um cavalheiro, com calças pretas e uma camisa branca por baixo do colete e da casaca, o que só realçava a misteriosa cor de seus olhos.

Ele sorriu, então, roubando da mente de Pamela toda capacidade de raciocínio. Foi um sorriso lento, ousado e astuto. Caramba! Ela sentiu todo o efeito dele no ventre, entre as pernas, até os dedos dos pés.

Em todos os lugares.

Se Fera já era bonito antes, quando se mostrava frio e ameaçador, era lindo quando seus lábios pecaminosamente formados esboçavam um sorriso.

— Qual dos dois, marquesa?

Seu tom não era leve, mas, mesmo assim, ela imaginou que seria o que usaria para falar com uma dama que estivesse cortejando. Uma voz que ele usaria no salão de baile, sob o brilho dos candelabros resplandecentes. Ela engoliu em seco, tentando controlar uma forte atração e pura luxúria.

Luxúria? Que vergonha! Que constrangedor! Ela precisava reunir o que restava de sua dignidade e sair dali.

— O senhor é um insolente — declarou, evocando toda a frieza cortante que bem lhe servira nos últimos anos, enquanto retomava seu papel na sociedade.

Então, Pamela se levantou, tão depressa que ficou tonta. Ou talvez fosse apenas o efeito da proximidade com aquele sedutor. De suas palavras, seu sorriso... Ela sacudiu a cabeça enquanto ele também se levantava, elevando-se acima dela em sua altura.

— E você gosta — disse ele, ousado, passando seu olhar abrasador pelo corpo dela. — Tenha um bom dia, Lady Deering.

Mais uma reverência e ele se foi, deixando-a sozinha no jardim, mais abalada que nunca.

Porque ele não estava errado. Ela gostava de sua ousadia, seu toque, seu beijo. Gostava demais de tudo nele. Ele a provocava, fazia-a derreter. Mas ela jamais poderia permitir que aquela insensatez progredisse para além do que já havia acontecido.

— Tem algo novo a relatar, Fera? — perguntou o duque de Ridgely com uma calma que Theo não esperava de um homem que quase fora atacado em sua cama há duas noites.

Elegantemente vestido para a noite, ele era, da cabeça aos pés de calçados bem polidos, o perfeito cavalheiro. Dotado de um ar agradável, de permanente diversão, como se estivesse tão cansado do mundo que houvesse decidido considerar todo aquele caso uma grande piada apenas para seu entretenimento. Theo gostara dele de imediato, apesar de encontrá-lo claramente abalado pelos acontecimentos que levaram à contratação dele e de seus homens.

Sentiu certa culpa por ter beijado a irmã do duque. Mais de uma vez. Por ter estado a sós com ela, no quarto dela, na noite anterior. Por ter conhecido os gemidos de entrega, os suspiros suaves e a respiração ofegante dela. Por conhecer o gosto, a carne doce e sedutora dos seios dela na palma de sua mão.

Ele pigarreou, esforçando-se para manter a compostura pela terceira vez naquele dia, o que já era demais.

— Nenhuma novidade ainda, Vossa Senhoria. Inspecionei minuciosamente todo o perímetro da Hunt House e posicionei meus homens em todas as áreas que considerei mais vulneráveis.

Ridgely lhe lançou um olhar irônico.

— Temos vulnerabilidades? Confesso que pensei que meu pai havia mandado construir uma fortaleza; uma homenagem à sua... à colossal importância que se dava, por assim dizer.

Não cabia a Theo investigar o relacionamento de Ridgely com o duque anterior, mas se identificava com a apatia que percebia na voz do homem, com uma pontada de amargura bastante humana. Uma verdade inegável era que, independentemente da posição de qualquer pessoa na vida, todo homem, mulher e criança eram capazes de sentir as mesmas emoções que atormentavam as classes acima e abaixo deles. Ele havia aprendido essa lição da maneira mais brutal.

— O jardim apresenta uma oportunidade, especialmente para alguém com propósitos nefastos, de se esconder e depois tentar entrar por outro meio, sob o manto da escuridão — explicou ele, em vez de oferecer consolo ou comiseração, como teria feito uma vida atrás, quando era superior ao duque de Ridgely em hierarquia. — A entrada dos estábulos também é bastante vulnerável, pois muitas pessoas entram e saem, e o lugar não é tão seguro quanto deveria ser. Também há as portas abaixo do terraço da fachada oeste. Providenciei para que guardas fossem colocados em cada um desses locais.

— Inferno! — A máscara de despreocupação do duque caiu e, pela primeira vez, via-se que estava enormemente cansado enquanto passava a mão pelos cabelos. — Eu não havia pensado em nenhum desses lugares. Não admira que alguém quase tenha me matado em minha cama. Muito tempo sendo duque transforma um homem em cabeça de bagre. Devo aparentar ser um belo e gordo pato pronto para ser depenado.

— Talvez não gordo, Vossa Senhoria — admitiu Fera, sem sorrir. — Mas um pato, sem dúvida.

O duque estreitou o olhar.

— Você é estranho. Não é de medir as palavras. Gosto bastante disso. Sinceridade é coisa rara na sociedade, hoje em dia.

Fera inclinou a cabeça.

— Não sei dizer.

— Imagino que não. Você não é o tipo de sujeito que gosta de ir a bailes, não é? — Ridgely lhe lançou um olhar avaliador. — Tenho a impressão de que se sentiria mais à vontade com uma adaga na mão do que com uma bengala.

— Não vou negar.

Theo sentiu um leve sorriso surgir em seus lábios porque o duque o havia analisado com tamanha facilidade. Ele se orgulhava de sua capacidade de permanecer misterioso e impenetrável. Quanto menos soubessem ou pensassem sobre ele, melhor. Razão pela qual sua preocupação com a viúva marquesa de Deering estava começando a se tornar um problema.

Mas não era a única razão. A lista, aparentemente, poderia se estender por quilômetros, abrangendo todas as vias públicas de Londres até chegar ao Norte.

— Tierney diz que você é o melhor, e nunca tive notícias de ele ter se enganado — declarou Ridgely. — Aceita um conhaque? Deus sabe que preciso de um depois dos últimos dois dias; e odeio beber sozinho, a menos que não tenha escolha.

— Não, obrigado, Vossa Senhoria — recusou Fera, pois quase nunca bebia.

Houve um tempo em que ele se afogava na bebida e na indolência; quando se permitia baixar a guarda a ponto de estar embriagado demais para saber a diferença entre uma cobra e um pedaço de cipó. Mas agora sabia a diferença, e não repetiria o erro. Uma vez já havia sido quase fatal.

— Maldição — murmurou Ridgely. — Bom rapaz. Suponho que tenha assuntos mais importantes para tratar esta noite. Você dorme, Fera? Posso jurar que o vejo rondar os corredores a qualquer hora do dia e da noite.

— Muito pouco quando estou trabalhando.

E quando não estava também; mas isso não era da conta de Ridgely. A gentileza do duque era descabida; Theo não a merecia. Na verdade, se Vossa Senhoria tivesse a mínima ideia dos pensamentos que passavam pela cabeça de Fera a respeito da marquesa desde a noite anterior, certamente o teria desafiado para um duelo, em vez de lhe oferecer conhaque.

Ele não deveria ter ficado no jardim com ela. No momento em que a vira naquele banco, mordendo aquele lábio doce e carnudo enquanto o giz pastel corria sobre o caderno em seu colo, deveria ter se afastado. Mas se aproximara, atraído por ela como sempre, dizendo a si mesmo que era em nome do dever que cumpria; mas a verdade era muito menos altruísta.

Fora até ela porque estava faminto pela cadência sensual de sua voz; pelo aroma de seu perfume na brisa. Porque estava tão encantado com ela que aproveitaria qualquer pretexto para ter a chance de encontrá-la.

— Sua dedicação é louvável — elogiou Ridgely, imiscuindo-se nos pensamentos de Theo e lhe provocando uma nova onda de culpa que ameaçava afogá-lo.

— Se não há mais nada com que eu possa ajudar, Vossa Alteza, devo retornar ao meu posto — conseguiu dizer.

— Claro — replicou Ridgely com tranquilidade —, é um homem livre, senhor. Não vou forçá-lo a ficar mais tempo.

— Obrigado — disse Theo, levantando-se e fazendo uma reverência.

Mas o duque estava errado; ele não era um homem livre, desde o dia em que nascera herdeiro do rei da Boritânia. Tampouco ele o era agora. Ao abandonar o escritório, voltou a pensar na irmã. Stasia estava em Londres, perto. Perto a ponto de poder encontrá-lo, se realmente desejasse. Mas Fera não sabia o que sua chegada repentina ou suas sondagens sobre ele significavam. Fazia mais de dez anos que não falava com a irmã, desde muito antes de ser levado à masmorra do tio. Já haviam sido próximos, mas era muito provável que ela houvesse se tornado uma das asseclas do tio deles, se por nenhuma outra razão, por autopreservação.

Não, ele não errara ao dizer a Tierney que o irmão de Stasia estava morto. Porque o Theo que ela havia conhecido desaparecera para sempre. Morrera caído naquela fria masmorra de pedra sob o Palácio August; morrera quando seu sangue fora derramado devido aos açoites, cortes e queimaduras em seu corpo e a infecção se instalara.

Estava muito melhor no presente, apesar da viúva enlouquecedora que, estando sob o mesmo teto, era uma tentação além de qualquer medida. Theo se repreendia repetidamente por sua estupidez enquanto se dedicava à tarefa de garantir a segurança da Hunt House. Mesmo que a viúva Lady Deering se permitisse um ou dois encontros ilícitos, ele não poderia ser verdadeiramente íntimo de uma mulher.

Por causa de sua pele horrivelmente marcada.

Ela merecia coisa melhor, caso estivesse propensa a se rebaixar a dormir com um guarda-costas sem nome que havia sido encarregado de manter a casa de seu irmão livre de assassinos. Melhor que um homem traumatizado e assombrado pelos demônios que o visitavam. Ela merecia um lorde de mãos macias, que sussurrasse sonetos em seu ouvido e a mimasse com presentes e joias e tudo o mais que fazia uma mulher como ela sorrir.

Fera ainda não a vira sorrir.

Chocou-se ao perceber quanto queria ver aqueles lindos lábios rosados sorrindo, ver o gelo de seus olhos se derreter em brilho e calor.

Como era tolo!

Já era tarde; Theo disse a si mesmo que ficaria longe do hall privado onde ficava o quarto de Lady Deering. Disse a si mesmo que nada de bom poderia resultar de outro encontro entre os dois naquela noite.

Parou para conversar com os dois homens que havia colocado nos corredores do andar de baixo, onde estavam as entradas dos jardins que eram pouco usadas e podiam ser facilmente invadidas. Thomas e Richard lhe asseguraram que nada de errado havia acontecido. A noite estava tranquila; nada além do ruído ocasional de um rato correndo pelo chão frio do porão.

Deixou os homens para trás e foi até os estábulos, onde se desenrolava uma espécie de comoção, apesar do adiantado da hora. Aproximou-se quando ouviu um dos cavalariços falando com o chefe do estábulo e o nome *dela* chegou a ele no ar fresco da noite.

— ... a carruagem de Lady Deering... gravemente danificada...

Aumentou a velocidade de seus passos.

— Como está Sua Graça? — perguntou o chefe ao cavalariço.

— Está bem — respondeu o cavalariço. — Mas não muito satisfeita por ter sido deixada na rua, imagino. Eu disse a ela que iria buscar ajuda e voltaria.

— Mark, o cocheiro, está esperando com ela?

Por deus! A marquesa estava presa em algum lugar, em uma carruagem quebrada, àquela hora tardia? Um temor se alojou na garganta de Theo, acompanhado da necessidade de protegê-la.

Ele foi até o cavalariço e o chefe dos estábulos.

— O que aconteceu?

O cavalariço o olhou com desconfiança.

— Quem é você?

— Sou o guarda designado para vigiar esta casa e todos que nela vivem, incluindo Lady Deering — explicou. — Agora, conte-me o que se passou.

O cavalariço olhou para o chefe, que assentiu, pois já conhecia Theo, que havia feito uma extensa exploração dos estábulos.

— Ele se chama Fera e é de confiança. Conte-lhe o que houve com a carruagem de Lady Deering.

— Teve um problema na roda traseira — relatou o cavalariço. — O cocheiro não pôde desviar de um grande buraco, devido ao tráfego na via, e bateu a roda. Não se atreve a prosseguir enquanto não for consertada, para a segurança de Sua Graça.

Theo pensou que havia a possibilidade de que a carruagem do duque tivesse sido sabotada para causar danos às rodas quando passasse por uma superfície irregular. Talvez a pessoa que queria ver Ridgely morto houvesse ficado mais criativa depois das tentativas anteriores — que começaram antes da morte do homem na escada, quando Ridgely fora atacado na rua.

E se assim fosse, isso poderia significar que Lady Deering estava em perigo.

Sentiu um nó nas entranhas.

— Quem ficou lá para oferecer proteção à Sua Graça?

— Mark, o cocheiro — disse o cavalariço,

A informação não conseguiu aplacar os temores de Theo, pois ele o conhecera; era um sujeito magro como um chicote, de cabelos brancos, e não parecia capaz de machucar nada com mais substância que uma mosca.

— Leve-me até ela.

CAPÍTULO 6

Esperar dentro de uma carruagem fria com uma roda quebrada, com toda a certeza, não era como Pamela teria imaginado terminar sua noite. Lady Virtue alegara exaustão após se demorarem nas compras, e depois do confronto inesperado com Fera nos jardins, ela decidira se aventurar em um jantar íntimo oferecido por sua amiga Lady Penwicke. Selina era uma devotada padroeira das artes e, como sempre, havia convidado ao jantar uma série de poetas e artistas fascinantes.

Fora uma excelente distração e um breve alívio para a inquietação que a afligia. Pamela bebera um pouco de vinho a mais, perdera muito dinheiro no *uíste*, demorara-se mais do que ditavam as boas maneiras, conversando noite adentro e, em mais de uma ocasião, rindo mais alto do que seria apropriado. A querida Selina estava sempre flertando com o escândalo, e Pamela, embora nunca pudesse sequer imaginar se permitir ser tão ousada, admirava secretamente os modos da amiga. Ainda que o restante do grupo não aprovasse a crescente ousadia de Selina.

Porém, todo o deleite pela noite e sua capacidade de banir de sua cabeça um estranho enlouquecedor de olhos misteriosos foram frustrados no momento em que a carruagem atingira aquele terrível buraco na rua. Batera com força, sacudindo-a e derrubando-a das almofadas de seda. Caíra de traseiro, que ainda doía terrivelmente devido ao impacto repentino.

E lá estava ela, esperando.

Espiando a noite pelas cortinas que cobriam a janela da carruagem, torcendo para que nenhum ladrão oportunista aparecesse e fugisse com sua bolsinha. Ou pior.

Ela estremeceu por causa do ar frio — que ainda não estaria tão frio se houvesse chegado à Hunt House no tempo previsto para o trajeto. Teria chegado se o Buraco da Morte não houvesse interferido em uma noite totalmente adorável. Mark, o cocheiro, pedira mil desculpas por não ter conseguido desviar a carruagem a tempo. Um cavalariço fora enviado à Hunt House. Pamela ficou à espera, e seus pés estavam ficando cada vez mais gelados.

O som de vozes masculinas chegou a ela, interrompendo seus pensamentos e despertando a esperança no lugar do medo que residia em seu interior. Ela supôs que teria que permanecer na carruagem ainda mais tempo, enquanto o cavalariço cumprisse sua tarefa.

Porém, com a mesma rapidez que sua esperança floresceu, ela desapareceu com a abertura da porta do veículo. Pois ali, emoldurado pelo brilho bruxuleante das luminárias da carruagem, estava um homem que ela conhecia muito bem. Não era o jovem cavalariço que partira com a promessa de voltar o mais rápido possível. Era um homem absurdamente bonito, cujo semblante parecia ter sido esculpido em mármore.

O homem que ela se esforçava ao máximo para evitar, tanto em pensamentos quanto em presença.

— Fera — disse, consternada.

— Milady — respondeu ele, com seu jeito caracteristicamente sombrio. — Está bem?

Bem? Como poderia estar bem se ele estava ali? O calor a dominou quando o olhar frio de Fera passou por seu corpo como se procurasse algum indício de ferimento. O que ele estava fazendo na carruagem dela àquela hora da noite, como um antigo cavalheiro indo em seu socorro? Por que Ridgely o havia enviado? Acaso não conhecia o perigo de deixar uma mulher sozinha com um homem tão torturantemente atraente quanto Fera?

Como ela não respondeu rápido o suficiente, ele subiu na carruagem com graciosa facilidade, contornando-a para se sentar ao seu lado.

— Lady Deering? Há algo errado?

Sim, estava tudo errado.

Porque ela estava um tanto embriagada devido ao vinho que bebera no jantar de Selina, e porque a coxa dele estava encostada na dela de maneira íntima. E porque ela não conseguia se afastar dele e se manter a uma distância apropriada.

Ela finalmente conseguiu falar:

— Estou bem o bastante para uma mulher que foi deixada em sua carruagem quebrada no meio da noite.

Especialmente depois que o homem que havia chegado para lhe oferecer ajuda era o último que ela escolheria para tal tarefa.

— Não está ferida? — perguntou ele com a voz baixa e suave.

Voz que só ela poderia ouvir. Embora houvesse sido brusco e seu semblante continuasse desprovido de qualquer sinal de alegria, como sempre, havia um tom subjacente em sua voz que era novo. Poderia ela ousar pensar que era preocupação? Por ela?

Pamela disse a si mesma que era uma tola.

— Estou cansada, senhor. Diga-me por que veio.

— Para levá-la para casa. Vou ajudá-la a descer.

Ele lhe ofereceu a mão, sem luva, com a palma para cima.

Pamela não queria tocá-lo porque, mesmo com a barreira de suas próprias luvas de pelica, temia o efeito que teria sobre ela. Manteve suas mãos no colo.

— Não preciso de sua ajuda.

— Não disse que precisava, mas estou oferecendo mesmo assim.

Ele a fitou sem sorrir, com uma única sobrancelha erguida. Logo ela pensou que ele não estava vestido adequadamente para sair de casa. Não estava de sobretudo nem de chapéu, como se houvesse saído correndo da Hunt House para procurá-la no momento em que soubera de sua situação.

Apesar de toda sua intenção de se proteger dele, algo se suavizou dentro dela. Pamela se viu cedendo. Se ela recusasse ajuda, seria apenas grosseira.

Relutante, ela pousou a mão na dele, despreparada para a sensação que a dominou quando ele entrelaçou os dedos nos dela de tal maneira que parecia indiscutivelmente certo.

— Está bem — concordou ela, com uma voz rouca que não conseguiu disfarçar.

— Venha. Vou levá-la para casa; os cavalariços e o cocheiro cuidarão da carruagem.

Ela obedeceu, permitindo que ele a guiasse gentilmente da carruagem até a rua onde o novo e valioso cabriolé de Ridgely a aguardava. O veículo era pequeno, próprio para apenas duas pessoas — um condutor e um passageiro — e puxado por um único cavalo. Era o tipo de veículo que ela imaginava que seu irmão devia usar para cortejar, ou talvez até para escoltar uma amante. Não era um meio de transporte para uma viúva recatada durante a noite, sozinha com um homem que era atraente demais.

Mas Fera não parecia interessado em lhe dar tempo para contemplar se seria sensato seguir para casa dessa maneira. Foi puxando-a em direção ao cabriolé. Ainda por cima, segurava a mão dela e estavam no meio da cidade, onde qualquer carruagem que passasse poderia ver a marquesa de Deering sendo conduzida por um devasso de má reputação.

— Nem pense em me conduzir para casa — protestou ela. — Qualquer um poderá ver que estou dentro de um veículo sozinha com um cavalheiro no meio da noite.

— Pois que vejam.

Sem hesitar, ele continuou a puxando.

Mas ela soltou a mão dele e parou.

— Não quero escândalos.

— Prefere ficar na rua a noite toda? — perguntou ele.

Uma rajada de vento bagunçou seus cabelos e a luz da lamparina da carruagem fez seus olhos brilharem.

Certamente ele estava com frio, mas, mesmo assim, saíra para encontrá-la. Que homem estranho ele era, tão contido e, ao mesmo tempo, capaz de tamanho arroubo; aparentemente indiferente, mas protetor.

— Não creio que demore a noite toda para se consertar a roda — protestou ela.

Ele se aproximou dela de repente, abaixando a cabeça para que seu rosto ficasse na mesma altura do de Pamela.

— Milady, seu irmão corre perigo e é possível que você também. Não a deixarei aqui à mercê de assassinos e vilões.

O forte lembrete foi como um punho se fechando sobre seu coração. Ela não havia esquecido o verdadeiro motivo da intrusão daquele homem em sua vida. Alguém queria fazer mal a seu irmão. O perigo era real. Além disso, Fera não estava lhe dando alternativa. Outra brisa agitou o xale ao redor de seu corpo e o ar frio percorreu seus tornozelos e panturrilhas sob suas anáguas e o vestido.

— Minha reputação... — contestou ela, ainda sentindo que não poderia simplesmente ceder, sabendo quão imprudente seria. — Sem dúvida, não se preocupa com a sua, mas o lugar de uma viúva na sociedade nunca está assegurado.

Um cacho se soltou de seu coque, escapando por baixo do chapéu e se colando em sua face. Antes que ela pudesse tirá-lo, os dedos de Fera, calejados e frios, estavam roçando seu rosto, tocando-a com uma ternura que ela não esperava. Ele prendeu a mecha atrás da orelha dela.

— Está ficando cada vez mais frio — disse ele, seu tom tranquilo. — Pegará um resfriado caso se demore mais.

A mudança nele teve um efeito estranho sobre Pamela. Ela não esperava vê-lo preocupado, gentil. Era como se Fera gostasse dela, o que era bobagem, porque eles mal se conheciam. Não haviam trocado nada além de alguns beijos imprudentes.

— Por que Ridgely o enviou a mim? — perguntou Pamela, frustrada consigo mesma por sua vulnerabilidade no que dizia respeito a este homem.

Contrariada também com o irmão, por deixá-la sem escolha a não ser acompanhar Fera de volta à Hunt House.

Certamente, ele devia saber como seria errado sentar-se ao lado do guarda, ser vista escoltada no meio da noite por ele. Se alguém com a língua solta passasse por eles, ela se veria imediatamente envolvida em um escândalo. E quanto à sua possibilidade de continuar protegendo Lady Virtue… Bem, ruiria na mesma medida.

— Ridgely não me mandou até aqui — informou Fera baixinho, taciturno.

Ela franziu a testa; tremeu quando o vento passou outra vez por eles. Embora Mark e os cavalariços já estivessem trabalhando na roda da carruagem e outros veículos passassem ruidosamente pela rua, ela não conseguia se livrar da sensação de que eles eram as únicas pessoas ali.

— Quem foi, então?

— Eu mesmo, marquesa. — Ele pegou a mão dela, sem nem pedir permissão dessa vez, entrelaçando os dedos. — Agora venha, antes que fique doente por conta deste frio.

Confusa, Pamela permitiu que ele a conduzisse até o veículo que os esperava. A revelação dele só aumentou sua confusão e multiplicou os sentimentos profundos que ela lutava para ignorar. Ele havia ido até ela por vontade própria…

Por quê? Por querer ajudá-la? Por temer pela segurança dela? Ou só por obrigação? Oh, por que ela deveria se preocupar com o motivo? Não importava. Ela não tinha intenção de ceder àquela atração inconveniente que sentia por ele. Nem no caminho de volta à Hunt House, nem nunca.

Fera ajudou Pamela a subir, e ela se acomodou no banco, observando enquanto ele subia depressa no cabriolé e se sentava ao seu lado. Mais uma vez, a coxa dele estava encostada na dela, separadas por camadas civilizadas de tecido, e assim como antes, ela não conseguiu evitar sentir-se afetada pelo contato.

Bem que queria não se deixar afetar.

O cabriolé começou a rodar, levando-os rua abaixo. Ela notou que ele segurava as rédeas com firmeza e experiência, guiando habilmente o cavalo pela rua estreita. O teto do cabriolé os cercava, fazendo com que a viagem parecesse muito mais íntima do que realmente era, pois a metade dianteira era aberta e o vento frio da noite roçava suas faces. A luminária da carruagem brilhava, destacando todos os ângulos acentuados do rosto dele e o anel que usava no dedo indicador.

Ele mantinha o olhar fixo na rua, os lábios comprimidos, e seguiam em silêncio, quebrado apenas pelo som dos cascos do cavalo e o tilintar dos arreios. Pamela não sabia se era o vinho que havia consumido que borbulhava dentro dela e a tornava imprudente ou se era o homem ao seu lado que tinha tanto poder sobre ela; mas, de repente, ficou bastante contrariada; ele havia ido em seu socorro para ignorá-la?

— Não vai falar comigo, agora que já conseguiu o que queria? — perguntou ela bruscamente, apertando a pequena bolsa e o xale com força.

Ele não disse nada durante alguns instantes.

— Não consegui o que queria, marquesa — respondeu Fera por fim, sem sequer se dignar a olhar na direção dela.

Ela baixou o olhar e observou de novo as mãos dele, tão grandes e capazes, segurando as rédeas. A vontade de senti-las em seu corpo provocava uma dor visceral que ela não conseguia controlar. Queria aquelas mãos nela, sentir a pele dele na dela.

Não, Pamela, advertiu-se em pensamentos. *Você não deve se permitir sucumbir à tentação.*

— A mim parece que sim — ela não resistiu a acrescentar, tendo o cuidado de manter a voz fria.

E, acima de tudo, tentando evitar olhar para as mãos dele e pensar como seria se explorassem seu corpo.

— O senhor me coagiu a desfilar por Londres no meio da noite ao seu lado, em vez de esperar no conforto privado de minha carruagem.

— Hmmm. — Foi toda a resposta que ela teve, um som evasivo que era quase um grunhido.

Seguiu-se mais silêncio, durante o qual Pamela só sentia a coxa dele roçando a dela cada vez que o cabriolé chacoalhava. Ela pressionou as pernas unidas na tentativa de não o tocar, mas isso só serviu para aumentar o desejo que pulsava entre suas coxas.

— Por que veio atrás de mim? — questionou ela, incapaz de reprimir a pergunta que ainda a intrigava. — Se Ridgely não o mandou, e se o cavalariço já estava voltando com ajuda para consertar a carruagem, por que veio até mim e exigiu que eu o acompanhasse à Hunt House?

Ele continuava se recusando a fitá-la.

— Seu bem-estar é minha responsabilidade.

Ela sentiu certa decepção diante de sua resposta, e se deu conta de que não passara despercebida.

Pamela apertou os lábios e observou-o, antes de acrescentar:

— Pensei que o bem-estar de meu irmão fosse sua responsabilidade.

— A segurança de todos naquela casa é meu dever — respondeu Fera.

A resposta dele não a tranquilizou. Na verdade, apenas aumentou sua frustração e irritação. O que ela queria que significasse o fato de ele ter ido procurá-la? Acaso sua tolice não tinha limites?

— Creio que devo lhe agradecer, então — disse ela, ácida. — Por cumprir seu dever.

— Não há necessidade. — Ele lhe lançou um olhar rápido que ela não conseguiu interpretar, e logo voltou a olhar adiante. — Estou sendo generosamente pago por Vossa Senhoria.

Isso só a provocou mais.

— Claro...

Sua voz saiu tensa, até mesmo para seus próprios ouvidos. Todo o calor que a tomara quando ele surgiu logo desapareceu. Ele havia deixado claro que não estava bancando o galante cavalheiro indo em seu socorro. E isso era bom, pois se esse fosse o caso, o que ela faria? O que poderia fazer?

Nada. Pamela voltou sua atenção à rua escura, tentando ignorar a possibilidade de que as carruagens que passavam por eles contivesse alguém que a reconhecesse e contasse a outras pessoas a história daquele trajeto inadequado no meio da noite. Ela poderia simplesmente ignorar a presença dele ao seu lado; manter o olhar desviado e a cabeça baixa. Nas sombras, em um cabriolé sem identificação, era provável que ninguém a reconhecesse.

— Seja como for, fico feliz por nenhum mal ter lhe acontecido esta noite, marquesa — declarou ele de repente, com tanta suavidade que ela pensou que havia ouvido mal.

Ela pestanejou e olhou para Fera. Mas ele simplesmente continuou ali, segurando as rédeas com a mesma facilidade de antes, olhando para a frente. Não havia nada para Pamela olhar, exceto seu lindo perfil, que ela amaldiçoou por ser tão terrivelmente perfeito.

— Sem dúvida, eu deveria responder algo educado, mas acho que não gosto muito do senhor — retrucou ela. — Deve estar satisfeito por nada de ruim ter acontecido comigo porque, se acontecesse, não receberia suas preciosas moedas.

— Hmm — replicou ele outra vez.

E então não pronunciou mais uma única palavra enquanto o cabriolé chacoalhava pelas ruas, levando-os à Hunt House. Pamela disse a si mesma que era melhor assim. Mas cada chacoalhão do veículo que provocava o contato físico entre eles fazia dela uma mentirosa.

CAPÍTULO 7

Theo disse a si mesmo que deveria ir para o quarto que lhe fora reservado para dormir, um dos quartos de hóspedes menos formais, um andar abaixo do quarto de Lady Deering. Não em honra às suas raízes reais, e sim porque o duque de Ridgely queria que ele estivesse perto dos dormitórios à noite. Ele não havia dormido na noite anterior, e embora pretendesse dormir algumas horas durante o dia, também não conseguira. Entre reportar-se a Tierney e ao duque e fazer outra inspeção na Hunt House, simplesmente não tivera oportunidade.

Estava cansado, por isso, havia confiado sua vida aos homens que estavam de plantão naquela noite. Theo sabia que nenhum intruso conseguiria passar pelas muralhas recentemente fortificadas da enorme casa do duque. No entanto, lá estava ele, vagando lentamente pelo corredor escuro no andar de cima. Porque, aparentemente, ter tido o corpo dela, delicioso e cheio de curvas, esfregando-se contra ele durante todo o trajeto no cabriolé não havia lhe causado angústia suficiente.

Havia desejado tomá-la nos braços e beijá-la como tanto ansiava. Beijá-la diante de cada carruagem que passasse e mostrar ao mundo que ela lhe pertencia, que ele era seu dono, por mais impossível e ridícula que fosse essa ideia tola.

A marquesa de Deering nunca seria dele. Nunca poderia ser. E, de qualquer forma, ela não gostava dele; proclamara isso com uma certeza cortante no caminho de volta à Hunt House. Ele estivera sentado ao lado dela, recorrendo a toda a moderação e todo o controle que possuía para não a tocar, fitar ou, pior, puxá-la para seu colo. Durante todo o tempo, ela estivera pensando que ele ousara pôr em perigo sua reputação, levando-a para casa no meio da noite, em vez de deixá-la entregue a seu destino.

Haviam existido breves momentos em que a mesma consciência que o atingira no primeiro encontro se acendera entre eles, o escaldante reconhecimento de que havia uma poderosa atração, cujas chamas ardiam e cresciam entre ambos. Mas ela a aniquilara com seu gelo, e ele segurara a língua e mordera a bochecha para não dizer algo de que se arrependeria mais tarde.

Ele passou pelo quarto que sabia ser o dela, e por baixo da porta notou que não havia indícios de luz. Pelo menos um deles havia encontrado consolo no sono naquela noite. Mas ele não a invejava; mesmo quando não estava de guarda, Theo dormia o mínimo possível, pois os sonhos não poderiam assombrá-lo se estivesse acordado.

Depois de mais uma passagem pelo salão, certificou-se de que não havia movimento, sons ou intrusos. Nem uma deusa de cabelos dourados empunhando um atiçador e pretendendo causar-lhe um ferimento mortal.

Que pena...

Ele chegou à escadaria de pedra, no coração da Hunt House, e desceu um andar, onde os menores aposentos de hóspedes se misturavam com diversas antessalas. Uma sala de música, um salão, uma segunda sala de estar menos grandiosa que a primeira, que ficava um andar abaixo. Quando chegou ao extremo oposto do corredor, um brilho bruxuleante sob uma das portas chamou sua atenção.

Era muito improvável que um intruso houvesse parado para acender um par de velas, mas nunca se podia ter total certeza quando se tratava de criminosos. Com a mão no punho da adaga que levava escondida no colete, Theo atravessou furtivamente o corredor, parando ao lado da porta fechada. Prendendo a respiração, com cuidado para fazer o mínimo de ruído possível, levou a mão à maçaneta e devagar, bem devagar, abriu a porta.

Conforme o vão da porta se alargava, uma cena familiar se revelava.

Ele soltou o ar e o frio metal de sua adaga, e abriu a porta para anunciar sua presença. Lady Deering estava deitada sobre uma chaise longue, vestindo algo de confecção espumosa que ele supôs ser um robe, mas que realçava sua sedutora feminilidade. Ela era toda doce, tinha curvas femininas e cachos dourados que caíam em cascata; seus pés descalços apareciam por baixo da bainha de sua roupa, e os tornozelos cruzados em uma pose indolente que ele nunca havia visto em uma dama.

No colo dela estava o mesmo caderno com capa de couro no qual ele a vira desenhar tão compenetrada no jardim. Ela tinha o suporte para giz de cera entre seus dedos elegantes, e seu rosto continha uma expressão de profunda concentração. Foi nesse momento que Theo percebeu que, apesar de ter aberto a porta, apesar de estar à soleira do aposento, a marquesa não fazia ideia de que já não estava sozinha.

Deus, ela era como um patinho recém-nascido à mercê das presas de uma raposa faminta e cruel. Primeiro, fora deixada na rua sem nenhuma proteção, exceto um cocheiro idoso. E agora, ela nem percebia que não estava sozinha. Ao contrário da outra noite, quando ela pretendera acertar-lhe a cabeça, naquela noite parecia ter baixado todas as suas defesas.

Talvez fosse o vinho que ele notara no hálito dela antes. Ainda não conseguia evitar de se perguntar onde ela estivera naquela noite, e com quem. Mas era uma curiosidade tão tola quanto as demais bobagens que passavam por sua mente, de modo que ele, implacavelmente, obrigou-se a afastá-la.

Pigarreou baixinho, anunciando sua presença.

Com um sobressalto que fez seu suporte para giz de cera cair no tapete Axminster, o olhar de Pamela foi de imediato para ele, arfando por seus lábios entreabertos. Ela levou a mão ao coração, chamando a atenção de Theo para seus seios cheios sob o robe. Seu pau latejou.

— Senhor — sibilou ela, sem sequer tentar disfarçar seu descontentamento ao vê-lo ali, imiscuindo-se em sua solidão naquela sala privada. — O que faz aqui? Acaso nunca dorme?

Ele não respondeu às perguntas dela, apenas entrou e permitiu que a porta se fechasse atrás de si.

— Se eu fosse um transgressor com a intenção de lhe fazer mal, teria conseguido facilmente, dado quão distraída estava com seu desenho. Precisa se cuidar melhor, marquesa.

Ela se levantou, formando um remoinho de linho claro.

— Quem pode afirmar que *o senhor* não é um transgressor?

Ela tinha razão.

— Mas não um transgressor que pretende lhe fazer mal, milady.

Não, de fato. Fazer-lhe mal era a intenção mais distante de sua mente. Tudo que ele desejava fazer com ela envolvia muito prazer. Infelizmente, todas essas coisas estavam fadadas a permanecer alojadas em sua cabeça e não se concretizar.

Ela se curvou para pegar o suporte para giz de cera que havia deixado cair e, antes de se aprumar, lançou um sorriso frio a ele.

— Como pode ver, não sou um intruso, nem alguém que fica escondido pelos cantos. O único intruso está diante de mim. Devo pegar um atiçador?

Acaso ela o estava provocando? Ele não podia acreditar nisso.

Theo se aproximou tanto que o leve indício do aroma dela o excitou.

— Não, a menos que queira repetir o que aconteceu da última vez que tentou me ferir, marquesa.

As narinas de Pamela se dilataram, ela ergueu o queixo em atitude desafiadora, e ele desejou beijá-la até que todo aquele gelo derretesse e se tornasse chama incandescente.

— Não ousaria.

— Talvez se surpreenda com o que eu ousaria — afirmou ele, parando diante dela e sustentando seu olhar.

Azul; azul exuberante. Ele poderia se perder naqueles olhos com uma facilidade perigosa. Mas já não era o jovem príncipe negligente que flertara e seduzira tantas damas ansiosas na corte. Não tivera uma amante desde que chegara à Inglaterra, e não tinha intenção de ter uma agora. Não que aquela Viúva de Gelo se dignasse a recebê-lo em sua cama...

— Desconfio que seja um homem que esconde muitas surpresas — exprimiu ela baixinho, com um pouco da frieza em sua voz inesperadamente moderada.

Mais do que ela poderia imaginar, pensou ele com ironia.

Mas em voz alta disse simplesmente:

— Não mais do que qualquer outro homem.

Ela franziu os lábios e estreitou os olhos, observando-o com uma intensidade que o fez instintivamente querer desviar o olhar.

— Parece que está tentando me ludibriar, senhor.

Ludibriar? Apesar de conhecer bem o idioma, ele não era nativo daquela região e, portanto, não conhecia esse termo, que evocava pensamentos incrivelmente luxuriosos. Mas não acreditava realmente que significasse o que certa parte de sua anatomia esperava que fosse.

Ele suprimiu o desejo que ameaçava aumentar.

— Parece ser o tipo de mulher que acredita no que quer, independentemente do que lhe digam. Pense como quiser, marquesa.

— Farei isso, e não preciso de sua aprovação — retrucou ela com aspereza.

Involuntariamente, surgiu a lembrança de Pamela em seus braços, o corpo exuberante dela contra o seu, o calor úmido em sua coxa, o mamilo tenso e sensível. Ah, se pudesse se entregar às necessidades que ele pensava já estarem mortas havia muito tempo, mortas como o homem que um dia fora... A frieza dela o fazia desejar provar quanto ela fora afetada, apesar de, em seu exterior impassível, fingir que não. Ele admirava a tenacidade, a perspicácia dela. A maneira como se comportava, corajosa como uma princesa.

Eram pensamentos tolos e infrutíferos. Theo os expulsou de sua mente, e o cansaço de repente começou a pesar sobre ele, fazendo-o recordar que não dormia havia mais de um dia.

Ele inclinou a cabeça para ir e interromper aquela maldita conexão indesejada entre ambos. O destino que fosse para o diabo.

— Vou deixá-la em sua privacidade, milady. Peço perdão pela interrupção — disse ele, fazendo uma leve reverência.

— Ou pode sentar-se — contrapôs ela, abismando-o.

Theo se aprumou, perguntando-se se acaso havia ouvido mal.

— Sentar?

— Isso. Dobrar o corpo e baixá-lo suavemente sobre um assento confortável — descreveu ela, erguendo uma de suas sobrancelhas cor de trigo. — Embora nunca o tenha visto fazer isso em um ambiente fechado, acredito que esteja familiarizado com tal prática.

Deus do céu, ela estava usando ironia. Ou debochando dele. Theo não tinha certeza quanto a qual dos dois, mas não sabia se isso importava. Lady Deering o havia convidado para se sentar, já passava das duas da manhã e ela vestia apenas um etéreo robe. Theo baixou o olhar para os lindos pés dela e engoliu em seco. Deveria recusar educadamente e ir para sua cama e dormir algumas horas de um sono tão necessário.

— De fato, estou familiarizado com o processo — respondeu ele, fazendo o jogo dela, sem saber aonde chegaria e adorando cada momento.

— Então sente-se, sr. Fera. — Com descontração, ela indicou uma cadeira. — Sente-se, por favor. Estou precisando de um tema, e uma vez que o mundo todo está dormindo, o senhor terá que servir.

Theo franziu a testa.

— Não é sr. Fera. Apenas Fera.

— Fera é seu nome de batismo ou seu sobrenome? — perguntou ela, inclinando a cabeça como um pássaro curioso.

Lady Deering era teimosa. Ele vivia nas sombras havia anos e ninguém jamais o questionara como ela. Ninguém jamais olhara para ele como se estivesse em seu interior, vendo a feiura que mantinha escondida do mundo.

— Ambos. — Ninguém o chamava de Theo havia anos, e ele achava que não suportaria ouvir seu nome nos lábios deliciosos da marquesa.

Ela soltou um suspiro de contrariedade e apontou para a cadeira.

— Guarde seus segredos, se for preciso, mas sente-se. Não posso desenhá-lo se estiver pairando sobre mim.

Desenhá-lo? Ah, sim... ela havia dito que precisava de um tema. Sua mente hiperexcitada não havia entendido todas as implicações disso. A simples ideia de permanecer sentado na presença dela por qualquer período enquanto ela o estudava fez com que sua gravata e suas calças parecessem subitamente apertadas. Era um pedido absurdo, que ele deveria ignorar. Estava exausto, provavelmente já no ponto em que preferia cair na cama e dormir um sono sem sonhos por preciosas horas.

Mas seus pés o levaram pelo tapete, passando tão perto dela que o aroma de jasmim e jacinto encheram de fogo sua cabeça. Ele parou diante da cadeira que ela lhe indicara e se voltou, encontrando o olhar de Pamela, que o fitava de volta. Ela ainda estava em pé, e Fera se perguntou se acaso acreditara que ele não obedeceria a seu decreto.

Que inferno, não tinha a intenção de obedecer, mas ali estava ele.

Um leve sorriso surgiu em seus lábios carnudos, e Theo sentiu algo se agitar em seu interior.

— Como eu disse, um homem de muitas surpresas.

Após esse pronunciamento, ela graciosamente tornou a se sentar na chaise longue, dessa vez não tão confortável quanto no instante em que ele a encontrara, posicionando com cuidado seus pés descalços para o lado e se certificando de que ficassem totalmente escondidos pela bainha de seu robe.

Mesmo sentada como estava, ela ainda era majestosa. Mas parecia menos fria e indiferente. Havia nela uma suavidade que ele nunca notara antes, e imaginou que a estava vendo sem o escudo e a armadura. Era assim que ela se mostrava quando não havia ninguém por perto, pensou.

— Sente-se, Fera.

Atordoado, ele fez o que ela ordenou; sentou-se, rígido, na borda do assento, com a coluna reta como uma vareta. Fazia uma vida inteira que não se sentava em um ambiente íntimo com uma mulher e, de repente, estava terrivelmente consciente desse fato. De quão incivilizado se tornara, de quão longe estava do príncipe que flertava e seduzia com uma facilidade inata, que agora estava perdida para ele para sempre.

— Sem dúvida, o senhor parece feroz — observou Lady Deering, com a testa franzida.

Ele se sentia feroz. E sentia outras coisas também. Coisas demais, coisas indesejadas.

Coisas proibidas.

— Só estou sentado aqui por ordem sua, milady — recordou ele.

Ela abriu o caderno, segurando o suporte para giz de cera entre seus dedos delgados.

— Tente relaxar, por favor.

Relaxar era para homens que não temiam por sua vida. Era para os fracos e vulneráveis. Para o tipo de homem que havia sido um dia.

Colocou os antebraços nos apoios estofados, esforçando-se para atender ao pedido dela. Pensar em agradá-la o aqueceu por dentro. Queria agradá-la, percebeu, e esse pensamento foi surpreendente.

— Desta maneira, milady?

Ela sacudiu a cabeça.

— Você ainda passa a impressão de que vai partir alguém ao meio a qualquer momento.

Ele faria isso para mantê-la segura. Para mantê-la ali com ele, na santidade daquele momento, para que ninguém os interrompesse.

— Como devo ficar, então? — perguntou ele, seu tom ríspido, tentando ao máximo banir os desejos inconvenientes.

Lady Deering suspirou.

— Ainda está carrancudo, não está sentado corretamente na cadeira e sua coluna está mais rígida que um bastão.

Ele a fitou com espanto. Aquilo era o cúmulo da loucura. Estavam nas entranhas da noite, ela lhe dissera que não gostava dele, e naquele momento o orientava como se ele fosse uma criança teimosa sob seus cuidados.

— O que quer que eu faça, marquesa? — rosnou. — Que dance um cotilhão sorrindo como um lunático?

Ficar ali no salão com ela e ceder aos seus caprichos era um erro. Ele precisava sair dali imediatamente.

Mas Lady Deering soltou um leve suspiro de exasperação que pousou diretamente em seu pênis; então, ela se levantou, atravessou o tapete Axminster até chegar a ele, com seu cheiro enlouquecedor e curvas igualmente estonteantes. Os dedos de Fera coçavam para tocá-la, então ele os enterrou nos braços macios da cadeira.

Pamela abandonara o caderno e o suporte para giz de cera na chaise longue, e ele preferia pensar que, se soubesse da intenção dela quando se levantara, também teria se levantado da cadeira e abandonado a sala depressa. Porque aquelas mãos pequenas, elegantes e femininas estavam agora sobre as dele, tão suaves quanto aparentavam ser.

— Solte a cadeira, por favor — resmungou ela, exasperada.

E Theo só conseguia pensar naquele toque, na maravilhosa sensação da pele de Pamela contra a sua. Nas mãos dela sobre as suas. Sua respiração congelou em seus pulmões. Ela o tocara na escuridão da noite anterior, mas ele ficara tão encantado com seus beijos que não sentira o efeito total penetrar em seus ossos. Uma mulher tocando-o por vontade própria... quanto tempo fazia? Eras. Uma vida inteira. E não só o toque, mas a maneira, os dedos nus puxando agilmente os dele, como se Pamela realmente acreditasse que possuía uma força superior para obrigar aquelas mãos a soltarem a cadeira, se ela assim desejasse.

Ele cedeu, não porque era obrigado, mas porque podia. E desejava agradá-la, amenizar aquele vinco na testa dela. Por um momento, ela manteve as mãos dele nas suas.

— Pronto — disse ela, triunfante. — Estava se segurando na cadeira como se ela fosse seu inimigo. Assim não é muito mais... — Ela levantou a cabeça e seu olhar encontrou o dele, o que a fez interromper suas palavras por um instante. — Não é muito mais agradável?

— Sim — concordou ele. — É.

Mas ele não estava falando de soltar a maldita cadeira e relaxar. Referia-se às mãos dela nas dele. À proximidade. À possibilidade de puxá-la para seu colo e tomar seus lábios.

Algo que ele não deveria fazer.

E não faria.

Só que suas mãos não costumavam dar ouvidos à cabeça, e escaparam das de Pamela para pousar na curva fascinante e feminina da cintura dela. Ela não estava usando espartilho por baixo do robe. Por deus, como se fosse uma dissoluta. Como algo raro e especial e, na selvageria daquele momento proibido, como *ele*. Suas mãos se acomodaram sobre o corpo dela, correram sobre toda aquela suavidade como se pudesse deixar impressa em suas palmas aquela sensação. Mas tocá-la, segurá-la não era suficiente.

Ela o fitava com olhos arregalados e os lindos lábios rosados entreabertos.

E com um movimento ágil de suas mãos, aquela mulher quente e deliciosa pousou sobre as coxas dele.

CAPÍTULO 8

Pamela estava no colo de Fera. Ele a manobrou habilmente para colocá-la de lado. As mãos dela estavam nos ombros largos dele. Com toda a certeza, não era isso que ela tinha em mente quando tentara deixá-lo mais à vontade para poder desenhá-lo.

Era certo que convidá-lo para ficar ali havia sido um erro.

Assim como a ideia de que seria capaz de permanecer no mesmo aposento que ele — no meio da noite, sob o brilho quente de um par de velas tremeluzentes, enquanto o restante da família estava dormindo —, e não o desejar. Que teria sido capaz de olhar para seu belo rosto sem desejar passar a ponta dos dedos por sua mandíbula e seus lábios finamente esculpidos. Sem desejar beijá-lo.

O perfume dele, já familiar, invadiu Pamela como a carícia de um amante.

— O que pensa que está fazendo? — perguntou ela, esforçando-se para manter o controle da situação.

O controle sobre aquele homem.

Mas era uma tolice, não era? Ninguém poderia controlar um homem como aquele em cujo colo ela estava sentada.

Seu olhar frio derreteu todo o gelo dentro de Pamela.

— Relaxando — replicou ele devagar —, como sugeriu.

Lá estava de novo, um leve sotaque flertando com suas palavras. Pamela ficou imaginando de onde ele realmente era, com suas feições incomuns, os traços de uma língua estrangeira entrelaçando sua fala quando relaxava. Perguntou-se quais segredos ele guardava, a razão de nunca sorrir…

Pensamentos tolos e perigosos a que ela não podia se permitir. Precisava escapar daquelas garras pecaminosas antes que fizesse algo ainda mais imprudente que o convidar a ficar para desenhá-lo. Pamela se inquietou no colo dele com a intenção de se levantar.

Mas foi então que ela o sentiu. Sentiu *aquilo*, engrossando e enrijecendo sob seu corpo. Sentiu um anseio pulsar entre suas coxas em resposta. Essa parte dele parecia estar exatamente o oposto de relaxada. Pamela sabia que deveria ficar escandalizada, mas sempre fora uma mulher com uma natureza extremamente sensual. E aquele homem a trouxera de volta à vida depois de anos de letargia.

— Decididamente, isso não era o que eu tinha em mente — informou ela, o mais friamente que pôde, visto que o fogo a lambia por dentro e fazia seu sangue arder. — Mais uma vez, o senhor está em posição muito íntima com minha pessoa, e desta vez, não tem nem a desculpa de que tenho um atiçador nas mãos.

— Não era mesmo? — perguntou ele baixinho, com os olhos fixos nos lábios dela. — Não julgou imprudente convidar-me para estar sozinho com você a esta hora da noite?

O que ela poderia dizer? Claro que considerara isso imprudente.

Ele ia beijá-la.

Ela sabia disso. Podia ver a intenção tão claramente quanto discernia pequenos pontinhos cinza e verdes na íris dele. Ele foi baixando a cabeça bem devagar, dando tempo a ela. Concedendo-lhe a oportunidade de se afastar e se levantar enquanto a segurava de maneira que poderia facilmente lhe permitir escapar após a resistência inicial.

Já mais perto, seu hálito quente se espalhou sobre a boca de Pamela, em um prelúdio que a fez se mover para encontrá-lo, em vez de recuar. Ela inclinou a cabeça para trás, esperando. O calor do corpo dele atravessava a lã escura de seu casaco, alcançando-a. Mas ele parou antes de lhe tomar a boca.

Parou e a fitou, como se a desafiasse a rejeitá-lo.

Mas a resistência dela havia desaparecido. Ela era, mais uma vez, uma mulher de vontade fraca que ansiava pelo toque de um homem.

Não de qualquer homem, reconheceu em pensamento. Só o dele.

— Para uma mulher que já demonstrou notável habilidade de dizer o que pensa, você está muito calada de repente — observou ele, com um toque de deboche em suas palavras.

Ele sabia o quanto a afetava, canalha. Sabia e estava saboreando sua vulnerabilidade. Estava gostando muito daquilo, claramente.

Compreender isso a fez finalmente se pronunciar:

— Eu não tinha intenção de repetir o que aconteceu ontem à noite, se era isso que estava inferindo — informou ela com a maior frieza que pôde.

Para demonstrar a veracidade de suas palavras, ela mudou de posição de novo, tentando se afastar dele. Essa ação se revelou seu segundo grande erro da noite. Porque seus movimentos só serviram para aninhar o pau duro de Fera com mais firmeza contra ela. Tanta firmeza que se não houvesse roupas os separando, ele poderia ter facilmente entrado nela. E para sua humilhação, teria encontrado seu corpo acolhedor e molhado, faminto por ele.

Ele soltou um gemido baixo, provocando nela um desejo embaraçoso.

— Você tem um jeito muito estranho de evitar o bis, marquesa.

Ela engoliu em seco.

— Você é um...

A boca de Theo tomou a dela, silenciando o restante de suas palavras. Não foi o beijo de um pretendente hesitante, e sim de um amante apaixonado. Era intenso e exigente, carnal e luxurioso. Com os dentes, ele arranhou o lábio inferior dela, e ela o abriu, entrelaçando a língua na dele com anseio desenfreado.

Estava perdida, tomada de sensações, afogando-se nele. Passou os braços ao redor do pescoço dele, enroscou os dedos nos fios sedosos de sua nuca, e o beijou com toda a despreocupação a que um dia se permitira, havia muito, muito tempo. Beijou-o e sentiu dentro de si um desejo correspondente, a necessidade de devorá-lo, de ser devorada por ele.

Ela havia esquecido como era beijar. Como era excitante se perder na sensação da boca de alguém que sabia o que fazia, no gosto de um homem, em seus lábios e sua língua... Havia esquecido como era sentir anseio, necessidade, ter alguém alimentando as chamas de seu desejo cada vez mais, até que ela estivesse pronta para se deixar queimar.

Mas estava lembrando.

Que deus a ajudasse, porque estava lembrando.

Ela o beijou com toda a paixão que havia reprimido impiedosamente por tanto tempo. Beijou-o até ficar sem fôlego. Mas nem assim parou. Beijou-o até sentir a umidade e o gosto do sal das lágrimas quentes que escorriam por seu rosto. Ficou chocada ao perceber que estava chorando.

Ele jogou a cabeça para trás, como se houvesse descoberto o mesmo, com o semblante fechado.

— Lágrimas?

Ela o soltou e levou as mãos à umidade em suas faces, tentando explicar, entender... Pois não eram lágrimas de vergonha pela reação dela a Fera. Eram lágrimas de alívio.

— Eu havia esquecido como era — expressou ela.

Esquecido como era desejar um homem.

Ser desejada por um homem.

Era poderoso, maravilhoso e assustador... especialmente devido ao homem que desejava, cujos beijos a trouxeram de volta à vida.

— Havia esquecido o quê? — perguntou ele baixinho, quase com ternura.

A severidade dele havia desaparecido. Até os ângulos de seu rosto pareciam suavizados. Ele não era mais o estranho distante e indiferente que havia entrado no salão. Era o homem apaixonado cuja boca se movia sobre a dela com uma promessa magistral.

E fosse pelo adiantado da hora ou pela intensidade do anseio desesperado que sentia por ele, ela respondeu à sua pergunta.

— Como era o desejo. — Ela buscou algum sinal de escárnio no rosto dele, mas não encontrou. — Eu não me permito sentir isto... sentir nada... há muito tempo.

— Há quanto tempo? — perguntou ele.

Ela compreendia o que ele queria saber: há quanto tempo era viúva.

— Quatro anos.

Admitir isso fez o rosto se aquecer, pois havia revelado muita coisa a ele com essas duas palavras. Esperava censura dele, ou deboche.

Mas ele se inclinou para a frente e encostou a testa na dela. Por alguns momentos, permaneceu em silêncio. Não fez nada além de inspirar devagar e expirar, como se estivesse inspirando o ar dela e alimentando-a com o seu.

— Faz mais tempo para mim — admitiu ele, por fim.

A confissão dele a surpreendeu.

— Você é viúvo?

— Não. — Ele sacudiu a cabeça devagar, depois esfregou o rosto no dela, e a aspereza de sua barba a seduzia, e confortava a ambos. — Não é por uma mulher que estou de luto, e sim pelo homem que fui um dia.

A resposta dele não foi o que ela esperava, e como era costumaz em Fera, ele a deixou com mais dúvidas ainda. De repente, ela queria saber tudo a respeito dele. E isso era assustador e tolo, pois a presença dele na vida dela era temporária. Ele não era o tipo de homem a quem uma viúva respeitável deveria se apegar. Era um enigma, um homem rude e misterioso que desapareceria nas sombras de onde emergira quando aquele terrível problema de Ridgely chegasse ao fim.

— Quem foi você? — atreveu-se a perguntar, inclinando-se para trás a fim de poder observar o rosto dele.

Um músculo se contraiu na mandíbula dele; seus lindos lábios formaram uma linha firme, quase furiosa.

— Não importa. Agora, sou o homem que vê diante de si.

Então, ele nem sempre havia sido Fera. Era o que ela suspeitava. Algo que sabia instintivamente. Mas quem era ele de verdade? Que segredos escondia? Ela queria entendê-lo.

Pamela fez algo ainda mais perigoso do que tudo que já havia feito. Pegou o rosto dele entre as mãos, mantendo-o imóvel, e o beijou. Beijou-o não porque estava escuro e Fera a beijara primeiro; não apenas porque queimava de desejo, mas porque ele compartilhara uma parte de si mesmo com ela, e ela não podia deixar de pensar que ele não revelava isso prontamente a qualquer pessoa. E porque havia ido resgatá-la naquela noite. Não pensava mais que havia sido o mero dever que motivara aquele gesto.

Nem era o dever que o fazia assumir o comando naquele momento. Ele pousou os lábios sobre os de Pamela e aprofundou o beijo, deslizando as mãos pelas costas dela. Como havia feito na noite anterior, segurou-a pela nuca, embalando sua cabeça com os longos dedos e posicionando-a como queria, para poder deliciar-se com seus lábios. Ele a fazia se sentir desejada, adorável. Fazia com que se sentisse mulher de novo, e não uma viúva que se trancara e se isolara do mundo.

Seu corpo vibrava de desejo; ela movia os lábios, acompanhando os dele, aceitando tudo que ele tinha para dar e exigindo mais. Por vontade própria, os dedos dela se enroscaram nos cabelos grossos dele, e ela passou as unhas levemente sobre seu couro cabeludo, sentindo um desejo voraz de consumi-lo. De marcá-lo, de reivindicá-lo para si. De fazê-lo, ainda que só naquele momento, dela.

Depois de reprimir essa parte de si mesma por tanto tempo, de repente, ela se encontrava irremediavelmente impossibilitada de controlar os desejos. Era como uma carruagem descontrolada, acelerando rumo a um penhasco e à iminente destruição. Mas não teve a sensação de que estava prestes a cair por um precipício quando Fera, de repente, se levantou da cadeira levando-a junto, segurando-a em seus braços fortes e musculosos, como se mal fizesse esforço.

Ela interrompeu o beijo ao sentir que ele estava andando. Era uma sensação estranha estar flutuando, movendo-se por meio de membros que não eram os seus. Ninguém a carregava no colo desde que ela era criança. E mesmo assim, a mãe apenas se dignava a pegá-la no colo para deixá-la no quarto. Pamela nunca havia sido tratada com um cuidado tão reverente. Nunca se sentira tão protegida como nos braços de Fera. Não só protegida, mas também abrigada.

Nem mesmo com Bertie ela sentira uma paixão tão intensa e emocionante. Não achava que o tempo havia apagado suas lembranças. Ela e Bertie eram muito apaixonados, mas ele era tranquilo, afeito a sorrisos doces e toques suaves. O ato sexual entre eles sempre havia sido terno, agradável e encantador, à sua maneira. Mas não era a tempestade que Fera despertava nela quando a tocava.

— O que está fazendo? — perguntou ela, sem fôlego devido aos beijos e de sua reação a ele. — Devo estar pesada; ponha-me no chão.

Ele não obedeceu. Claro que não...

— Você é perfeita, marquesa — foi tudo que ele disse enquanto atravessava o salão com ela nos braços, até chegar à chaise longue que ela havia ocupado antes; o que parecia ter acontecido uma vida inteira atrás.

Uma vida inteira em poucos minutos. A mulher que se apegava às suas convicções e à pesada culpa do passado desaparecera no instante em que ele a puxara para seu colo. Era como se ele possuísse um poder mágico, algum direito sobre ela já predestinado.

Ela pensou outra vez nas palavras dele e a dureza delas lhe provocou arrepios. *Não é por uma mulher que estou de luto, e sim pelo homem que fui um dia.*

Tantos segredos, tantos mistérios...

O certo e o errado se misturavam nas sombras bruxuleantes da luz das velas. Ela se preocuparia com isso pela manhã. Naquela noite, não havia ninguém além dos dois, sem passado, sem futuro. Nada além do presente e do desejo ardendo cada vez mais.

Ele a colocou na chaise longue devagar, com reverência.

A princípio, ela pensou que ele pretendia simplesmente deixá-la ali, como a havia encontrado. Um protesto ameaçou lhe subir pela garganta, mas morreu quando ele caiu de joelhos no tapete diante dela. Sustentando seu olhar, ele puxou o rosto dela para si. O beijo começou inocentemente, com leves toques castos de seus lábios sobre os dela. Mas ela entrelaçou os braços em volta do pescoço dele e soltou um leve gemido de desejo que não conseguiu conter, e os beijos passaram a ser mais firmes, mais exigentes. Fera passou a língua pelos lábios dela e ela os abriu para ele outra vez. Abriu-se para o sabor do pecado, de chá e de Fera, para a língua úmida e aveludada dele. O beijo foi ficando luxurioso, erótico. Estavam fazendo amor com a boca.

O último resquício de controle de Pamela, já desgastado e irrecuperável, se rompeu.

Ela era viúva, não uma debutante inexperiente. Podia ter um amante. Só daquela vez, poderia tomar o que queria, o que necessitava. Não havia emoções envolvidas, não estava traindo o amor que guardava em seu coração por Bertie. Não era nada além de pura luxúria. Necessidades físicas, simples e elementares como quebrar o jejum.

Ela se rendeu; deslizou a mão sob o casaco de Fera para tirá-lo. Foi recompensada ao sentir a vitalidade dos braços musculosos dele cobertos apenas por uma fina camada de tecido. Sacudindo os ombros, ele se livrou do casaco, mas quando ela acariciou seu peito largo, procurando com os dedos os botões de seu colete, ele a deteve; interrompeu o beijo e se ergueu sobre os calcanhares, segurando as mãos dela.

— Não.

Essa recusa aplacou o ardor de Pamela e fez surgir a vergonha. Acaso ela o havia interpretado mal? O que estava fazendo? Nunca quisera ter um amante... como podia ter permitido que as coisas progredissem tanto? Havia tentado despi-lo, pelo amor de deus!

— Perdoe-me — disse ela, com as faces quentes de vergonha. — Eu não deveria estar...

Ele interrompeu o pedido de desculpas com os lábios, beijando-a lenta e languidamente. Mostrando-lhe, sem palavras, que ela se equivocara ao tirar conclusões precipitadas. Aplacando suas preocupações. Seduzindo-a mais uma vez. Ele soltou as mãos dela e se dedicou a abrir a fileira de botões que dividia o roupão dela. Por baixo, ela usava apenas uma fina camisola. Mas estava tão ansiosa quanto ele para se livrar também dessa camada de tecido que mantinha sua pele longe da dele.

Pamela sentiu o roupão se abrindo e ele passando as articulações dos dedos sobre seus mamilos desejosos por cima do linho fino de sua camisola. Esse toque lhe provocou uma pontada de desejo. Era tão bom! Melhor do que ela poderia ter imaginado. Todas as dúvidas desapareceram sob a crescente onda de sensações.

Eram mais botões do que ela recordava. Parecia uma eternidade o tempo que esperava até ele tirar aquela camada cheia de babados, deixando-a apenas com uma camisola branca transparente. Ele abandonou os lábios dela para examinar o que havia revelado. Seus olhos a consumiram tão completamente quanto sua boca havia possuído a dela.

Ela tirou os braços do roupão, sentindo do ar fresco da noite em sua pele. Mas as mãos dele estavam sobre ela, espantando o frio, aquecendo-a de uma forma que nada nem ninguém mais — suspeitava ela — conseguiria. Dedos calejados a tocavam, incendiando-a dos pulsos até os antebraços.

— Você já havia me enfeitiçado na escuridão — murmurou ele, tão baixinho que ela mal conseguiu ouvi-lo —, mas nada se compara a vê-la à luz de velas.

O coração de Pamela estava disparado; a respiração, superficial, enquanto permanecia imóvel, para receber as carícias dele. Ele passou as mãos pelos braços e ombros dela, pela clavícula, com uma lentidão agonizante, como se registrasse cada momento, cada toque, em sua memória.

Pamela estava ficando impaciente; queria explorá-lo, mas quando levou os dedos ao nó do plastrão preto dele, Fera a deteve outra vez, dessa vez com mais ternura, pegando suas mãos e beijando-lhe a ponta dos dedos.

— Agora não, marquesa.

Ela queria que ele a chamasse de Pamela. O desejo de ouvir seu nome naquela voz baixa e luxuriosa de barítono de repente precedeu todo o resto. Superava o desejo de libertá-lo da pretensão de civilidade que mantinha seu corpo masculino longe do olhar ávido dela. Pamela lambeu os lábios, ia dizer isso a ele, mas Fera gemeu e tomou os lábios dela outra vez, e ela esqueceu tudo que ia dizer. E se rendeu à loucura, ao desejo.

A Fera.

Os lábios de Lady Deering eram quentes, macios e flexíveis, e, quando Theo os persuadiu a se abrirem, a língua dela entrou primeiro, contorcendo-se e se enroscando na dele. O calor úmido e o gemido feminino de desejo que ela emitiu deixaram seu pau ainda mais rígido que quando ela estava sentada em seu colo se esfregando nele. A luxúria corria como mel derretido, percorrendo-o, banindo todo pensamento racional. Ele seria capaz de passar a eternidade a beijando e, ainda assim, não se cansaria.

As mãos dela pousaram em seus ombros, e ele se sentiu à vontade com elas ali. Ela queria tirar suas roupas, e ele não podia culpá-la pelo instinto natural; mas durante os beijos vorazes, tivera tempo suficiente para aceitar que não poderia tê-la como queria. Não poderia se despir, sentir as mãos dela em sua pele. Não suportaria ver a repulsa nos olhos dela quando pousassem em seu corpo arruinado, nas chibatadas e queimaduras que formavam uma horrenda colcha de retalhos que o tempo nunca poderia curar.

Felizmente, ele conseguira distraí-la. E continuaria, pois era uma grande recompensa para ele mimá-la dando-lhe prazer. Pamela era uma mulher que precisava desesperadamente aceitar sua natureza sensual; merecia ser adorada e saboreada, e embora não pudesse permitir que ela o despisse, ele sim podia despi-la.

Mas a quem estava querendo enganar? Dar prazer a ela era prazeroso para si mesmo. Sim, ele era egoísta e ambicioso, e pretendia dar a Pamela tudo que ela merecia. Ele a faria se esquecer de agradá-lo, faria com que focasse apenas nas necessidades de seu próprio corpo.

Ele se entregou aos lábios dela por outro período de tempo indeterminado, beijando-a intensa e profundamente, abraçando-a e mantendo-a bem perto. Ele podia sentir seus seios cheios e redondos, seus mamilos enrijecidos, através da camisola dela, e da camisa e do colete dele. Ele os queria em sua boca. Queria chupá-los e enfiar os dedos em sua boceta e massagear seu doce grelo com o polegar. Queria ouvi-la gemer e choramingar, queria vê-la se desmanchar. Queria passar a língua nela, dentro dela, queria o gosto dela em seus lábios, o aroma de seu desejo feminino ao seu redor.

Se não tomasse cuidado, ele acabaria gozando nas calças, sem que seus lábios jamais deixassem os dela.

Theo interrompeu o beijo e passou os lábios pela mandíbula dela, até chegar à orelha.

— Quero tirar isso de você.

Enquanto falava, ele pegou a fina camisola e a puxou de seus ombros, mostrando-lhe o que queria, para que não restasse qualquer dúvida.

Então, ele pegou o lóbulo dela entre os dentes, mordiscando-o, antes de passar a língua pela pele macia e lustrosa logo abaixo, até que ela soltou um leve suspiro e gemeu.

— Sim…

Essa palavra nos lábios dela… Maldição, era o afrodisíaco mais potente que ele já conhecera. Porque sabia quanto custava, quanto aquela Viúva de Gelo afetada devia desejá-lo, a ponto de concordar em ficar nua para ele ali, naquela chaise longue. Só porque ele havia pedido.

— Ótimo — murmurou ele, e então, se virou, pegando a bainha da camisola e a puxou para cima.

Ela estava sem meias, descalça. Com aqueles tornozelos delicados e a pele macia exposta. Para ele, tudo para ele. Theo parou para acariciar suas panturrilhas e seus joelhos, beijando cada parte que havia revelado, como se fosse o melhor presente que já havia ganhado. E em sua vida anterior ganhara joias e ouro, tesouros inestimáveis. Poderia escolher entre todas as mulheres da corte, se quisesse. Mas nada disso se comparava à marquesa de Deering baixando a guarda e se entregando a ele.

Ela segurou o linho branco, que parecia feito de nuvens, hesitando quando a camisola subiu até seus quadris bem delineados.

— Você é linda — disse ele, mostrando-lhe isso com os lábios, adorando-a com as mãos, a boca e a língua. Com os dentes, inclusive, mordiscando a delicada cavidade atrás do joelho e a parte interna da coxa dela. — Como uma deusa.

E ele sabia com qual das antigas deusas boritanas a comparar. Elyrianna, a deusa da terra e da abundância. Assim como Lady Deering, seus cabelos eram dourados, e ela era linda, cheia de curvas exuberantes e femininas. Mas sua marquesa era mais desejável, muito mais encantadora que qualquer bela estátua de mármore ou pintura a óleo centenária. E ela era quente, mais macia que a seda mais fina. Ela era dele naquelas poucas horas furtivas.

Talvez tenham sido suas palavras, talvez suas carícias. Fosse qual fosse a causa, a hesitação da marquesa desapareceu. Ela se remexeu, tirou a camisola de baixo da bunda e a puxou para cima, tirando-a pela cabeça. Jogou-a longe, e ela pousou em algum lugar sobre o tapete Axminster.

Ele engoliu em seco enquanto sorvia a linda visão de Pamela totalmente nua. A Viúva de Gelo que o açoitava com a língua com tamanha facilidade. A marquesa fria e empertigada. Sob a luz das velas que brincava adoravelmente sobre cada curva, ela era uma obra-prima macia e rosada. Mais do que a imaginação totalmente imprópria dele poderia ter imaginado. Ele não sabia por onde começar a tocá-la, beijá-la, saboreá-la. Ela era como um banquete colocado diante dele, e ele estava faminto.

— Meu deus — foi tudo que conseguiu expressar, meio como uma oração, meio como um apelo, pois ele nunca desejara uma mulher como desejava aquela.

Era como as ondas varridas pelo vento quebrando na praia durante uma violenta tempestade. De maneira repentina, elementar e furiosa. Capaz de qualquer coisa, destruição ou renovação.

Mas tão depressa quanto o estrondoso rugido do desejo o atingiu, a marquesa pareceu ter dúvidas quanto à sua ousadia. Ela fechou as pernas, subitamente juvenil e insegura, muito diferente de sua habitual altivez gélida.

Parecia mais uma inocente debutante que uma viúva experiente e de língua ferina que proferia palavras tão fulminantes. Ele teve a impressão de que a estava vendo como ela realmente era, desprovida de qualquer pretensão e artifício. A mulher sob a máscara que ela usava para o mundo.

— Faz muito tempo — disse ela com voz rouca, mas hesitante. — Se não lhe agrado, é melhor eu...

— Não — interrompeu ele, sem querer ouvir mais uma palavra.

O que ela dizia era o contrário do que ele sentia. Por deus, *agrado* era uma tentativa pálida e indigna de descrever o que aquela mulher provocava nele.

— Você me agrada tanto que chega a doer, marquesa. Você é linda. Agora, fique quieta e deixe-me desfrutar a recompensa que oferece a este indigno pecador.

Theo imaginou que ela havia confundido seu espanto com falta de interesse. Quando ele hesitara, a confiança dela diminuíra, mas não havia sido essa sua intenção. Nem por um único maldito segundo. Ela lhe mostrara a vulnerabilidade que se escondia sob sua fachada indiferente quando lhe contara que fazia quatro longos e frios anos que não sentia o toque de um amante. Ele não a menosprezaria.

— Não precisa usar seu charme comigo, senhor — declarou ela, com um pouco de frieza de novo na voz. — Já me despi diante de você. Sou sua apenas esta noite, tome o que desejar.

— Ah, mas não estou usando charme — tranquilizou ele. — Você descobrirá que não sou um homem charmoso.

Havia sido, um dia. Mas o príncipe estava morto, e a fera cheia de cicatrizes que tomara seu lugar não encontrava utilidade para palavras bonitas ou mulheres mais bonitas ainda. Pelo menos, era o que pensava. Até que avistara Lady Deering desenhando com o sol brilhando ao seu redor. Até que sentira seus lábios nos dele. Agora, não sabia mais quem diabos era ele, exceto um homem que queria aquela mulher desesperadamente.

E mostraria a ela quanto. Não era mais hora de conversar.

Theo passou as mãos pelas coxas dela; parou nos joelhos, que afastou com gentileza. Quando as pernas dela se abriram, ele se encaixou entre elas, ainda ajoelhado. Cachos dourados cobriam seu monte de Vênus, e seus lábios rosados estavam expostos. Ele passou as mãos nela, ainda maravilhado com a pele macia e flexível, e as parou nos quadris dela, puxando-a para a frente. Quando o traseiro de Pamela chegou à beira da chaise longue, ele inclinou a cabeça e pegou um dos mamilos entre os lábios, chupando-o.

Sim, era assim que eles se comunicavam. Sensações, desejo, paixão mútua. Ele não tinha palavras para dizer, e as que ocupavam sua mente naquele momento eram de amor, em sua língua materna. Palavras que ele não ousaria dizer em voz alta, por medo do que revelariam.

Lady Deering gemeu, levou as mãos aos cabelos dele, enterrou os dedos entre as mechas, arqueou as costas. O abandono sensual que Fera sentira nela antes havia retornado, e ele pretendia tirar o melhor proveito disso. Passou a língua sobre um mamilo atrevido, sem pressa, acariciando suas coxas enquanto dedicava atenção a seus lindos seios. Primeiro um, depois o outro.

Ainda tinham horas até que ele precisasse substituir um de seus homens de guarda. Horas até o sol nascer e o amanhecer levar sua deusa sensual de volta a seu espartilho e carranca ameaçadora. E ele faria bom uso dessas horas.

Theo enterrou o rosto entre os seios de Pamela, e com a boca naquela pele macia, beijou-a com ternura, devagar, fazendo amor com cada parte do corpo dela. Ele sentia que entendia a marquesa de Deering. Ela não tinha cicatrizes na pele perfeita e macia; as dela residiam no interior, impossíveis de ver, mas devastadoras. Ah, sim, ele entendia de cicatrizes. Conhecia bem as correntes do passado, a continuamente infligida dor das lembranças, sutil como a lâmina de uma faca cortando aos poucos mais e mais, até que nada restasse além de ossos impenetráveis. E mais tarde, até os ossos ainda doíam. Podiam ser quebrados.

Viver no passado era uma lenta tortura.

Ao inferno com isso! Tudo que ele queria naquela noite era aquele momento. Tudo de que ele precisava era o agora. Para si, de forma egoísta, sim. Mas para ela também. Para aquela mulher linda e apaixonada que se apegava ao que havia passado, como se isso pudesse salvá-la, em vez de aniquilá-la.

Os lábios de Theo tinham vontade própria, desciam pela barriga de Pamela até o umbigo. E mais, até o osso do quadril. Ele beijou aquela leve protuberância e só pensava que ela havia sido feita para ser adorada; cada lugar de seu corpo que ele explorava era mais maravilhoso que o anterior. Ele beijou primeiro a parte externa da coxa, até o joelho, sem afastar as mãos do corpo dela, em conexão ininterrupta, com todos os sentidos aguçados, como uma fruta quase explodindo de madura. O perfume dela era de jasmim e jacinto, mas quando ele abriu ainda mais suas pernas, sentiu também o perfume doce de seu sexo, almiscarado e tentador.

Theo beijou seu joelho, depois a parte interna da coxa macia, passou os lábios sobre ela. Mais alto, mais alto, mais alto. Com as mãos, ele a abriu ainda mais, e ela era como um botão de verão se abrindo em flor. Toda rosa, feminilidade acolhedora, pele lisa e brilhante, pronta para ele.

— O que está...

A pergunta de Pamela foi interrompida quando ele baixou a cabeça e a lambeu, afastando as dobras com a língua, encontrando o ponto sensível e o chupando de leve. O gosto dela o encheu de luxúria crua e animal. Feminino, doce, proibido. Delicioso.

Minha, pensou Theo, embriagado com seu sabor, com seus quadris arqueados fazendo o rosto dele afundar mais em seu calor. O pau dele latejava dentro das calças e ele ansiava esfregá-lo em alguma coisa, por misericórdia. Mas não era ele quem importava. Era sua marquesa. Ele poderia se aliviar mais tarde, quando estivesse sozinho. Ou não. No momento, seu prazer não tinha importância. Só o que importava era ela.

Ela arfou.

— Oh...

Ele teve a presença de espírito de inclinar a cabeça para trás e buscar seu olhar. Seus olhos azuis estavam semicerrados, cobertos pelos longos cílios, mas quando o olhar encontrou o dele, cauterizou-o com sua intensidade. E na violência do desejo, demorou um pouco para que as palavras surgissem em sua mente, como a luz do sol através da escuridão.

— Está bom assim? — perguntou, notando como havia pronunciado as palavras como um boritano.

Um homem que não pertencia àquele lugar, e que certamente não deveria estar entre as coxas daquela linda mulher. Mas mesmo que fosse só a língua, pretendia enfiá-la nela, em vez do pau dolorido de desejo.

— Eu...

As palavras de Pamela se desvaneceram; ela engolia em seco, e ele observava o movimento sutil de sua garganta pálida e elegante, uma indicação de que estava completamente entregue.

Ele se sentia triunfante. Imaginava ser assim que um general se sentia depois de sair vitorioso de uma tremenda batalha. Seu peito inchava de orgulho — e, em igual medida, seu pau.

— Ficou sem palavras? — provocou ele, soprando um pouco de ar quente no sexo de Pamela.

Ela ofegou, ergueu os quadris em um apelo silencioso, com os lábios entreabertos.

Talvez fosse errado e perverso da parte dele, mas, de repente, ele quis forçá-la a se render por completo. Queria ouvir a orgulhosa marquesa implorar pelo que desejava. Ele a observava, passando as mãos pela parte interna das coxas dela em uma carícia constante, querendo fazê-la suplicar, para mostrar quem ganhava naquele conflito entre os dois, apesar de ser ele quem estava de joelhos.

— Diga — insistiu ele.

Ela gemeu, cravando seus dentes brancos em seu exuberante lábio inferior.

Ele olhou para a boceta de Pamela, notando como brilhava à luz das velas, encharcada. Engolindo em seco tentando conter seu desejo, ele se controlou o suficiente para fitá-la por um instante, para guardar a lembrança daquela imagem dela. Deus, ela era mais bonita do que qualquer mulher tinha o direito de ser, nua diante dele, como se ele merecesse tal honra. O caderno e o suporte para giz de cera ainda estavam abandonados e esquecidos no assento estofado ao lado dela — uma leve recriminação que ele não podia ignorar.

Aquela noite não havia começado com devassidão.

Mas era assim que tudo acabaria. Eles haviam ultrapassado os limites do decoro. A noite anterior havia sido apenas um prelúdio provocador, e ele pretendia se fartar dela, para que quando a sanidade retornasse a ambos com a luz da manhã, não se arrependesse de não ter feito alguma coisa.

Mas ela não lhe deu o que ele queria. Não disse nada. Ele precisava ouvi-la pedir.

— Quer minha língua em você? — pressionou ele, arranhando a parte interna das coxas dela, deixando trilhas esbranquiçadas até sua virilha.

Bem de leve, ele enfiou a ponta dos dedos nela, abrindo-a, afastando seus lábios com os polegares.

Ela engoliu em seco e disse, com outra rajada de ar reprimido:

— Sim...

Não era suficiente.

— Diga — exigiu ele, abaixando a cabeça até quase encostar os lábios naquela carne mais sensível.

— Eu quero sua língua — disse ela, apressada.

Mas Theo ainda não havia terminado.

— Implore — demandou.

Dessa vez, ela não hesitou:

— Por favor...

Ele sorriu, e foi um sorriso autêntico pela primeira vez desde que se lembrava. Então, aproximou a boca, com a intenção de lhe dar tudo que havia pedido e muito mais.

Pamela não era nada nem ninguém. Havia deixado de existir. Ou talvez, mais precisamente, a mulher que havia sido antes de Fera cruzar a porta naquela noite havia desaparecido. Em seu lugar estava uma devassa, sem qualquer sentimento de culpa ou consciência. Perdida para tudo menos para o momento.

E para ele. Oh, deus do céu, ele...

Sua mente e seu corpo estavam atentos à boca e à língua hábeis de Fera, que trabalhavam juntas no sexo ansioso de Pamela. Ele espalhava beijos por suas dobras, de uma maneira lenta e reverente que deixava claro que não tinha intenção de apressar o encontro com o desfecho inevitável. Queria saboreá-la, prolongar o momento.

Enquanto ele açoitava aquela protuberância com lambidas rápidas e estimulantes que lhe provocavam muitas sensações, Pamela não tinha do que se queixar. Ficava imaginando se acaso poderia mantê-lo para sempre de joelhos diante dela, prestando-lhe homenagem como se ela fosse uma divindade digna, e não uma viúva que passara tempo demais sem as carícias de um homem. Ela, que havia sido cruel e fria com Fera, inclusive quando ele a levara para casa para que não precisasse esperar sozinha em um veículo frio enquanto as rodas da carruagem eram consertadas. Ela, que questionara seu nome e tudo sobre ele, e pretendera acertá-lo com um atiçador.

Mas ele, que não tinha motivos para tanta gentileza, ternura e sensual abandono para com ela, lambia, banhava e alimentava cada vez mais o fogo do desejo dela. Ninguém jamais lhe dera prazer como aquele homem, com uma franca falta de inibição ou de preocupações mundanas. Ele fazia amor com ela com a boca, gemia dentro dela como se a considerasse deliciosa. Suas mãos acariciavam os quadris dela e a mantinham imóvel, e ele a devorava como se estivesse faminto e arrebatar seu sexo fosse a única forma de se saciar.

A barba áspera de Fera raspava a parte interna das coxas de Pamela; era uma intimidade estranhamente provocante. Ele cravava seus dedos calejados nos quadris dela, depois descia, segurando-a pela bunda e a puxando para si. Ele lambia seu clitóris com aquela boca quente e linda de pecador, chupava com tanta força que ela temia que a machucasse.

Mas não machucava. As sensações que ele extraía dela eram simplesmente deliciosas. Ela erguia os quadris sobre o estofamento da chaise longue. Deixou escapar um gemido. Fechou os olhos e se entregou completamente. Ele passava a língua quente, lambendo-a para cima e para baixo, e quando afundou nela, tal invasão a fez ofegar e estremecer ao sentir um leve espasmo.

Aquilo parecia obsceno e errado, aquela língua ali, enterrada fundo. Mas era muito bom também. Muito, muito bom. Mais que bom. Como podia ter esquecido como era o prazer sensual; como podia se entregar a seu esplendor? Pamela havia ignorado suas necessidades por muito tempo, mas agora, estavam todas libertas, e ela não tinha forças para fazer nada mais além de se entregar à felicidade.

Ele dava estocadas com a língua, provocando sons úmidos que ecoavam no silêncio da sala, interrompidos apenas pelo crepitar do fogo da lareira. Um lado fugaz de sua mente advertiu que ela deveria se envergonhar. Que se *envergonharia*, sim, quando o sol nascesse e a sensatez retornasse.

Mas Pamela estava além do ponto de se preocupar com os inevitáveis arrependimentos que teria quando aquela febre amainasse e ela estivesse, mais uma vez, em posse de suas faculdades. Como nunca soubera que aquilo existia, que aquele prazer terrível e maravilhoso podia ser obtido? E como podia aquele homem, quase um estranho, proporcionar-lhe um prazer tão imenso, e ela não apenas o receber bem, como também se deleitar?

Ela não reconhecia a mulher em que havia se transformado. Uma viúva ousada capaz de comandar o próprio prazer, que aceitava as exigências chocantemente rudes de um homem inferior em hierarquia, um guarda-costas que assombrava os corredores da Hunt House à noite. Mas ela havia ultrapassado todos e quaisquer limiares para se importar. Talvez aquilo fosse inevitável.

Ela havia mantido sua verdadeira natureza sob controle, banida, escondida durante quatro longos e sombrios anos. A maioria das mulheres, em seu lugar, já teria arranjado um amante havia muito tempo. Talvez até outro marido. Mas não, ela não pensaria nisso. Tudo que queria era essa chama de desejo impossível e estrondosa.

Pamela estava com as mãos firmes na chaise longue, mas não podia mais controlar o impulso de tocar Fera. Abriu os olhos e teve a visão erótica e carnal dele, ainda totalmente vestido, ao contrário dela, em sua nudez pálida e chocante. Ela deveria se envergonhar por ter jogado longe a camisola, por estar sentada no meio do salão dourado do irmão — onde passara incontáveis horas bordando, entre outras distrações apropriadas —, totalmente exposta; nua, enquanto um homem que ela mal conhecia lhe dava prazer com sua língua experiente. Por permitir que Fera a puxasse para seu colo, que a beijasse e tocasse, que tomasse o que queria. Por lhe dar o que ela queria também.

Ela enroscou os dedos nos cabelos dele, sentindo-o sedoso, macio, muito macio. Havia tanta disparidade entre o semblante severo e áspero, o corpo duro e musculoso daquele homem, e aquela suavidade. Onde quer que ela o tocasse, não encontrava nada moderado. Ele era afiado, incisivo, anguloso e frio. Mas a queimava, e ela queria aquele calor, aquela chama. Queria se atirar no fogo com ele.

Pamela estava no limite, o desejo como uma corda tensa no fundo de seu ventre. Mas precisava de mais. E como se percebesse, ele voltou a pressionar os lábios na proeminência inchada dela, chupando e lambendo, e enfiou um de seus dedos longos e calejados na abertura encharcada.

Ela gritou ao sentir aquilo, mexendo os quadris para fazê-lo ir mais fundo. Nos recônditos obscuros de sua mente, passava-lhe o pensamento de que, por mais delicioso que fosse senti-lo dentro dela, ainda não era o que mais desejava. Aquele volume grande e grosso que ela sentira pressionado contra seu corpo era o que ela queria, bem fundo nela, preenchendo-a. Mas como tudo o mais que ela pensava e sentia, aquilo era proibido. Ela sabia que não deveria... já havia ido longe demais.

Sentiu algo afiado em sua carne macia. Os dentes dele. Ele a havia mordido ali, e agora estava prolongando aquela sensação deliciosa, estimulando seu pequeno grelo, alternando entre chupadas e lambidas. Um segundo dedo se juntou ao primeiro, entrando e saindo dela, em um ritmo lento e enlouquecedor que a levou depressa ao clímax.

— Ah — ofegou ela, agarrando punhados dos lindos cabelos dele, porque sabia que se o soltasse, cairia para trás na chaise longue e acabaria no chão.

Ela era como uma frágil flor, curvada diante dos caprichos dele, lânguida e indefesa no melhor dos sentidos. Ele grunhiu, esfregando o clitóris de Pamela, e ela se forçava contra ele, buscando mais. Mais atrito, mais língua, mais tudo.

Ele enfiou os dedos mais fundo e os curvou, acariciando um ponto dentro dela que era tão delirantemente prazeroso que beirava a dor. Um intenso terremoto teve início em seu âmago e logo a percorreu inteira. Ele passava a língua, movia os dedos em estocadas rápidas e fortes enquanto ela se desmanchava. Ela arqueou o corpo e soltou um gemido, mas a intensidade do orgasmo roubara todo o fôlego.

As mãos dele passaram dos quadris de Pamela à parte inferior das costas, apertando-a contra si, sem afastar a boca, extraindo os tremores do gozo do corpo dela. Fera a tocava como se ela fosse um instrumento, como se a conhecesse melhor do que ela mesma. Quando a última onda passou, ele tirou os dedos da boceta dela, provocando um som úmido que a teria constrangido se ela estivesse em condições de pensar em decoro.

Coisa que, decididamente, não podia fazer.

Ela ainda estava experimentando as consequências de seu poderoso orgasmo; o coração pulsava forte, bombeando rápido e furioso. Ele deu um beijo reverente no sexo de Pamela, depois outro na barriga, e seus lábios úmidos eram a evidência inegável do desejo dela. Sem dizer nada, Fera se levantou, e a marquesa notou em suas calças o volume rígido, claramente delineado, mostrando o efeito que ela tinha sobre ele.

Pamela nunca fora uma amante egoísta. Durante o casamento, descobrira que gostava muito do ato de agradar um homem, encontrava alegria em explorar a forma masculina, tão diferente da dela. A vontade de retribuir o favor aumentou, mas Fera já estava se afastando dela com passos precisos e breves. Ela se agarrou à borda da chaise longue; aos poucos, a sensatez voltava à mente.

Ela estava nua e havia permitido que um homem lhe desse prazer pela primeira vez desde Bertie. Por deus, o que ela havia feito?

Enquanto pensava nas ramificações daquilo, Fera voltou com a camisola que ela havia descartado. Calmamente, ele a passou pela cabeça dela. Com as faces queimando, ela passou os braços pelas mangas, puxando o tecido para baixo a fim de se cobrir.

Ela não conseguia encará-lo; mantinha o olhar em suas mãos trêmulas, que se retorciam em seu colo.

— Isso nunca deveria ter acontecido — sussurrou, pensando no bem de ambos.

Mas a razão de dizer aquilo, ela não sabia. O estrago já estava feito. Falar sobre suas dúvidas e culpa não anulava seu pecado. Ela havia tido intimidade com outro homem; ele a levara ao clímax com a boca.

Deus do céu…

— Não diga isso — decretou ele, e a autoridade em sua voz a obrigou a fitá-lo.

Ele era alto e bonito, e seus lábios estavam escuros e brilhantes devido aos prazeres que havia acabado de proporcionar a ela. Pamela se levantou, pois não gostou de vê-lo acima dela. Mas também não gostava de si mesma naquele momento.

— Por quê? — perguntou ela, franzindo a testa.

Ela havia tido intimidade com aquele estranho belo e provocador. Como tudo aquilo parecia absurdo!

Ele a observou com semblante ilegível.

— Não se sinta culpada por viver, senão, isso vai corroê-la de dentro para fora.

E então, ele fez uma reverência, como se houvessem acabado de se conhecer e de dançar juntos em um salão de baile, em vez de terem feito as coisas luxuriosas que haviam feito. Como se ele não houvesse visto o coração dela, que ela acreditava que ninguém mais seria capaz de ver.

— A seu dispor, marquesa — acrescentou.

E, assim, ele lhe deu as costas e saiu do salão, deixando-a sozinha com suas velas tremeluzentes e seus arrependimentos. Abalada, Pamela pegou seu robe e o fechou, com dedos trêmulos. Seu caderno e seu suporte para giz debochavam dela ali, esquecidos na chaise longue, como um lembrete de sua verdadeira intenção ao ir para o salão. Contrariada, ela os pegou, apagou as velas e seguiu para seu quarto pelos corredores escuros.

Enfim, aconchegada na cama, Pamela foi tomada depressa por um sono sem sonhos.

CAPÍTULO 9

Mais uma noite tranquila — pelo menos com relação a intrusos — se passou na Hunt House. Theo acabara de falar com o último de seus guardas postado nas passagens abaixo do terraço, que confirmara não ter havido nenhuma tentativa de entrar na casa durante a noite nem nas primeiras horas da manhã. Com a mente ainda tomada por aqueles momentos furtivos e proibidos com Lady Deering no salão, ele agradeceu a seus homens e ordenou que fossem dormir, nos estábulos, para descansarem por algumas horas. Ele vigiaria o perímetro naquela manhã fria porque precisava de solidão, de uma oportunidade para refletir.

Sozinho ali, verificou as três portas externas, tentando manter o corpo e a mente ocupados para que seus pensamentos não voltassem a *ela*.

Sua marquesa.

Não, ela não era sua. Quando a deixara, no furor do desejo reprimido, ele fora para sua cama solitária e imediatamente se acariciara até gozar, e saciado, logo caíra em um sono profundo, como não tinha desde que conseguia se lembrar.

A maneira como reagia a ela o atormentava. Porque ele se via nela, porque *instintivamente a conhecia*. Não só pelo gosto dela em sua língua, pela maneira como o corpo dela respondia ao seu; mas em um sentido muito mais profundo. E ele não podia se dar ao luxo de criar laços com ninguém. Ainda mais com viúvas desoladas.

Ao chegar à última porta, a necessidade de sair e respirar o ar úmido e nebuloso o dominou. Ele puxou a tranca e tomou uma das muitas trilhas de cascalho que atravessavam os jardins. O sonho erótico da noite dera lugar a uma manhã sombria; a névoa caía turva de um céu plúmbeo.

Um vento frio açoitava seus cabelos compridos demais, jogando-os sobre seu rosto, e ele se pegou recordando as mãos de Lady Deering os agarrando, puxando. Recordou-se do corpo dela ondulando sob o dele, soltando suspiros ofegantes e gemidos que pareciam arrancados das profundezas de sua alma. Ao pensar nisso, seu pau começou a ficar duro, apesar de todas as razões que ele conhecia para não se render à tentação outra vez.

Se ao menos ela lhe houvesse dito seu nome de batismo... Ele desejava conhecê-la de uma maneira mais familiar do que como marquesa ou Lady Deering. Mas esse também era um desejo perigoso, que deveria ser ignorado, assim como todos os outros em relação a ela.

Um súbito movimento, que Theo captou com a visão periférica antes mesmo de ouvir os passos, alertou-o para o fato de que não estava sozinho. Ele levou a mão para dentro do casaco, onde encontrou o punho da adaga. E seu instinto de pegar sua arma foi correto, porque a pessoa que emergiu do outro lado da sebe era, de fato, seu opositor.

Lady Deering parou quando o avistou na trilha; a musselina macia de seu vestido pairou ao redor de seus tornozelos. Ela usava um chapéu garboso sobre os cabelos dourados e um spencer cor de cobre que só servia para enfatizar as curvas deliciosas de seus seios. Pouco tempo havia se passado desde que se despediram no salão, mas o corpo de Fera reagiu ao vê-la como se estivesse faminto.

Ele fez uma reverência.

— Milady...

Ela carregava uma cesta, cujas alças apoiava na dobra do cotovelo. Respondeu com uma leve mesura.

— Senhor...

A formalidade dela não reprimiu nem um pouco o crescente desejo dele. Fitando-a, ele recordou seu doce perfume, o almíscar de seu desejo mesclando-se ao sabonete fresco e floral que ela devia usar para se banhar. Recordou-se dela toda molhada, macia e quente, pulsando sob sua língua.

Theo engoliu em seco.

— Espero não a estar incomodando, marquesa.

Ela pestanejou, como se também estivesse presa no mesmo feitiço sensual.

— De maneira alguma. Pensei em colher um pouco de alecrim, tomilho e manjerona antes de a geada chegar. Tenho um pequeno canteiro de ervas na parte leste do jardim.

Ela falava com rapidez, como se tivesse pressa de se livrar da companhia dele. Theo não deixou de notar o rubor nas faces dela. Mas não podia culpá-la pela timidez; ele também se sentia um pouco assim naquela manhã. Também não esperava encontrá-la de novo tão cedo. Não havia pensado em nada, na noite anterior, além da necessidade desesperada daqueles momentos selvagens, quando seu rosto estava entre as pernas dela e ambos perdiam a cabeça. Theo esperava que ela não estivesse arrependida por ter se permitido a liberdade de sentir, visto que estava mais tensa do que um nó.

Theo aproveitou as palavras dela para tentar não se deixar afetar pelo desejo que ameaçava consumi-lo.

— Cultiva ervas?

A ideia de ela trabalhando na terra o intrigou e surpreendeu. Muitos anos antes, quando era pequeno na Boritânia, sua mãe tinha um jardinzinho atrás dos aposentos reais, no pátio interno. Ele guardava lembranças sagradas da luz do sol e do ar salobre, da voz melodiosa de sua mãe cantarolando enquanto cuidava das flores. Quando ela fora aprisionada nas masmorras do castelo, os jardins foram as primeiras de muitas coisas importantes para ela que seu tio destruíra.

— Sim — respondeu Lady Deering com brandura, afastando-o das garras implacáveis do passado e de todos os seus demônios. — Gostaria de me ajudar?

O convite dela o chocou tanto quanto sua aparição naquela manhã.

Havia algo diferente nela naquela manhã, pensou ele. Havia nela uma suavidade que antes não existia. E ele se viu querendo conservar tal traço, mantê-lo ali. Agradá-la da maneira que pudesse. Pois tinha a impressão de que a marquesa de Deering era uma mulher que se anulara muitas vezes durante seu luto.

— Se desejar, milady — replicou ele, não particularmente ansioso pelas lembranças que talvez tivesse que enfrentar ao vê-la colher suas ervas.

Ele nunca mais vira alguém cuidando de um jardim. Mas talvez fizesse sentido ver outra vez, sendo Lady Deering a jardineira.

— Venha — falou ela, em um tom que indicava tanto um convite quanto uma exigência. — Dois pares de mãos são melhores que um, nesses casos.

Ela falava com leveza, como se não houvesse um significado maior em seu convite. Mas ambos sabiam muito bem que ela não teria oferecido o mesmo a outro guarda que houvesse encontrado no caminho. Porém, Theo, não mencionou nada disso, contentando-se em permitir que ela mantivesse seu orgulho.

Ele a acompanhou pelo caminho até a parte mais afastada do jardim, mantendo um silêncio cauteloso. Não se ouvia som entre eles, exceto o de passos no cascalho e das ocasionais asas assustadas de um pássaro sobrevoando os arbustos quando passavam. Observá-la já o deixava contente: o balanço de seus quadris sob o vestido, seu porte gracioso, o brilho de seus cachos sob o chapéu de palha… Que estranho pensar que poucas horas atrás ela estava nua, entregue a sua língua e suas mãos curiosas!

Chegaram a uma pequeno quadrângulo, separado por uma fileira de pedras do restante dos jardins cuidadosamente planejados. A folhagem ainda tinha um verde profundo e escuro; as folhas ainda não haviam sido afetadas pelo clima cada vez mais frio.

— É aqui — anunciou ela, voltando-se para ele com as faces ainda rosadas.

Se era devido ao frio ou a outro motivo, ele não saberia dizer. Mas notou que o olhar dela estava fixo em algo acima de seu ombro, não em seu rosto.

— Adorável — elogiou ele.

Mas não se referia ao jardim de ervas, ao qual mal havia olhado. O elogio havia sido para ela. O dia cinzento e o frio úmido não diminuíam a beleza dela.

Como se ela houvesse percebido o significado oculto das palavras dele, o rubor de suas faces aumentou. Ele quase sorriu diante de tamanha timidez depois de toda a ousadia da noite anterior. Ela era um mistério que ele desejava muito desvendar.

— Deve me considerar uma tola — comentou ela calmamente — por manter uma horta, quando não há razão para isso. A cozinheira tem uma linda horta na parte oeste e, claro, recebemos tudo de que precisamos proveniente da estufa de Ridgely Hall.

— Eu jamais a consideraria uma tola — replicou ele solenemente, e era verdade.

Ela por fim o fitou, como se procurasse alguma coisa. Fosse o que fosse, aparentemente havia encontrado, pois informou:

— Trouxe duas tesouras, pensando que poderia convencer Lady Virtue a me acompanhar. Mas ela não quis se aventurar na garoa fria para me agradar.

Theo teve o súbito pensamento de que a seguiria até o fogo do Hades para agradá-la. Mas em vez de deixar escapar algo tão ridiculamente tolo, declarou apenas:

— Diga-me o que fazer.

Ele não estava vestido adequadamente para o clima, nem estava de chapéu para se proteger da névoa, mas não se importava com isso. Como também não se preocupou por ter deixado seu posto. O jardim era murado, e ele poderia avistar se alguém o atravessasse para tentar entrar pelas portas abaixo do terraço.

Lady Deering abriu a tampa do cesto, levou a mão ao interior e a retirou com uma tesoura. Ofereceu-a a Fera, que a aceitou, incapaz de resistir ao impulso de roçar os dedos nas luvas dela. Ele notou que ela parou por um instante a mais que o necessário antes de levar a mão à cesta mais uma vez e retirar a outra tesoura.

— Vamos cortá-las rente ao solo, mas tenha o cuidado de deixar algumas folhas — instruiu ela, em tom sério, e deixou a cesta a seus pés. — Pode começar pelo tomilho, e eu começo pelo alecrim.

Sua mãe também cultivava tomilho em seu jardim, e ele reconheceu a folhagem com uma facilidade agridoce. Abaixou-se para realizar sua tarefa. A marquesa foi para o lado oposto do quadrado, colocando a necessária distância entre eles, e começou a cortar raminhos de alecrim. A fragrância da erva que tanto impregnara seus dias na juventude o alcançou e causou uma emoção que ele não se permitiu sentir, mas que formou um nó em sua garganta. Maldição, o que havia naquela mulher que o despojava de todas as suas defesas e o deixava tão vulnerável?

Trabalhavam em um silêncio agradável, acompanhados apenas pelo som metálico e agudo das tesouras. As partes de Londres que ele frequentava não tinham jardins. Sentia-se assombrado pela lembrança distante do sol boritano e do solo arenoso sob seus dedos.

— Algum problema, Fera?

A pergunta de Lady Deering o arrancou de seus pensamentos. Ele ergueu os olhos e a encontrou fitando-o com uma estranha expressão. Surpreendeu-o perceber quanto queria ouvir seu verdadeiro nome nos lábios dela.

— Theo — disse antes que pudesse se conter.

Ela franziu a testa.

— Theo?

— É meu nome de batismo — explicou ele, com uma voz que parecia tensa devido à emoção contida. — Havia me perguntado, agora já sabe.

— Theo — repetiu ela, com um leve sorriso.

Era um sorriso feminino, que se alojava nos lábios, mas que também se refletia em seus olhos, e o fez querer beijá-la outra vez. Mas era perigoso, de modo que ele se obrigou a baixar o olhar e tardiamente percebeu por que ela havia perguntado se havia algum problema.

Ele havia esmagado um punhado de raminhos de tomilho na mão.

— Lembranças — admitiu, olhando de volta para ela. — Minha mãe tinha um jardim. Desculpe-me por estragar seu tomilho.

— Ela faleceu? — perguntou Lady Deering baixinho, sem dar atenção aos restos macerados da erva, esmagados pela garra enorme dele.

— Sim, há muitos anos.

Mas era a maneira como ela havia sido arrancada desta Terra, da vida dele, que o assombraria para sempre. A morte dela deixara um vazio em seu mundo que nem o tempo e a distância poderiam aplacar.

— Sabe por que eu cuido das plantas, Theo? — perguntou a marquesa de repente.

Ouvir seu nome fez Theo levantar a cabeça.

— Por quê?

— Porque me dá um pouco de esperança cada vez que vejo o jardim. É um lembrete da vida que brota do solo, tão verde e vibrante, que cresce a cada primavera. — Ela cortou outro raminho de alecrim, com os olhos baixos. — A morte pode nos fazer esquecer as pequenas alegrias, e eu mantenho o cultivo dessas ervas para me lembrar delas.

— Entendo — replicou ele quando conseguiu controlar os sentimentos que aquelas palavras, aquela revelação, haviam provocado.

De repente, seus pensamentos eram doloridos como um hematoma. Ele estava pensando não só em seu passado, mas também no de Lady Deering. Perguntava-se que tipo de homem o marido dela havia sido. Como devia ter sido ter o amor de uma mulher como ela, que lamentava tanto a morte do marido que se endurecera para evitar qualquer outra pessoa durante anos.

Foi necessária toda a moderação que ele possuía para conter suas emoções. Ele inspirou devagar, segurando o ar nos pulmões até sentir o peito queimar. Só então exalou e cortou um raminho fresco de tomilho para substituir os que havia esmagado. E depois outro; e ao fazer isso, teve que pestanejar, porque sentiu um ardor repentino que, para sua consternação, era muito semelhante ao das lágrimas.

Ele não chorava havia anos; desde que os guardas do palácio haviam capturado sua mãe e a levado para as masmorras por cometer traição. E também não choraria agora, no meio de um jardim em um dia chuvoso de Londres, diante de uma mulher que mal conhecia, exceto pelas intimidades selvagens que haviam compartilhado.

Não, seria muito melhor para ele ter em mente o verdadeiro motivo pelo qual estava na Hunt House, que não tinha nada a ver com encontrar consolo no passado diante da Viúva de Gelo que se transformava em chamas em seus braços. Ele estava ali para proteger o duque de Ridgely de alguém que estava tentando matá-lo.

Como sempre fazia, Theo baniu o passado de sua mente, junto com cada vestígio de emoção que possuía, e fixou sua atenção nas plantas.

Nenhum dos dois falou sobre a noite anterior. Pairava entre eles, pesada como uma pedra que, aparentemente, ambos tentavam evitar. Por parte de Pamela, ela já havia decidido, quando se levantara naquela manhã e jogara água calmante no rosto para fazer suas abluções, que o que havia acontecido nunca mais poderia se repetir. Na verdade, ela havia prometido a si mesma, enquanto se vestia e se preparava para o dia, que deveria evitar Fera a todo custo. Se não estivesse na presença dele, dificilmente poderia se sentir tentada por ele.

Contudo, desde o momento em que o avistara parado sob a névoa do jardim, tão injustamente bonito com seu casaco e calças pretos, e o cabelo escuro úmido pela chuva, decidiu-se pelo contrário. Seu coração palpitara e a emoção que a dominara fora inesperadamente vívida. Ela não imaginava que ele concordaria em acompanhá-la ao seu jardim de ervas improvisado. Tampouco sabia por qual motivo havia feito o convite.

Mas o havia feito, e lá estava ele, trabalhando com ela no jardim com movimentos eficientes: cortar, colher, cuidar. Ele havia descartado as luvas em algum momento, revelando seus dedos longos e hábeis um pouco sujos de terra, e isso despertava nela o desejo de limpá-los. Ele era um mistério; frio e isolado como uma fortaleza ameaçadora. Mas havia nele vislumbres de outro homem. *Theo.* Ele lhe havia dito seu nome, dera-lhe um pedacinho de si mesmo. Uma pequena informação sobre quem realmente era.

Essa revelação teria algum significado? Ela não sabia. Por deus, ela nem sabia se o encontro amoroso entre eles no salão significara algo para ele. Ou para ela. Se ela queria que significasse.

Mas uma coisa estava dolorosamente clara para ela: no instante em que se vira perto de Fera — Theo —, todas as suas boas intenções acabaram irremediável, completa e imprudentemente frustradas.

Ela terminou de colher o alecrim e o colocou com cuidado dentro da cesta. Mais tarde, amarraria as ervas em cachos e os penduraria para secar, como sempre fazia, no teto de um dos quartos de hóspedes não utilizados. Felizmente, a Hunt House era enorme e cômodos é que não faltavam. Sua cesta estava se enchendo depressa. Quando ela retirou a mão, a de Theo de repente estava lá, roçando os dedos nos dela e lhe provocando um calor que espantou o frio, mesmo por cima da barreira das luvas manchadas de terra.

Quando ela tentou se afastar, ele pegou a mão dela e a deteve. Ela o fitou, e encontrou sua expressão tensa e rígida. Quase furiosa.

— Não se mova — ordenou ele, ríspido.

Então, soltou a mão dela, levantou-se e saiu andando pela longa trilha de cascalho, com graça e em silêncio.

Confusa e assustada, ela se levantou e sacudiu suas saias úmidas, perguntando-se o que poderia estar acontecendo. Aonde ele estava indo? Ela largou a tesoura no chão, ao lado da manjerona, que ainda não havia colhido. Com a ansiedade se elevando, ela recolheu o vestido com as mãos, ignorando a mancha que poderia deixar com suas luvas sujas, e foi depressa atrás dele.

Ele havia feito uma curva e desaparecido entre as sebes altas e perfeitamente aparadas que ladeavam os muros externos dos jardins. Com cada vez mais desconfiança, ela apertou o passo, aventurando-se pelo jardim até se aproximar do terraço. Mas também ali não viu sinal de Theo.

Como podia ter desaparecido tão rápida e completamente?

Pamela ia chamá-lo quando uma mão a agarrou pelo cotovelo com força e a puxou depressa, encostando-a na parede de pedra embaixo do terraço. Seu corpo ficou preso por uma forma masculina maior, tão dura quanto familiar para ela. Pousou as mãos no peito dele, ancorando-se.

— Fera — disse, tão assustada que o chamou pelo nome que ele lhe dera naquela primeira tarde. — O que está fazendo?

— Eu que pergunto, marquesa. O que está fazendo? — respondeu ele, fitando-a com olhos frios.

— Procurando por você, é claro. Você desapareceu.

— Eu disse para ficar onde estava — rosnou ele.

Realmente, ele havia dito isso.

Pamela pestanejou para ele.

— Nunca fui particularmente boa em obedecer a ordens.

— Ora, quem diria… — retrucou ele devagar, e a tensão de seu semblante e ombros se aliviou um pouco.

— Você poderia ter dito aonde estava indo — ressaltou ela.

— E você poderia ter permanecido onde estava, em segurança. Vi alguém nos jardins. Você poderia estar em perigo.

— Quem você viu? — perguntou ela, assustada. — Outro intruso?

— Não — respondeu ele depressa. — Era um dos meus homens que fora me procurar.

Outro guarda, então. Ela ficou aliviada, esqueceu a preocupação que estava sempre à espreita desde que alguém tentara causar sérios danos corporais a seu irmão. Mas tão depressa quanto o alívio chegou, ocorreu-lhe que algo ainda poderia estar errado.

— O que ele queria? — perguntou. — Algum problema?

Theo hesitou, torcendo os lábios.

— Ele tinha uma mensagem para mim. Mas, milady, por favor, ao menos quando seu bem-estar estiver em jogo, dê ouvidos ao que eu digo. Quando eu lhe disser para permanecer em um lugar, permaneça.

— Você se preocupa comigo?

No instante em que a pergunta saiu de seus lábios, desejou poder retirar o que disse. A causa de sua tolice, provavelmente, haviam sido a proximidade e a intimidade do corpo dele pressionando o dela contra a áspera parede de pedra às suas costas. Além do que acontecera entre eles na noite passada. Sua mente divagou e um calor tomou sua pele ao recordar a boca de Fera na sua, o prazer que arruinara todas as suas boas intenções.

— O duque me paga generosamente para que você e todos os habitantes desta casa sejam minha preocupação — retorquiu Theo friamente, franzindo o cenho.

Claro… mas ela não precisava que ele lhe recordasse especificamente isso.

Ela o empurrou pelo peito, sentindo o orgulho ferido.

— Como pode ver, nada me aconteceu. Agora, se não se importa, preciso colher ervas.

Mas ele não se mexeu. Manteve as mãos espalmadas na parede, uma de cada lado dela, mantendo-a presa.

— Nada lhe aconteceu desta vez — corrigiu ele, severo, comprimindo os lábios. — Mas e da próxima vez, milady? Prometa-me que me atenderá e cuidará de seu bem-estar.

— Eu não atendo a ninguém. Sou dona de mim mesma.

Como ele ousava dizer que só se preocupava com ela porque estava sendo pago para isso e, depois, fazer exigências? Ele não tinha esse direito. E ela havia permitido que a boca pecaminosa daquele homem turvasse seu juízo…

— Marquesa — sibilou ele em tom de advertência.

— Fera — respondeu ela, mordaz.

Porque se ele pretendia agir como se o que havia acontecido entre eles não significasse nada, ela também o faria. E ele a estava impedindo de voltar ao jardim.

— Deixe-me ir — acrescentou.

Ele retesou a mandíbula.

— Não enquanto não me prometer.

Ela contraiu os lábios, sustentando seu olhar.

— Creio que ficará aqui o dia todo, então.

Theo suspirou.

— Milady, seja razoável, por favor. Só estou tentando protegê-la, como fui incumbido de fazer.

— Você foi incumbido de proteger Ridgely, pelo que me consta — rebateu ela —, e deixou claro que me proteger é apenas um dever pelo qual está sendo pago. Agradeço, de verdade, seu senso de obrigação equivocado, mas o dispenso dessa missão.

— Não seja teimosa.

O que ele queria dela, afinal? Era como se no instante em que as fronteiras invisíveis que os separavam eram ultrapassadas, ele as reconstruísse. Eles se entreolhavam, ambos se recusando a ceder, até que, de repente, o céu se abriu de verdade e gotas de chuva começaram a cair ao redor deles, derramando-se ruidosamente sobre as plantas, as cercas-vivas e o cascalho.

— Está chovendo — anunciou ela, sem muita convicção, como se estivesse contando um segredo que ele desconhecia.

Graças a deus havia o terraço acima, cuja marquise se estendia e os mantinha secos.

— De fato — replicou ele, fixando os olhos nos lábios dela.

Pamela se deu conta. Moveu o corpo, de modo que ficou pressionado contra o dele do quadril ao peito, e sentiu a evidência do desejo dele. Ele não estava tão imperturbável quanto transparecia.

— Vai me deixar ir agora? — provocou ela, mas não tentou sair, cada vez mais seduzida pelo momento.

— Não se iluda.

Seu leve sotaque havia voltado à sua voz baixa e rouca. Ela estremeceu, mas não foi devido ao frio nem à umidade.

— Minha cesta deve estar se enchendo de água.

Ele ergueu uma sobrancelha, impassível como sempre.

— Tem tampa.

A paciência de Pamela já havia sido testada e forçada além do limite, de modo que ela explodiu:

— A noite passada não significou nada para você, então?

Pois — e isso só poderia reconhecer para si mesma — significara muito para ela. E o motivo não era apenas o prazer. Era ele também. Theo, cujo sobrenome ela não sabia, cujos lábios haviam tomado os dela com tanta ternura e um desejo feroz. Que a puxara para seu colo como se ali fosse o lugar dela. Que se atrevera a fazer exigências ao corpo e à mente dela — exigências que ela não aceitara de mais ninguém nos últimos quatro longos anos.

— A noite passada... — repetiu ele baixinho, e sua voz foi como uma carícia na pele de Pamela.

— Sim. — O calor subiu por suas faces. — Você sabe a que estou me referindo.

— Sei?

— Claro que sim — tornou ela, frustrada, agarrando-o pelas lapelas e o puxando. — Não finja que esqueceu. Acredito que fui a única mulher que você beijou ontem à noite.

Que beijou *em todos os lugares,* ela poderia ter acrescentado, mas sabiamente não o fez.

Já era bastante escandaloso o que ela havia feito com ele. E o que queria fazer de novo.

— Responderei, mas só depois que me der sua promessa — ofereceu ele com voz suave.

Ah, canalha! Ele estava fazendo tudo que podia para arrancar de Pamela a promessa que ela não queria dar. Não porque pretendesse se lançar de cabeça ao perigo, mas porque não queria responder, sobretudo porque ele continuava tão distante. E porque tudo que ele fazia com que ela sentisse era muito novo para ela. Novo e indesejado. Dentro dela, crescia um mar confuso de anseio e culpa. Pamela sempre havia feito o que se esperava dela. Havia sido uma filha e esposa obediente e, mais tarde, uma viúva íntegra. Mas havia se esquecido de tudo em alguma parte do caminho.

— Preciso pegar minha cesta e entrar — mentiu.

Na verdade, não tinha pressa. Não tinha nenhum compromisso urgente naquela manhã. Lady Virtue estava ocupada com outras coisas e teriam visitas a fazer só no fim da tarde.

— Teimosa — expressou ele, mas ela notou a admiração em sua voz.

E seu coração tolo palpitou.

Por outro lado, quanto mais ele queria que prometesse, menos ela queria prometer. Essa pequena batalha verbal significava que ela poderia ter mais do tempo e da atenção dele. Antes, ela havia esquecido como era desejar outra pessoa, mas agora se lembrava.

— Determinada — objetou ela, dando um leve puxão nas lapelas do casaco dele. — Além disso, não creio que pretenda me manter aqui o dia todo.

Ele deu de ombros, como se tivessem todo o tempo do mundo e não estivessem sob uma marquise enquanto a chuva caía sobre a terra um pouco mais adiante.

— Não seria uma má ideia.

Ele baixou a cabeça, aproximando sua boca da dela.

— Está frio — protestou ela, ofegante.

— Vou aquecê-la — disse ele, e a beijou.

Os lábios dele estavam frios, mas macios. Ele a beijou devagar, com ternura. Ela não precisou de persuasão para abrir os lábios. Quando ele pôs a língua dentro da boca de Pamela, ambos suspiraram em uníssono, e depressa o beijo se intensificou. Ele deu um passo à frente, prendendo-a com mais firmeza contra a parede de pedra, e ela sabia que nunca mais olharia para a Hunt House sem se lembrar de Theo se apossando de sua boca sob o terraço, enquanto a chuva fustigava os jardins.

O cheiro de terra subiu ao redor deles, mas ali estava também o aroma cítrico, de lã úmida, limpeza e sabonete. Ela soltou o casaco e jogou seus braços ao redor do pescoço de Theo, enroscando os dedos nos cabelos da sua nuca. Ele levou a mão ao pescoço dela; uma mão fria e nua, e aquele toque de metal — o anel que ele usava no dedo indicador — em sua pele lhe era tão familiar agora quanto seus lábios. Ela sentiu o gosto do chá matinal na boca de Theo enquanto enroscava a língua na dele, lutando contra ele sem palavras, assim como havia feito verbalmente.

Entre eles, o membro dele se projetava, grande e rijo, contra o ventre dela. A tentação de tocá-lo era forte, de levar a mão à braguilha de suas calças, de abrir os botões, de deixá-lo saltar livre. De levantar o vestido e as anáguas e guiá-lo para dentro de si, ali mesmo, sob a chuva fria, sem nada além da imperiosa parede de pedra às suas costas.

Ele era como um veneno em seu sangue, e ela temia que só houvesse uma maneira de curar o que a afligia. Possuí-lo.

Mas ele interrompeu o beijo e levou os lábios à orelha de Pamela, respirando contra ela, mordiscando o lóbulo.

— Prometa, marquesa.

Ela queria lhe pedir que a chamasse de Pamela.

Queria muito mais que isso.

Theo desceu os lábios por sua garganta, lambendo e chupando, até que seus joelhos ameaçaram ceder e ela sentiu a dor do desejo. Entendeu o que ele estava tentando fazer: seduzi-la para que prometesse. E estava conseguindo.

Ele levou a outra mão para baixo do spencer e a pousou no seio de Pamela; seu polegar encontrou o mamilo rígido. Ela ofegou e se arqueou para ele. Theo esfregou a barba por fazer no pescoço dela, rolando o mamilo macio entre o polegar e o indicador. Beliscando e puxando.

— Prometa — sussurrou ele.

Ela engoliu em seco, incapaz de controlar o crescente desejo. Ele sabia como fazê-la amolecer praticamente sem nenhum esforço.

— Prometo — ela por fim cedeu.

Mas no instante em que arrancou a promessa de seus lábios, ele se aprumou em toda sua altura e afastou as mãos do corpo de Pamela, deixando-a desolada.

— Finalmente. Pensei que você me faria esperar para sempre.

Se ao menos ela conseguisse se controlar tanto quanto ele... ou um pouco, pelo menos.

— Fique aqui — acrescentou ele, sério, e saiu correndo sob a chuva torrencial, enquanto ela olhava, impotente, para o corpo alto e forte, que desaparecia por entre as sebes do jardim.

O impulso de ir atrás dele era intenso, mas Pamela era uma mulher de palavra, e mesmo que ele houvesse arrancado a promessa dela por meio da sedução, ela a cumpriria. Tentando recuperar o juízo e a compostura, ficou onde estava, encostada na parede de pedra, aguardando o retorno de Theo.

Não se surpreendeu ao vê-lo voltar correndo, instantes depois, com a cesta que ela deixara para trás e completamente encharcado.

— Não precisava ter saído na chuva para pegar minha cesta — protestou ela.

— Se eu não fosse, você teria ido — argumentou ele.

E tinha razão.

— Talvez — disse ela, pegando a cesta. — Obrigada.

— Eu levo — ofereceu ele. — Venha comigo. Usaremos os túneis que saem dos jardins para você não se molhar.

Ele não a esperou responder, apenas passou por ela e foi em direção a uma das várias portas largas que havia daquele lado do edifício. Pamela se surpreendeu ao descobrir que Theo conhecia as passagens subterrâneas da Hunt House melhor que ela. Mas logo supôs que isso não deveria ser uma surpresa; tinha uma forte suspeita de que os corredores escuros não eram a única coisa que aquele homem misterioso conhecia melhor que ela.

Perplexa, ela o seguiu até a porta e, passando por ele, entrou na fria passagem de pedra. Ele fechou a porta, abafando o som da chuva que desabava do lado de fora. Uma fileira de janelas arqueadas altas lançava uma luz fraca àquela passagem que cheirava a mofo, e a iluminava o suficiente para que Pamela pudesse ver Theo trancar a porta pela qual haviam entrado. Ela se deu conta de que ele devia ter chegado ao jardim por ali.

Theo se voltou para ela, ainda com a cesta molhada no braço, da qual raminhos de alecrim e tomilho se projetavam por um canto. Seu cabelo estava grudado sobre sua testa, e, encharcado pela chuva como estava, não fazia sentido que estivesse tão injustamente lindo ali, diante dela.

Mas estava.

— Conhece o caminho ou precisa que a guie até o salão principal? — perguntou ele, sem se dar conta dos pensamentos imprudentes que passavam pela mente confusa de Pamela.

Ainda bem, pois nem ela mesma os entendia.

— Seria melhor que me orientasse — conseguiu dizer.

Evitando as passagens dos empregados, ele a guiou habilmente até chegarem a uma escada que levava a uma portinha escondida no saguão. Ela já havia andado por aquelas passagens, claro, mas havia muitos anos que não o fazia com a despreocupação de uma jovem ansiosa por explorar.

— Pronto, milady — disse ele diante da porta, oferecendo-lhe a cesta. — Seguirei até a entrada dos criados.

Ela pegou a cesta. Muitas emoções vibravam dentro dela, como se fossem asas frenéticas de borboletas.

— Obrigada.

Pamela queria dizer mais. Ansiava, na verdade. Mas ela sabia que não era sensato. Por isso, passou por ele. Quando ela ia pousar a mão na tranca da porta, ele a chamou, detendo-a.

— Lady Deering…

Ela voltou a cabeça e, sem se virar, encontrou-o observando-a nas sombras, molhado, lindo e misterioso.

— Eu lhe devo uma resposta — declarou ele. — Tudo. A noite passada foi tudo para mim, e é por isso que não deve acontecer outra vez.

Ele fez uma reverência e saiu apressado, desaparecendo na escuridão.

Durante muito tempo depois que ele partiu, Pamela ficou ali parada, olhando para o espaço vazio onde ele estivera, desejando ter tido coragem de ir atrás dele. Mas sabia que ele estava certo.

O que havia acontecido entre eles não deveria se repetir.

Mas isso não significava que ela não quisesse; queria, mais que tudo na vida.

CAPÍTULO 10

Quando Theo chegou à casa de Archer Tierney, estava encharcado pela chuva e furioso consigo mesmo pela falta de controle que demonstrava sempre que se encontrava diante de certa marquesa linda. Ele se odiava por desejá-la, mas, ainda assim, não conseguia se conter no que dizia respeito a ela.

Embora devesse agradecer pela distração e a oportunidade de sair da Hunt House e se afastar de Lady Deering para atender ao chamado de Tierney, era inegável que Theo estava de péssimo humor. O homem de confiança de Tierney atendeu à porta, com sua habitual carranca.

— Você de novo — foi tudo que disse Lucky.

— Tierney me convocou — explicou Theo enquanto filetes de água escorriam de seu chapéu.

Atrás dele, a rua estava estranhamente silenciosa. O frio recrudescia conforme o dia avançava, e a chuva não dava sinais de parar. Provavelmente, as outras pessoas tinham mais bom senso que Theo e haviam decidido ficar em casa, secos.

Os lábios de Lucky esboçaram um sorriso de escárnio; ele se afastou — com aparente relutância —, permitindo a entrada de Theo.

— Entre.

Theo entrou; tirou o chapéu e o sobretudo encharcados, não queria molhar o belo piso de Tierney. Não tinha a menor ideia do motivo de ter sido convocado outra vez tão cedo, mas temia que tivesse algo a ver com Stasia.

Ele seguiu Lucky até o escritório e esperou enquanto o homem batia na porta.

Ao ouvir a voz breve do outro lado convidando-o a entrar, Lucky abriu a porta, fitando Theo com um olhar desdenhoso. Nunca entenderia a antipatia daquele homem, nem a lealdade de Tierney para com aquele guarda taciturno.

Mas quando cruzou a soleira da porta e percebeu que Tierney não estava sozinho, esqueceu todo o resto.

Ali, perto do fogo crepitante da lareira, com um vestido nos tons profundos e majestosos das cores da família St. George, estava sua irmã. Theo parou, sentindo um aperto no peito. Fazia dez longos anos que não a via; ela era pouco mais que uma criança à época, mas ele a reconheceria em qualquer lugar. Ela tinha os olhos azuis e frios e o porte incompassível do pai. Mas também se parecia com a mãe deles.

Por um momento, ele pensou estar olhando para um fantasma.

O passado o alcançou e atingiu como duas mãos apertando seu pescoço, ameaçando sufocá-lo.

— Theo — disse ela, aproximando-se.

Um colar de ouro no pescoço dela chamou a atenção de Theo, pois tinha o brasão que sua mãe havia recebido quando se casara com o rei. Um brasão que fora banido e proscrito por decreto no leito de morte do rei, e quem fosse pego usando-o seria punido com a morte na forca.

Ele desviou o olhar sem dizer nada, por medo do que pudesse sair de sua boca. Olhou para Archer Tierney, que estava com o quadril apoiado na mesa em uma pose que dissimulava indolência, observando o desenrolar do drama. Sua expressão era ilegível, como sempre.

— O que ela está fazendo aqui? — rosnou Theo.

— Pode falar comigo diretamente, irmão — replicou Stasia de forma impecável.

Se não soubesse a verdade, pensaria que ela havia vivido a vida inteira na Inglaterra, em vez de presa na Boritânia sob o controle de seu tio e irmão.

Theo continuava fitando Tierney, que deu de ombros.

— Dei sua mensagem, mas a princesa tem uma persistência inabalável.

Theo não queria saber se ela era persistente ou não. Havia encontrado o homem errado.

Ele se voltou com grande relutância, notando que ela estava a poucos passos de distância dele. Perto o suficiente para despertar todas as lembranças da juventude que ele havia lutado para banir de sua mente.

— Deveria ter ouvido Tierney quando lhe disse que seu irmão estava morto — afirmou friamente a Stasia. — Perdeu tempo à procura de um homem que não existe.

— Mas estou vendo você, vivo e respirando diante de mim — rebateu ela toda elegante, como uma mulher adulta e a princesa que provavelmente havia sido forçada a se tornar. — Como tem coragem de mentir olhando nos meus olhos, depois de tudo que tive que enfrentar para encontrá-lo?

Por um momento, ele se perguntou o que ela poderia ter enfrentado. Não viu marcas em seus braços. Sua pele era dourada demais para as salas de estar de Londres, o que sugeria que, até recentemente, estivera na Boritânia.

— Nunca pedi a ninguém que me encontrasse — contrapôs ele.

— Meu deus, isso significa que você é mesmo um príncipe boritano, Fera? — perguntou Tierney.

— Não — retrucou ele.

— Sim — respondeu Stasia simultaneamente.

Os irmãos se encaravam. As emoções que ele enterrara tão fundo estavam surgindo, e ele não as queria. Não queria senti-las.

— Estremeço só de pensar como devem ser seus outros irmãos — disse Tierney, com certo humor. — Quantos são?

— Não tenho família — negou Theo, balançando a cabeça. — Não tenho irmãos.

— Isso é mentira — contestou Stasia, erguendo o queixo.

Sua expressão era severa, exigente e familiar. Theo já a havia visto no rosto de sua mãe sempre que se recusava a ceder.

— O nome dele não é Fera. É Theodoric Augustus St. George, e ele é o verdadeiro e legítimo rei da Boritânia.

Suas palavras abalaram Theo. Aquilo era algum tipo de truque? Talvez o tio deles a houvesse enviado para atraí-lo de volta ao litoral da Boritânia para poder terminar o que havia começado dez anos antes. Gustavson não estaria errado ao escolher Stasia; de todos os seus irmãos, Theo possuía mais afinidade com ela, antes de ser preso. Eles tinham idade bastante próxima; ela havia sido sua protegida, sabendo das intenções de seu tio de vendê-la como noiva à primeira oportunidade e usá-la para aumentar sua influência.

— Reinald é o verdadeiro e legítimo rei da Boritânia — corrigiu ele, referindo-se ao irmão.

Aquele que havia usurpado o lugar de Theo.

Aquele a quem levara anos para perdoar por acreditar nas mentiras do tio. Por não fazer nada para deter a tortura infligida a Theo até quase ter sido tarde demais.

— Por isso vim procurá-lo — murmurou Stasia, solene demais para uma mulher de sua idade, para uma princesa que deveria ter tido todas as oportunidades do mundo diante de si.

— Reinald exige meu retorno?

Theo teria cuspido à velha maneira boritana para mostrar seu desprezo, mas acreditava que Tierney não aceitaria muito bem que cuspisse em seu tapete Axminster. Então, apenas bufou.

— A única maneira de eu voltar à Boritânia é morto. Talvez, irmã, seja para isso que esteja aqui.

Sua mente girava. Fazia sentido. Theo sempre soubera que se o tio e o irmão mandassem um assassino para buscá-lo, seria a pessoa que ele menos esperasse.

Alguém como Stasia.

— Agora me reconhece? Quando me acusa de planejar seu assassinato? — Ela lançava adagas através de seus olhos azuis, acusatórios.

— Gim? — interrompeu Tierney, colocando um copo na mão de Theo. — Vamos, meu velho. Sei que não costuma beber, mas tenho a impressão de que está precisando disto.

Theo fechou os dedos ao redor do copo frio. Por dentro, quem estava frio era ele. Além de furioso. Sentia um aperto no peito. Durante dez longos anos lutara para encontrar seu lugar fora da Boritânia. Dez anos renascendo das cinzas do homem espancado e destruído que havia sido. E agora ali estava seu passado, diante dele, fazendo-o lembrar de fato quem era.

— Não oferece a mim também? — questionou Stasia a Tierney.

Theo levou o copo aos lábios e tomou um gole devagar, saboreando o líquido que queimava ao descer por sua garganta. Algo se passava entre sua irmã e seu anfitrião; uma disputa de forças sem palavras, talvez. Até que Tierney cedeu, curvando-se.

— O que Vossa Alteza Real desejar — disse, em tom debochado.

Levantou-se, foi até o aparador e serviu em um copo uma quantidade excessiva para uma dama. Theo se perguntou se deveria intervir, mas logo reprimiu o impulso protetor e fraternal que crescia dentro dele, pois não devia nada a Stasia. Nem sabia se podia confiar nela. Na verdade, tinha razoável certeza de que não deveria.

Tierney entregou o gim a ela, que ergueu o copo segundo a tradição boritana.

— *Saluté* — expressou, usando o tradicional brinde boritano, e deu um grande gole.

Theo tinha de dar o braço a torcer nesse quesito, ela não demonstrara sinal algum de não ter gostado. Sua expressão continuou a mesma enquanto ela bebia o gim.

— Muito bem — prosseguiu ela, triunfante. — Agora, vamos conversar.

— Stasia — protestou Theo, sem querer ouvir o que ela tinha a dizer.

Já havia se passado muito tempo, e aquela história com Lady Deering trouxera à superfície vulnerabilidades que ele acreditava já estarem enterradas.

— Reinald está desaparecido e Gustavson assumiu o trono — revelou sua irmã em boritano.

E assim, o mundo que ele construíra com tanto cuidado para si em Londres se estilhaçou até se desintegrar.

Pamela e Lady Virtue retornaram de seus compromissos naquela noite, ambas suspirando de alívio ao descer da carruagem de Ridgely. A chuva do início do dia dera lugar a um frio tempestuoso, mas pelo menos o céu estava limpo naquele momento. Contudo, não fora o tempo que deixara Pamela cansada. Para sua grande surpresa, fora justamente um dos poucos refúgios em que ela encontrara conforto após a morte de Bertie: a sociedade.

O jantar oferecido pelos Cunningham e a noite musical que se seguira foram...

— Muito enfadonho — murmurou Lady Virtue ao seu lado, como se soubesse dos pensamentos de Pamela e os estivesse completando para ela em voz alta.

— Está se referindo à minha companhia ou aos entretenimentos de nossos anfitriões esta noite? — perguntou Pamela, ciente de que, como matrona encarregada de pastorear a pupila de seu irmão pela *sociedade,* deveria encorajar a jovem.

Mas concordava com a avaliação dela de uma noite em que houvera comida excelente — que, para Pamela, poderia muito bem ter sido serragem que daria na mesma — e amplas oportunidades para Lady Virtue encontrar um pretendente. Tudo fora muito chato. Ela não conseguia pensar em nada além de voltar para a Hunt House e na possibilidade de ver Theo de novo.

— Estava me referindo aos entretenimentos duvidosos da noite — disse Lady Virtue enquanto se dirigiam à imponente porta da frente, que se abriu.

— Não houve nada de duvidoso nisso — disse Pamela, sentindo-se obrigada a discordar, embora concordasse.

Mas, poucos dias atrás, ela não teria concordado. Teria conversado alegremente sobre os modelos da última edição da *Ackermann's,* se os sapatos marroquinos vermelhos combinariam com um vestido diurno de musselina, ou se os de pelica pretos ficariam melhor. Teria comentado com Lady Dilmont sobre Lorde Pinehurst e a maneira chocante como flertara com a sra. Aylesbury. Teria se deliciado ouvindo as estridentes canções escocesas acompanhadas ao piano. Não teria passado todos os momentos distraída, pensando em um lugar onde preferiria estar.

E aquilo era um problema. Um problema indesejado em forma de um guarda-costas muito grande e pecaminosamente bonito.

— Caso exista alguém que não considere duvidoso manter conversas sem sentido com pessoas tediosas, suponho — admitiu Lady Virtue a contragosto enquanto um criado se aproximava e pegava seus casacos.

— Não se pode viver eternamente com o nariz enterrado em um livro — observou Pamela com firmeza, sempre ciente do fato de que deveria encorajar a pupila de seu irmão a se casar.

Lady Virtue era uma intelectual que preferia a companhia dos livros à de outras pessoas.

— Neste momento, não posso enfiar o nariz em um livro — reclamou ela —, visto que meu guardião arrogante e intrometido confiscou todos eles.

Chegaram ao saguão e Pamela se flagrou olhando ao redor.

Procurando Theo.

— Ridgely tomou todos os seus livros? — perguntou baixinho, franzindo o cenho diante da arrogância do irmão.

Não era típico dele ser tão autoritário. Na verdade, era bastante incomum ele dar atenção a qualquer coisa que não estivesse diretamente relacionada ao seu próprio prazer. Não que ele fosse egoísta; era apenas um hedonista. Quase nunca levava as coisas a sério. Mas levava Virtue muito a sério. E houvera aquele incidente terrivelmente tolo na biblioteca…

Hmm.

— Tomou — disse Lady Virtue, franzindo o cenho. — Acaso poderia falar com ele, convencê-lo a ser sensato? Ele também me proibiu de entrar na biblioteca.

Pamela estava prestes a responder que era provável que ela ficar longe da biblioteca fosse uma boa ideia. Mas teve a inconfundível sensação de que alguém a observava. Virou a cabeça de leve e seu olhar encontrou aqueles olhos frios cor de avelã.

Theo estava diante de uma das portas do saguão, não mais encharcado como estava quando se separaram naquela manhã, depois de ele resgatar a cesta e as ervas da chuva e a conduzir pelas passagens secretas. A conexão, mesmo com outras pessoas ao seu redor, separadas por um vasto piso de mármore e pelos olhares atentos dos criados, causou-lhe um choque. Era como se falassem um com o outro através daquele olhar.

Ela recordou as palavras dele nas passagens sombrias. Recordou sua voz profunda, o leve sotaque, dizendo que a noite anterior havia significado tudo para ele.

— Lady Deering?

A voz de Lady Virtue interrompeu os pensamentos de Pamela, e ela relutantemente se forçou a desviar o olhar de Theo e o voltar para a pupila do irmão.

Forçou um sorriso, esperando não ter sido flagrada.

— Sim, minha querida.

— Poderia falar com Vossa Senhoria em meu nome sobre a devolução de meus livros? — repetiu, ainda de cenho franzido. — Eu mesma lhe pediria, mas não o vejo desde… bem, já faz alguns dias.

Sim, minha querida. É sensato não mencionar diante dos criados quando você viu Ridgely pela última vez nem o que estava fazendo com ele, pensou Pamela, ficando um pouco mal-humorada ao se lembrar do ocorrido.

Não só diante dos criados, na verdade.

— Falarei com meu irmão — declarou alegremente, tentando fingir que não sentia os olhos de Theo sobre ela, seguindo-a, tão concretamente como se ele estivesse passando as mãos calejadas por toda a sua pele nua.

Oh, deus do céu!

Era isso que ela queria.

Queria que ele a tocasse em todos os lugares. Queria mais do que acontecera na noite passada. Mas, desta vez, não queria que ele parasse enquanto não estivesse dentro dela.

Essa ideia lasciva fez um calor líquido se acumular entre suas coxas e uma sensação estranha e arrepiante fez cócegas em seu ventre. A reação foi tão repentina, tão intensa, que ela quase tropeçou na bainha do vestido. Tudo isso enquanto acompanhava calmamente sua protegida pelo saguão. Porque tinha que ser a viúva decente e sóbria; deveria ser a voz da razão, a pessoa serena, que não provocava escândalos, que os reprimia antes que pudessem sequer começar, como uma vela apagada por um abafador de chamas.

— Obrigada — disse Lady Virtue baixinho, lançando a Pamela um olhar analítico que a fez se perguntar se por acaso a jovem a havia visto olhando para Theo.

O calor tomou conta de suas faces, mas ela obrigou o sorriso a permanecer em seus lábios; se bem que parecia mais que estava fazendo uma careta.

— Não há de quê, minha querida. Agora, é melhor que descansemos um pouco. Já é tarde.

Os pensamentos de Pamela, mais uma vez, vagaram por onde não deveriam — de volta a Theo — enquanto ela e Lady Virtue subiam a escada em espiral. Acaso o veria outra vez aquela noite? Acaso ele estava esperando seu retorno? Seria ela a razão de ele estar no saguão? Estava aguardando na esperança de vê-la?

Tão depressa quanto as perguntas surgiram em sua cabeça, Pamela as afastou. Como era tola, abrigando tantos pensamentos proibidos! Já havia se arriscado muito com ele. Não, seria muito melhor se mantivesse a cabeça onde deveria: na tarefa de ver Lady Virtue casada com um cavalheiro respeitável.

— O que achou de Lorde Saltersford? — perguntou a Lady Virtue enquanto subiam as escadas. — Tive a impressão de que vocês tiveram uma conversa envolvente durante o jantar.

— Ele queria que eu lhe passasse as ervilhas — contou Lady Virtue, sucinta.

Bem… aparentemente, Pamela andara bastante distraída no jantar. Poderia jurar que Lady Virtue e o conde estavam gostando da companhia um do outro. Esperava que a pupila de seu irmão não houvesse notado.

— Foi só isso que ele disse, minha querida?

Lady Virtue abriu um sorriso tenso.

— Basicamente.

Depois de uma curva, seguiram para o próximo andar.

— Talvez eu estivesse pensando em Lorde Silvertry, então. Vocês não estavam sentados um ao lado do outro durante os entretenimentos musicais?

— Havia um sujeito sentado à minha esquerda, acredito que ele adormeceu durante a apresentação de Lady Anne ao piano — relatou Lady Virtue, com uma fungada de desdém. — Eu o ouvi roncar. Era Silvertry o nome dele? Fui apresentada a tantos cavalheiros esta noite que, confesso, não consigo me lembrar de todos.

A jovem não estava facilitando os esforços de Pamela para vê-la casada. Na verdade, deixara bem claro que não tinha nenhum desejo de se casar. Mas Ridgely tinha outros planos para ela, e Pamela gostava de pensar que Lady Virtue encontraria a felicidade em um casamento com um marido amoroso. Assim como estava, a menina era órfã, não tinha um lar ou uma família digna de nota.

— Muitas excelentes perspectivas de casamento — Pamela se obrigou a destacar a Lady Virtue. — Algum pretendente chamou sua atenção?

— Nenhum — replicou Lady Virtue com um suspiro, sentindo-se acossada. — Gostaria que você e Ridgely parassem com essas tentativas de me forçar a casar. Não é um marido que eu quero. Tudo que desejo é voltar para minha casa.

Pobre menina... Lady Virtue estava tendo dificuldade em aceitar que a propriedade de seu pai, Greycote Abbey, estava sendo vendida. Pamela entendia muito bem as dores e mudanças que acompanhavam a morte.

— Dê tempo a si mesma — aconselhou Pamela, pensando em como havia sido feliz em seu casamento com Bertie.

Sim, era melhor pensar nisso, recordar o amor duradouro que encontrara com o marido, e não na luxúria urgente e furiosa que sentia com Theo.

— Receio que tempo nenhum mudará minha opinião quanto a esse assunto — declarou Lady Virtue. — Quanto mais cedo Vossa Senhoria perceber isso, melhor será para todos nós.

Chegaram ao alto da escada e seguiram pelo corredor; Pamela acompanhou a pupila do irmão até a porta de seu quarto. Por impulso, estendeu a mão e apertou afetuosamente as mãos da jovem.

— Vossa Senhoria e eu só queremos o que é melhor para você, minha querida.

Pensou no comportamento escandaloso do irmão com Lady Virtue na biblioteca e franziu o cenho. Bem, talvez Ridgely quisesse o melhor para si mesmo, mas Pamela não tinha dúvidas de que sua fúria pelo que testemunhara o curara desse egoísmo específico. Pamela sabia muito bem que ele não queria se casar, mas se voltasse a flertar com Lady Virtue, acabaria tendo uma esposa.

— Esse é o problema — expôs Lady Virtue com um sorriso triste. — Todos sempre pensam que sabem o que é melhor para mim, que eu não sei o que é melhor para mim mesma. Todas as minhas escolhas me foram tiradas.

Pamela sentiu um aperto no coração ao ouvir essas palavras, pois ela as entendia bem e as sentia profundamente. Suas escolhas também haviam sido tiradas dela quando ela era uma debutante e enfrentara a pressão para se casar. Havia tido muita sorte de encontrar o amor com Bertie. Mas depois da morte dele, suas escolhas e sua vida deixaram mais uma vez de lhe pertencer.

— Tudo que queremos é que encontre sua felicidade — afirmou a Lady Virtue com a voz cheia de emoção. — Agora descanse um pouco, querida. Amanhã teremos o baile do marquês e da marquesa de Searle.

— Outro baile? — Lady Virtue franziu o nariz, contrariada.

— Sim, outro baile! — exclamou Pamela, fingindo estar muito animada com isso.

Mas, na verdade, ela também não tinha vontade de ir. Soltou as mãos de Lady Virtue, sentindo-se subitamente mais velha do que realmente era. Até aquele momento, não lhe ocorrera que ela havia se jogado no turbilhão social após o término do período de luto, tanto por senso de obrigação quanto por necessidade de distração. Ela era a filha obediente, a boa esposa e agora a viúva correta, sempre fazendo o que lhe diziam que deveria fazer. Vivia para todos e suas expectativas, nunca para si mesma.

Deus do céu, não era de admirar que Lady Virtue estivesse se rebelando contra a vida em que agora se encontrava. Pamela ficou chocada ao descobrir quanto elas tinham em comum.

— Algum problema?

A voz preocupada de Lady Virtue interrompeu os pensamentos de Pamela.

Ela forçou outro sorriso, perguntando-se se acaso seu semblante deixara transparecer o que realmente pensava.

— Claro que não. Estou apenas cansada também. Boa noite, minha querida.

Depois de se certificar de que Lady Virtue estava em segurança em seu quarto, Pamela hesitou no corredor, sentindo-se tentada a procurar Theo antes de dormir, mas sabendo que não deveria. Sua criada devia estar esperando por ela para ajudá-la a se despir. E procurar Theo só levaria a decisões mais terríveis, ela tinha certeza disso.

Mesmo assim, o lado dela que desejava viver para si mesma outra vez foi persistente, arrastando-a. Mas Pamela era mais forte. Forçou seus pés a conduzirem-na até seu quarto. Obrigou-se a realizar o ritual noturno necessário. A criada lhe tirou o vestido e as anáguas e ajudou Pamela a se pentear. Suas joias foram devolvidas ao estojo, suas luvas e meias levadas para lavar.

Mas quando ficou sozinha outra vez, depois de dispensar sua criada, ela se viu andando de um lado para o outro sobre os suntuosos tapetes, em vez de procurar sua cama e o descanso ao qual sabia que deveria se entregar. Especialmente porque os pecados da noite anterior a haviam mantido acordada por tanto tempo.

Não vá até ele, disse a si mesma.

Preciso encontrá-lo, pensou a seguir.

Não, é errado.

Nunca vou me perdoar se não o fizer.

E assim prosseguiu, até que, finalmente, foi até a porta e a abriu; seu corpo se movia por vontade própria, levando-a aonde ela desejava ir. Mas, no fim das contas, não foi longe.

Porque a menos de dois passos de sua porta estava Theo, no corredor escuro. Sua figura familiar foi uma visão bem-vinda, atraída para Pamela com o mesmo propósito que ela sentira dentro de seu quarto. Essa atração entre eles era inevitável, inexorável.

Ele estava diante de Pamela, fitando-a com seus olhos brilhantes, sua expressão franca e incauta. Ficou parado à soleira da porta; a luz das velas e da lareira do quarto dela iluminavam de uma maneira adorável as feições austeras e acentuadas de seu lindo rosto.

Ela deu alguns passos para trás, não em retirada, mas sim para recebê-lo. Ele tomou a decisão por ela. Ou decidiram juntos. Na verdade, era uma decisão que haviam tomado na tarde em que se conheceram, que se renovava a cada breve interação, a cada beijo, toque e olhar cheio de desejo. A cada palavra, as ditas e as não ditas.

Theo entrou e fechou devagar a porta às suas costas com cuidado e em silêncio, sem deixar de fitá-la. Quando estava totalmente fechada, ele ficou ali, olhando para ela. Seus ombros largos ocupavam quase toda a porta de madeira.

— Theo — disse ela baixinho, sentindo uma ternura florescer dentro dela, disputando espaço com o desejo.

Ele parecia vulnerável. Talvez fosse apenas impressão, ocasionada pela luminosidade tênue, ou ilusões da mente de Pamela e das reflexões que a ocupavam desde os beijos roubados naquela manhã sob o terraço. Queria beijá-lo de novo.

Queria aqueles lábios, sempre tão sérios, nos dela.

— Lady Deering.

Como se estivessem em circunstâncias formais, ele levou dois dedos aos lábios e curvou-se em uma reverência cortês.

Foi uma reverência elegante e hábil, como se ele a houvesse feito em inúmeras salas de estar e salões de baile sob candelabros cintilantes. Mas ela nunca havia visto aquela saudação distinta, com os dedos sobre os lábios, como ele havia feito. Parecia um ato íntimo. Erótico, embora ambos estivessem completamente vestidos e nenhuma palavra indecorosa houvesse sido pronunciada.

Ela levou a mão aos botões da gola de babados de seu roupão.

— Está de plantão esta noite? — perguntou.

Mas, na verdade, estava perguntando muito mais, e ele sabia disso tão bem quanto ela.

Terminada a reverência, ele respondeu.

— Agora não, milady.

Ela já estava tirando os botões das aselhas com dedos trêmulos.

— Meu nome de batismo é Pamela.

— Pamela — repetiu ele baixinho, dando ao nome dela um tom carnal. Um calor percorreu seu ventre e mais abaixo.

— Vai ficar comigo?

Por um longo momento, ele ficou em silêncio, observando o progresso dos dedos dela abrindo aquela longa fileira de botões. Até que o robe se abriu, à altura da cintura, revelando a fina camisola por baixo. Ela não parou nem hesitou, continuou descendo, sustentando o olhar dele.

O único som era o suave farfalhar do linho e o crepitar do fogo na lareira.

Por fim ele falou, pronunciando a palavra mais linda que ela ouvira de seus lábios pecaminosos, além do nome dela.

— Sim.

⁘

O pau de Theo latejou dolorosamente dentro das calças quando Lady Deering — Pamela, tinha que pensar nela como Pamela agora, um luxo estranho e íntimo — remexeu os ombros. O movimento fez cair o robe cor de marfim. Ele não deveria estar ali. Deveria ter ficado longe dela. Mas tudo estava desmoronando ao seu redor e ela era sua única fonte de consolo. Isso não fazia muito sentido, mas, ainda assim, quando a olhou nos olhos, viu que ela sentia o mesmo.

Se estavam se afogando no mundo, então que se afogassem juntos, afundassem sob as ondas tempestuosas nos braços um do outro.

Ele atravessou o belo tapete Axminster em passos abafados antes que sua mente sequer houvesse pensado em fazê-lo se mover. Seu corpo o governava, levando-o ao que ele queria, ao que mais necessitava.

Pamela.

Colidiram; os braços macios dela envolveram o pescoço dele; os seios fartos dela se esmagaram contra o peito dele. O perfume exótico dela expulsava os pensamentos sombrios da mente dele. O encontro inesperado com Stasia e as revelações que ela fizera desapareceram. Só existia aquele momento, a próxima respiração, o pulsar frenético de seu coração, a mulher inclinando a cabeça para trás para olhar para ele com tanto desejo que seus joelhos chegaram a tremer.

Ele, que havia sido torturado quase até a morte na masmorra do tio, que havia sobrevivido à horrível travessia marítima da Boritânia a Londres, que por uma década vivera perigosamente como um mercenário cruel, foi abalado até a alma por uma mulher cujo gelo se transformara em chamas. Chama na qual ele queria ser queimado. Chama que o faria esquecer, mesmo que apenas por uma noite. Mesmo que apenas por uma hora. Por deus, ele se jogaria no fogo intenso, se fosse preciso, para ter um segundo com ela. Isso mostrava quão forte era seu desejo por Pamela.

Theo abaixou a cabeça e enterrou o rosto nos cabelos perfumados dela. Soltos, os cachos polidos brilhavam sob a luz das velas. Ele ficou um momento inspirando, desfrutando aquele aroma.

— Eu vi você — murmurou Pamela, enquanto brincava com seus dedos nas pontas dos cabelos dele, que ele havia pensado em cortar até saber como era bom sentir as mãos delicadas dela neles. — No saguão, quando cheguei esta noite.

Ele também a havia visto. Não fora sua intenção; estava fazendo a ronda final pela Hunt House antes de seus homens assumirem o turno seguinte. O que ele pretendia, na verdade, era evitá-la; voltar para seu quarto e pensar no que deveria fazer com a informação que Stasia lhe havia transmitido.

Mas a comoção no saguão indicara que alguém estava chegando e ele ficara, estúpida e imprudentemente, na esperança de que fosse ela. Quando seus olhares se encontraram e se fixaram, ele soubera que não iria para seu quarto. Só havia um lugar ao qual poderia ir, dado o tormento que o consumia por dentro. Até ela.

— Você estava linda — disse ele, levantando a cabeça para observá-la mais uma vez. — Mas está ainda mais gloriosa agora, assim.

Ela abriu um leve sorriso.

— Não sou tão bonita quanto Lady Virtue. Ela é jovem e inocente.

Ele não notara a mulher que a acompanhava. Era como se não estivesse presente.

— Só vi você — declarou ele. — Você é tudo que quero ver.

Ele poderia dizer mais, explicar aquilo de outras maneiras, mas as emoções que sentia eram tão fortes, tão agitadas, que as únicas palavras que conseguia encontrar eram em boritano. Por isso, segurou a língua.

— Não precisa me cortejar — afirmou ela baixinho. — Você já me conquistou.

Conquistara? Na verdade, não. Conquistara-a por aquela noite. O destino nunca fora gentil com Theo St. George, e ele sabia que aquele fio cruel e inconstante não tinha intenção de mudar seus hábitos. Ele desfrutaria a noite, e ela seria dele enquanto ainda fosse possível.

— Não a estou cortejando. — Ele beijou seus lábios de leve, um beijo casto antes de concluir. — Estou dizendo a verdade.

Ela levou as mãos suaves e quentes da nuca ao rosto dele.

— Quem é você, Theo? Quem é você de verdade?

Ele nunca poderia lhe contar. Se contasse, havia a possibilidade muito real de que a colocasse em perigo. Se o que Stasia dissera fosse verdade, já deveria haver espiões boritanos infiltrados em Londres que sabiam quem ele era e onde estava. Mas Theo não pensaria nisso agora, com Pamela acariciando seu rosto. No dia seguinte ele contemplaria as repercussões, tomaria decisões. Naquela noite, estava onde precisava estar.

Ele virou a cabeça e beijou a palma da mão dela.

— Sou seu amante.

— Oh — sussurrou ela, com o lábio inferior trêmulo.

É provável que Pamela não esperasse uma resposta tão franca. Ela queria seu nome completo, seu passado… talvez dizer-se amante dela houvesse sido um descuido. Ela parecia um corcel que se esquivava agora, e ele não queria assustá-la ainda mais forçando-a a galopar.

— Se você quiser — acrescentou em um murmúrio. — Ou então, o homem que a mantém nos braços enquanto você dorme, se assim desejar.

Mas não disse que, fosse o que fosse, ele o faria totalmente vestido. Não era um assunto que abordasse com amantes no passado, pois não havia necessidade naquela época; ele não tinha cicatrizes. Mas com Pamela seria diferente. Ela iria querer tudo dele, e ele não poderia dar. Qualquer outra coisa, sim, mas não aquela última parte de si mesmo, a parte que ele detestava, a parte onde seus demônios espreitavam.

— Não quero dormir — declarou ela.

— Tem certeza? — questionou ele, porque as palavras dela fizeram seu pau latejar.

Ela passou a língua pelos lábios, inocente e sedutora ao mesmo tempo.

— Tenho. Eu quero… quero o que aconteceu ontem à noite, só que mais.

A luxúria que o dominou foi instantânea e intensa.

Ele tomou os lábios de Pamela nos seus, dizendo a si mesmo que a beijaria devagar; mas fracassou no momento em que ela se abriu para ele. O beijo foi intenso e faminto, línguas se entrelaçando. Ele a beijava e, com seus lábios nos dela, contava-lhe tudo que não conseguia colocar em palavras.

Ela tinha gosto de vinho, e ele se perguntou aonde havia ido aquela noite. Com quem conversara, dançara e flertara. Por um momento, desejou ter sido um dos convidados. Desejou ser o cortesão gentil que um dia fora, só para poder encontrá-la em um ambiente onde fossem iguais. Para que pudesse se curvar sobre a mão dela e fazê-la dançar uma valsa, cortejá-la como ela merecia, e não com beijos roubados e toques furtivos, escondidos do mundo.

Pelo menos aquela noite, eles teriam o conforto de uma cama — apesar de ele não se importar nem um pouco em ficar de joelhos por ela. Pamela merecia ser adorada, não só por ser adorável, mas porque ignorara suas próprias necessidades e desejos por muito tempo. Talvez nisso combinassem, pois ele havia se acostumado a se anular e negar a si mesmo.

Ela levou as mãos ao casaco dele, puxando as lapelas e tentando tirá-lo. Isso ele permitiu, e ajudou mexendo os ombros. Mas quando ela chegou aos botões do colete, ele a deteve como antes, entrelaçando os dedos dela nos seus.

Theo ergueu a cabeça, com a respiração ofegante.

— Isto fica.

Ela estranhou, mas não questionou.

— E as botas?

Ele engoliu em seco, e uma onda de ternura percorreu seu interior diante da calma aceitação que ela demonstrou.

— Vou tirá-las.

Embora as houvesse limpado depois de voltar da casa de Tierney, não estavam imaculadas. Não poderia levar a sujeira da rua para a cama dela.

— Deixe que o ajude — disse ela, surpreendendo-o.

Ver Pamela de joelhos à frente dele, ajudando-o a tirar as botas, fez brotar uma infinidade de pensamentos luxuriosos na mente depravada de Theo.

— Não precisa — retorquiu ele com a voz rouca, sem saber se seria capaz de se controlar.

— Eu quero.

Com um sorriso tímido ela pegou a mão dele, entrelaçou os dedos de ambos e o levou até uma cadeira estofada perto da lareira. Ela pousou as mãos nos ombros dele, incitando-o a sentar.

— Sente-se.

Não havia nada a fazer senão obedecer. Theo afundou na cadeira, hipnotizado enquanto ela afastava uma mecha de cabelo da testa dele. Ela beijou sua face, seu queixo... o canto dos lábios.

Ele agarrou os braços da cadeira e rosnou baixinho, frustrado, parecendo mais fera que homem e se sentindo como tal.

— Você não deveria...

Dois dedos finos e elegantes pressionaram seus lábios, silenciando seu protesto.

— Quieto. Deixe-me cuidar de você.

Ninguém cuidava dele havia anos. E mesmo antes, as mulheres o bajulavam porque ele era um príncipe. Os criados lhe atendiam porque eram pagos para isso. Mas ali estava uma mulher que queria lhe mostrar carinho apenas porque podia. Uma mulher que nada sabia a respeito dele nem de seu passado.

Para ela, ele era um mercenário que prestava seus serviços a quem o contratasse.

Ele beijou-lhe a ponta dos dedos, depois virou-lhe a palma para cima para poder beijar a pele sedosa na parte interna do pulso dela.

— Obrigado.

Ela se ajoelhou no tapete Axminster. Pegando a bota direita nas mãos, deu um puxão firme e rápido que revelava experiência com tal tarefa. Por um instante, ele se perguntou se acaso havia sido uma tarefa que ela desempenhara para o marido, mas reprimiu o pensamento e o ciúme que o acompanhava, pois eram indignos.

As botas desgastadas de couro que lhe serviam havia anos não eram páreo para a surpreendente força de Pamela. A primeira bota saiu e foi cuidadosamente deixada de lado. A seguir foi a segunda, que foi deixada ao lado da outra.

Ele ficou sentado diante de Pamela, de meias, observando as nuances ocasionadas pela luz do fogo refletida nos cabelos dela. Ela pousou as mãos de leve nos joelhos dele e se apoiou para erguer um pouco o corpo. Pesava tanto quanto uma borboleta.

Por deus, seu pau latejou.

Ela não ia...

Ela ia.

Os dedos dela já estavam na braguilha das calças dele, encontrando os botões. Ele segurava os braços da cadeira com tanta força que não ficaria surpreso se ouvisse a madeira se quebrar e o móvel se despedaçar. Ela hesitou;

parte de seu cabelo caía como um véu sobre um lado de seu rosto enquanto o fitava, como se pedisse permissão.

Mas não precisava. Para aquela parte dele, pulsante e rígida, que se projetava contra suas calças em um convite indelicado, não precisava de permissão. Sentia suas bolas pesadas e retesadas, seu corpo inteiro tenso de puro esplendor erótico.

— Pamela... — murmurou ele, e gemeu quando outro botão deslizou para fora de sua aselha.

Deus, como era bom pronunciar o nome dela! Como era bom sentir as mãos dela em seu corpo! E suspeitava que seria ainda melhor sem barreiras entre eles, apenas seu pau, nada mais. Theo poderia permitir isso, pelo menos para poder reviver o prazer daquela noite muito depois de haver terminado e ele ter saído da vida dela para sempre.

— Só a braguilha — disse ela baixinho —, o suficiente para liberá-lo.

Era como se ela entendesse seu receio sem que ele precisasse explicar. Gratidão e luxúria o dominavam em medidas iguais.

— Sim — sibilou enquanto os dedos dela roçavam levemente sobre seu pau. — Mas nada mais.

A expressão dela não se alterou, embora ele soubesse que ela devia estar se perguntando o motivo da recusa a se despir. Contudo, Pamela não deu voz à pergunta, e ele agradeceu por isso também.

Mas logo esqueceu-se da gratidão; esqueceu tudo, inclusive o próprio nome. Porque ela soltou o último botão e, com um pouco de incentivo dela, seu pau se desvencilhou para fora da calça, livre. Ele não precisava mais imaginar como seria bom sentir a mão dela nele sem o tecido os separando. Pamela o envolveu com os dedos, acariciando-o da base à ponta.

O ar que ele nem havia percebido que prendera escapou em um silvo. Ela girou o polegar sobre a cabeça do pau, que já gotejava, e espalhou o líquido perolado sobre ele antes de colocá-lo na boca.

Ele enrijeceu os quadris, apertando ainda mais forte a cadeira. O calor úmido banhou seu pau enquanto ela o levava mais fundo e chupava. E a língua dela... Ah, por deus, a língua dela. Ela a girava, percorrendo o mesmo caminho que o polegar havia feito, e depois desceu, encontrando um ponto onde ele era particularmente sensível. Durante todo o tempo, ela o segurou com firmeza implacável, acariciando e chupando, acariciando e chupando. Ela moveu a outra mão em sua coxa, depois subiu ao quadril, acariciando-o enquanto o levava fundo na garganta.

Ele não conseguia resistir por nem mais um segundo; precisava tocá-la. Estendeu as mãos até aquela nuvem loira suave que caía em torno do rosto e pelas costas de Pamela. Passou os dedos entre os cabelos dela, que pareciam fios de ouro. Era tudo demais. A linda boca de Pamela envolvia seu pau, a doce sucção que ameaçava drená-lo por completo. Os leves gemidos que ela produzia enquanto o chupava levavam-no para além de qualquer êxtase que já havia sentido com outra amante.

Ela seria sua ruína, acabaria com ele. Theo não a merecia, mas a queria demais. E, se permitisse que ela continuasse o que estava fazendo por mais um momento, com aqueles lindos lábios ao redor de seu pau, gozaria em sua boca.

Ele queria, mas não se aquela fosse a única noite deles.

Se nunca mais pudesse sentir a glória de fazer amor com ela outra vez, queria estar dentro dela, bem fundo. Queria sentir seu calor o acolhendo, seu corpo investindo contra o dele.

— Basta — conseguiu dizer, desvencilhando-se suavemente daquela boca pecaminosa e maravilhosa.

Ela o soltou, provocando um estalo vigoroso e molhado que o deixou ainda mais excitado. Seu pau pulsava, brilhando com um misto de saliva e líquido pré-ejaculatório, e o desejo no rosto dela, que olhava para ele de joelhos, com o brilho do fogo emoldurando-a e os lábios inchados por tomar seu pau entre eles, foi a visão mais erótica que ele já teve.

— Você... não agradei você? — perguntou ela, hesitante.

— Claro que me agrada — disse ele, com a voz tensa, rouca. — Você me agrada demais. Mas quero entrar em você.

Ela engoliu em seco e os olhos escureceram.

— É o que quero também.

Theo queria fazer amor com ela lenta e docemente. Mas depois que ela o tomara na boca e o levara à beira do orgasmo, ele não sabia quanto tempo aguentaria. Apressado, levou as mãos aos cotovelos dela e a ajudou a se levantar. Beijou-a outra vez enquanto a guiava para a cama, saboreando o próprio gosto em sua língua, misturado a vinho, Pamela e desejo proibido.

Cada passo, cada golpe ávido da língua dela contra a dele, minava seu controle. Chegaram à beira da cama, não havia mais nenhuma restrição. Ele ergueu a cabeça, interrompendo o beijo, ofegante.

— Vire-se.

Ela fez o que ele pediu sem hesitação. Ficou de frente para a cama. Com o coração trovejando e o pau ansiando liberação, Theo pegou as mãos dela e as apoiou na linda colcha que já havia sido puxada, provavelmente por uma criada. Então, levantou a camisola dela até a cintura, revelando seu traseiro pálido e firme. A vontade de cair de joelhos e cravar os dentes naquela carne doce e tentadora foi forte. Mas não tão forte quanto o desejo ardente que bombeava em suas veias.

Ele afastou as pernas dela com um pé, abrindo espaço suficiente para si mesmo entre elas. Segurando a bainha da camisola com uma mão, levou a outra ao traseiro de Pamela, apertando de leve enquanto falava na orelha dela.

— Está molhada?

Ela confirmou, voltando o rosto para ele, ébria de prazer.

— Sim...

Theo passou os dedos pela boceta dela, separando suas dobras. Ela estava encharcada, e saber que estava em tal estado por chupar seu pau o fez gemer. Ele atiçou a abertura e depois passou para o clitóris, no início dedilhando levemente o botão inchado, mas depois, com mais pressão, ao ver que ela mexia os quadris.

— Está pingando, marquesa — disse ele em seu ouvido, antes de passar a língua pelo lóbulo.

Ele queria lamber, beijar e tocá-la em todos os lugares. Queria preenchê-la, fazer sexo com ela e nunca a abandonar. Queria se enterrar dentro dela e torná-la sua não apenas por uma noite, mas para sempre.

— Hmm — gemeu ela, em um consentimento sem palavras.

Ele voltou a provocar a entrada, enfiou a ponta dos dedos, o que a fez jogar os quadris para trás e esfregar suas nádegas no pau rígido dele. Theo estava pegando fogo, mas também queria prolongar o momento, até que os dois estivessem o mais perto possível do orgasmo. Ele a acariciava por dentro e por fora, adorando sentir os músculos internos dela o pressionando, agarrando-o, aquele orvalho escorrendo pela mão dele até o pulso, onde a manga da camisa o absorvia.

Ele beijou seu pescoço, chupando a pele sensível, e depois lambeu atrás da orelha. Os sons eróticos dos dedos se mexendo dentro dela preencheram o cômodo, assim como o perfume doce e almiscarado dela. Ela estava ofegante, com a cabeça jogada para trás como se não suportasse mais segurá-la, apoiada no ombro dele.

Como era delicioso — o afrodisíaco mais poderoso — saber que Pamela o desejava tanto quanto ele a ela!

Theo mordiscou a orelha dela.

— Chupar meu pau deixou você molhada assim? — perguntou com malícia, deleitando-se secretamente com o poder que tinha de deixá-la fraca.

De derreter aquele gelo e transformá-lo em fogo.

— Sim — murmurou ela, ofegante e desesperada.

Entregue a ele em todos os sentidos.

Céus, ele tinha que entrar nela imediatamente.

Ele tirou os dedos e pegou seu pau, espalhando por ele a umidade dela, e o guiou até a entrada deliciosa e quente.

— Quer que eu entre em você, não é?

— Quero.

Ah, pelo fogo do inferno, ele morreria se não pudesse entrar. Ali estava ela, beijando a cabeça de seu pau com a boceta quente e molhada. Mas se fosse tudo que poderiam ter, ele pretendia conseguir dela o máximo possível.

Ele a atiçou, ainda na entrada, mas logo se retirou e ficou se esfregando na fenda.

— Diga. E diga meu nome.

— Theo — ela ofegou, mexendo os quadris, procurando-o. — Quero você dentro de mim.

E então, ela o surpreendeu ao estender a mão direita para trás e pegá-lo pelo pulso, incitando-o a prosseguir; mostrando-lhe não apenas com suas palavras, mas também com suas ações, quão desesperadamente precisava dele. E a sensação era mútua.

— Apoie-se na cama — alertou ele —, porque não sou um homem gentil.

Não havia mais delicadeza nele. Ele seria cuidadoso, pensaria no prazer dela, mas não seria um ato dócil e suave, e Theo queria que ela soubesse disso.

— Se eu quisesse um cavalheiro, não teria escolhido você — disse ela.

Tudo bem. Ele não era gentil, nem era um cavalheiro. Ele era sua própria lei, um homem repleto de sombras e trevas, sempre fugindo do passado, sem pertencer a lugar nenhum nem a ninguém.

E Theo gostou das palavras dela. Gostou de ela o ter escolhido, dentre os muitos lordes e dândis que sem dúvida poderia ter tido, como seu primeiro amante desde que enviuvara. Ficou emocionado pelo fato de uma mulher orgulhosa como ela, tão correta e cuidadosa em suas maneiras e vestimentas, não apenas o escolher, mas também o querer. Desejar. Precisar dele, até.

Pamela se apoiou de novo na cama, com as mãos abertas. Theo abriu um pouco mais as pernas dela, encostou seu pau na boceta que pulsava, deslizando para dentro. Com um movimento rápido e forte, estava completa e profundamente dentro dela. A estocada fez que os dois caíssem na cama, um sobre o outro. Theo enterrou o rosto em seus cabelos, respirando fundo enquanto tentava recuperar o controle de si mesmo.

Mas foi difícil. Muito difícil.

Ela era apertada, tinha um calor sedoso, estava deliciosamente molhada, envolvia-o com tanta firmeza que ele achou que poderia explodir depois de uma só estocada. Ele recuperou o equilíbrio, voltou com Pamela para a beira da cama e se afastou ligeiramente, pousando as mãos nos quadris exuberantes dela e a segurando como queria. Mais uma estocada e ela gritou.

Alto.

Foi um som rouco e impregnado de um êxtase negado por muito tempo, e não havia dúvida de que, se alguém ouvisse, saberia exatamente o que estava acontecendo no quarto da viúva marquesa de Deering. Isso não seria bom. Theo gostava muito dela e sabia que Pamela zelava com todas as forças por sua reputação.

— Shhhh — murmurou, quase dizendo *princesa* em boritano.

Ele estava tão perdido dentro dela, de tal maneira que quase se esqueceu dos segredos que guardava. Mas o título combinava com ela. Era certo, e assim parecia.

Ela parecia certa para ele.

Totalmente certa.

O destino os unira.

— Vai atrair a atenção da casa toda — sussurrou em seu ouvido, alertando a ela e a si mesmo.

Ele beijou seu rosto, o canto dos lábios. Ela virou a cabeça e o beijou também, enfiando a língua em sua boca. E como qualquer outra conversa entre eles, Theo não sabia quem estava seduzindo quem.

Precisava se mexer.

Sem interromper o beijo, ele moveu os quadris, dando estocadas curtas e rápidas. Dentro e fora, rápido e forte. Havia avisado que não seria gentil. Mas ela ia ao seu encontro, equilibrando-se na cama e se mexendo no ritmo dos quadris dele, fazendo-o entrar mais fundo. Estava encharcada, a boceta o apertava com uma pressão deliciosa, quase o espremia.

Pamela gemeu durante o beijo e Theo percebeu que ela ainda não havia gozado. Mas estava quase. Tirou a mão do quadril dela e a desceu até o monte de vênus, separando os cachos suaves para encontrar o que buscava. A protuberância latejante estava enrijecida e quente. Ele o apertou entre o polegar e o indicador, dando estocadas mais rápidas e mais fundas. E beijando-a, tão ofegante quanto ela.

Brincou com o clitóris dela, atento aos sinais, dedilhando com mais força quando ela gemia e mexia a língua, quase embriagada, contra a dele. Por algum milagre da determinação, ele conseguiu se segurar, dando estocadas rítmicas na boceta úmida, com a mão acariciando o grelo e se banqueteando com os lábios dela.

Ela gozou, soltando um grito estrangulado que ele abafou, e apertando o pau com a boceta com tanta força que estrelas pontilharam sua visão. Em sua vida de antes, ele sempre fazia sexo com as amantes de olhos fechados. Mas os queria abertos agora. Não queria perder um único segundo daquele momento em que ela era sua.

Quando o último espasmo de prazer se esgotou, ela praticamente desabou na cama, mas sem interromper o beijo. Ele entrava e saía dela. De novo. De novo. Quase lá, mais uma vez, e...

— Pamela... — rosnou contra seus lábios.

E então, ele afastou a boca da dela e se retirou do corpo de Pamela, segurando o pau com força e espalhando sua semente sobre a pele perfeita e macia do traseiro dela, sentindo o coração martelando no peito.

CAPÍTULO 11

Pamela acordou com a sensação desconhecida de um braço protetor sobre a cintura e outro corpo enroscado ao seu na escuridão. Era um corpo quente. Firme. Separado de sua pele nua por barreiras de tecido. E com toda a certeza masculino.

O fogo da lareira estava quase extinto havia muito tempo e quase não emitia luz.

Não que ela precisasse de luz para saber quem a abraçava; sentia a respiração regular em seu ouvido. Reconhecia-o pelo cheiro, pelo tato, pela reação de seu corpo ao dele. Mas mais que isso, sabia quem era porque seu corpo ainda formigava por ter feito amor com ele. Pulsava em lugares que não sentia havia anos.

Pulsava porque ela o queria.

O desejo ainda residia em seu ventre. Seu sexo ainda estava ansioso. Satisfeito, mas desesperado com tanto desejo. Acaso havia pensado que tomar Theo como amante uma única vez a saciaria? Se fora esse o caso, seu corpo estava fazendo dela uma mentirosa, deitada ali na quietude da noite, ouvindo o som reconfortante da respiração rítmica de Theo e adorando a sensação de estar tão perto dele.

Tão perto quanto ele permitia.

Seu amante tinha muitos segredos, e um deles era a razão de haver se recusado a se despir diante dela. Pamela não imaginava por quê. Quando se casara com Bertie, a timidez dele era extrema; passara o primeiro ano de casamento escondido sob o manto da escuridão. Fora apenas com muita persuasão da parte dela que ele passara a se sentir à vontade com seu corpo. Ambos eram virgens na noite de núpcias e se ensinaram mutuamente como amar. Encontrar prazer juntos fora uma grande alegria.

Mas Pamela não achava que fosse timidez o motivo pelo qual Theo se recusara a tirar a roupa. Na verdade, não havia nada de tímido nele. Suas palavras, seu toque, sua voz, seus beijos eram extremamente confiantes. Tudo com ele era descarado, ousado e autoritário. Ele era um amante habilidoso que sabia como levá-la ao êxtase, que dava atenção ao corpo dela e ouvia quando lhe dizia do que ela gostava.

Por que se escondia, então?

Ela ansiava por perguntar, mas tudo no relacionamento deles — se é que ela ousava usar essa palavra — ainda era muito novo. Totalmente imprevisível e diferente de tudo que ela já conhecera. E diferente dela também.

— O que está pensando? — murmurou ele, roçando a orelha de Pamela com os lábios.

E para sua surpresa, não havia nenhum indício de sono em sua voz, como se ele houvesse ficado ali com Pamela nos braços durante o tempo em que ela dormira.

— Você está acordado… — disse ela, sentindo-se subitamente tímida, pois estava nua sob a colcha.

Depois do sexo, ele cuidara dela, limpara-a com um pano e água da bacia que ficava em cima da mesa de jacarandá. Depois, tirara a camisola dela e se deitara ao seu lado na cama, completamente vestido, exceto pelas botas e o casaco. Não havia sequer afrouxado o nó da gravata.

— Assim como você.

Ele deu um beijo em sua têmpora, um gesto tão doce que uma emoção estranha e nova surgiu dentro dela.

Mas ela não queria examiná-la ainda. Era nova demais. Tudo era tão diferente, tão estranho… Talvez se sentisse diferente à luz da manhã. Por enquanto, Theo estava ali e era dela, e isso era tudo em que pensava.

— Mas eu dormi — falou ela. — Você não dormiu nada?

— Eu descansei.

Pamela notou com que perspicácia ele evitara sua pergunta. Theo era um homem de muitos mistérios que ela desejava desvendar.

— Descansar e dormir são duas coisas diferentes — ironizou ela, tendo o cuidado de falar baixo para não ser ouvida do lado de fora.

Com tantos guardas rondando os corredores e o quarto de seu irmão não muito longe, ela não queria levantar suspeitas.

Queria aqueles momentos privados a sós com Theo enquanto durassem.

E se fosse bem sincera consigo mesma, admitiria que não queria que terminassem, apesar de a parte racional de sua mente saber que isso aconteceria. Que teria que acabar.

— Está preocupada comigo, marquesa? — perguntou ele com voz provocante.

— Alguém deveria se preocupar — afirmou ela, antes de pensar duas vezes sobre suas palavras e suposições.

E então, em um momento chocante e terrível, ocorreu-lhe que nunca havia perguntado se havia alguém que se preocupava com ele. Se ele tinha alguém. Uma esposa, uma amante, uma noiva...

— Mas, claro, suponho que haja uma legião de mulheres preocupadas com você. Não seria surpreendente se houvesse.

Ele beijou sua face, acariciou levemente seu braço sob as cobertas. Pele com pele.

— Não há outras mulheres, Pamela. Só você.

Ela acreditou. E o jeito como ele disse seu nome... *Ah!* Ela se sentia de novo jovem, não mais uma viúva que se aproximava depressa dos trinta anos.

— Eu deveria ter perguntado antes — obrigou-se a dizer. — O que vai pensar de mim? Uma viúva decente que arranja um amante poucos dias depois de conhecê-lo, que não pergunta se...

Dedos gentis seguraram seu queixo, virando seu rosto em direção ao dele, e ele a beijou, sufocando mais divagações. Foi ótimo. Ele a beijou devagar, de um jeito delicioso, maravilhoso, antes de falar baixinho.

— Considero você a mulher mais incrível que já conheci. E acho que tenho muita sorte por ter me escolhido como seu amante.

— Oh — ela ofegou, pois as palavras dele eram profundas e ao mesmo tempo simples, e a faziam sentir coisas terríveis, incríveis, assustadoras, tudo ao mesmo tempo.

Sim, ela percebeu, de repente, por que se sentia de novo como uma jovem debutante. Era seu coração. Theo o havia capturado como Bertie o fizera anos antes, quando eram jovens, inocentes e ingênuos, pensando que passariam o resto da vida juntos. Mas ela não queria pensar nisso agora, nem podia se permitir entregar seu coração sem ressalvas. Precisava protegê-lo bem.

Ele se aconchegou mais a ela, deslizando o nariz por sua face, em um gesto tão doce quanto os que o precederam.

— Fiquei mais tempo do que deveria. Em breve, terei que substituir um dos meus homens.

É claro que ele não poderia ficar com ela a noite toda, mas Pamela não pôde deixar de sentir uma pontada de decepção por suas palavras. Era cedo. Mal o tivera só para si. E quando ele saísse de seu quarto, voltariam a ser estranhos, incapazes de se tocar quando quisessem ou de ficar à vontade um com o outro, a menos que tivessem a certeza de estar escondidos dos demais. Era justamente o que ela temia.

— Mas você nem sequer dormiu — protestou, apesar de saber que isso provavelmente não adiantaria nada.

— Eu não preciso dormir muito — replicou ele baixinho, beijando seu pescoço.

— Por que não? — Pamela se atreveu a perguntar, pois sabia o motivo pelo qual ela mesma evitava dormir.

Pelos sonhos que a assombravam. Por sonhar com as perdas avassaladoras que sofrera.

Ele deteve o movimento inquieto de seus dedos sobre o braço dela. Ela o sentiu tenso.

— Não importa.

E, assim, ela soube que seu amante doce e encantador estava voltando a seu jeito rude e taciturno de ser. Ela já o estava perdendo. Ele estava se afastando dela, mesmo ainda a tendo em seus braços.

— Importa, sim — respondeu ela calmamente, entrelaçando os dedos nos dele. — Para mim, importa.

Você importa para mim, era o que ela queria dizer, mas sabia que não deveria pronunciar palavras tão comprometedoras em voz alta.

Theo ficou em silêncio por tanto tempo que ela temeu que não falaria mais nada; mas ele não se afastou dela nem saiu da cama.

Finalmente, respondeu.

— Quando durmo, minha mente vaga para lugares sombrios. Lugares que prefiro esquecer.

Pamela não gostou de estar certa. E ela suspeitava que isso tivesse algo a ver com o motivo de ele não se despir. O que teria acontecido com Theo no passado para torná-lo tão reservado e controlado, para fazê-lo ter medo de adormecer ou de tirar a roupa com uma amante? Seu coração sofria por ele, apesar do recente pensamento de que deveria protegê-lo.

— Que lugares? — perguntou.

— Não queira saber, marquesa.

Ah, mas ela queria. Porque se importava com ele.

— Por favor — disse ela baixinho, sabendo que talvez não fosse suficiente.

Que alguns segredos permaneceriam ocultos.

— Tenho que ir. — Ele beijou sua face, o canto dos lábios. — Durma bem.

Ele rolou para longe dela e saiu da cama. Os sons abafados de Theo colocando de volta o casaco e depois calçando as botas encheram o cômodo.

E então, com a mesma rapidez com que chegara à porta dela, ele desapareceu, suas botas pisando com cuidado no tapete Axminster, e ele fechou a porta de mogno bem devagar para não fazer barulho.

Pamela se deslocou para deitar no calor que ele havia deixado, absorvendo essa pequena parte dele, respirando os leves traços de seu perfume no travesseiro. Queria ir atrás dele, mas sabia que não podia. Que o que eles haviam vivido era temporário, passageiro, por mais que seu coração desejasse mais.

Desde que se forçara a sair da cama de Pamela, no meio da noite, Theo se repreendia severamente e afirmava que precisava manter distância dela. Mas apesar de suas intenções de evitá-la, ainda estavam sob o mesmo teto, e era inevitável que seus caminhos se cruzassem.

Com um vestido azul diáfano que deixava seus olhos ainda mais vibrantes do que normalmente eram, ela atravessou apressadamente um corredor em direção a ele. Seu cabelo dourado estava penteado para trás, e algumas mechas cacheadas caíam sobre sua testa, emoldurando seu rosto.

Pamela parecia totalmente livre, e ele imaginou como ela ficaria descalça, com um vestido tradicional branco, cabelos soltos, indo até ele em uma praia arenosa da Boritânia. Mas baniu a ideia tão depressa quanto surgira, pois era irrelevante. A Boritânia não era mais seu lar, e se cruzasse aquela costa, seria preso e morto.

Pamela nunca poderia ser dele de verdade, e ele sabia disso.

Obrigando-se a se mostrar calmo e impassível, ele lhe ofereceu sua mais elegante reverência.

— Milady...

— Senhor — respondeu ela, fazendo também uma reverência.

Eles se entreolharam, e ele não pôde deixar de vê-la como estava na noite passada, de joelhos diante dele, com aqueles lindos lábios rosados envolvendo seu pau. Ah, maldição! O anseio era uma dor feroz alojada dentro de seu peito. Ele queria tocá-la mais que tudo no mundo.

Mas já havia arriscado demais ao entregar-se à paixão mútua na noite anterior. Não se atreveria a fazê-lo outra vez.

— Tenha um bom dia — disse, pretendendo passar por ela e continuar cumprindo seu dever, por mais que quisesse ficar, tocá-la de novo, beijá-la...

— Theo — chamou ela, baixinho.

— Marquesa — respondeu ele, determinado a manter a calma e a educação.

E a manter-se inabalável. Ele era um muro de pedra, e ela não poderia conquistá-lo, nem mesmo com seus olhos cor de mar noturno e seus lábios macios entreabertos.

— Precisa de alguma coisa? — perguntou a ela.

Deveria ser suficiente vê-la, não? Já havia feito amor com ela uma vez; isso deveria ter sido suficiente para acalmar suas entranhas, diminuir a selvageria de seu desejo por ela.

Mas, não, claro que não fora suficiente.

No fundo da alma, ele entendia que nada seria suficiente quando se tratasse de Pamela, Lady Deering. Nunca. Ele queria passar cada hora do dia, cada minuto, cada segundo com ela. Mas isso era impossível.

Ela suspirou, e seus seios subiram e desceram sob o vestido azul, capturando ali o olhar errante dele por mais tempo que o apropriado.

— Sim, preciso.

— Como posso ajudar?

Ele se mostrava calmo, formal. Não como o amante apaixonado que imprudentemente fora até a porta de Pamela na noite anterior. Fera podia se controlar diante dela. Era capaz de resistir a ela.

Pelo menos pensava que poderia, se repetisse isso o suficiente em sua mente.

Sou capaz de resistir a ela.

Sou capaz de resistir a ela.

Sou capaz de…

Pamela o pegou pelo cotovelo com determinação, puxando-o.

— Acompanhe-me, por favor.

Tão típico dela, fingir boas maneiras. Fingir que ele possuía alguma escolha. Mas ele nunca tivera escolha no que dizia respeito a ela. Seu corpo e sua alma a reconheceram no instante em que seus caminhos se cruzaram. Agora, ele entendia os velhos costumes dos quais antes debochara. Entendia como tudo havia sido inevitável e correto entre eles desde aquele encontro inicial, mesmo sendo errado.

E *ainda* era errado.

— Aonde está me levando, milady? — perguntou ele enquanto ela o puxava.

Ela o conduziu como se ele fosse uma criança que precisasse de governança, não um homem desesperado para tomá-la nos braços e beijá-la até deixá-la sem sentidos. E então, com uma pressa abrupta que não era comum nela, Pamela abriu a porta de um quarto de hóspedes vazio e o conduziu para dentro.

Soltou-o depressa quando estavam no quarto, e imediatamente ele sentiu falta do toque dela.

— Espero que não se importe com minha conduta de familiaridade. Eu apenas queria conversar em um ambiente mais privado que o saguão.

Estava na ponta de sua língua dizer-lhe que ela poderia se mostrar tão familiarizada com ele quanto quisesse, quantas vezes quisesse. Mas ele engoliu aquelas palavras impossíveis, junto com seus muitos arrependimentos. Fera se mostraria frio para afastá-la. Não havia futuro juntos para um homem sem nome e uma viúva decente. Ela havia sido feita para o casamento, não para encontros passageiros, e ele preferiria pular do telhado da Hunt House a atrair a menor sombra de perigo à porta dela.

— Não seria bom que a marquesa fosse vista conversando com um humilde guarda-costas, não é? — provocou ele. — Tem vergonha de me desejar, uma vez que já se fartou ontem à noite?

— Está zangado comigo...

Ela fez uma afirmação, não uma pergunta.

Suas palavras foram insensíveis, e ele sabia disso. Mas era melhor impor distância entre eles imediatamente, cortar os laços enquanto ainda podia. Era isso que ele precisava fazer, pelo bem de ambos. Na noite anterior, ele se permitira muito mais do que deveria. Mas expiaria seus pecados, começando naquele mesmo instante.

Theo se manteve impassível.

— Não estou zangado, milady. Não sinto nada.

A confusão se via nos olhos dela.

— Depois da noite passada, como pode não sentir nada?

— A noite passada não mudou nada para nenhum de nós. Ainda sou o guarda-costas anônimo encarregado da segurança de seu irmão, e milady é a viúva correta que deveria me evitar a todo custo.

Que mentiroso ele era! A noite passada mudara tudo. *Pamela* havia mudado tudo. Mas ele não podia permitir que ela soubesse disso.

Os lábios sensuais dela estavam contraídos em desaprovação, expressão que ele conhecia tão bem.

— Você está sendo deliberadamente cruel.

Theo disse a si mesmo que era isso que precisava fazer. Ela não era para ele, nem ele para ela.

— Eu não sou um homem gentil — repetiu ele, com severidade, o que havia afirmado na noite anterior; a raiva de si mesmo emprestava o tom áspero à sua voz.

— Isso não é verdade. — Ela sacudiu a cabeça e seus cachos balançaram. — Você é um homem de grande compaixão e bondade. Eu sei disso porque já me mostrou ambas.

Maldição! Ela havia trazido à tona partes de Theo que ele pensava terem desaparecido havia muito tempo, e agora, procurava usá-las contra ele. Mas ele as enterraria de novo, as suprimiria sem piedade. Se fosse necessário, as destruiria. Era o melhor.

— É dessa maneira que me vê? — perguntou ele. — Acreditar que sou gentil torna meu toque palatável para você? Porque se assim for, permita-me desiludi-la. Já fiz coisas que chocariam sua sensibilidade. Sou um mercenário, milady, capaz de fazer qualquer coisa por um preço. Por que acha que me chamam de Fera?

— Eu… — ela hesitou, franzindo a testa. — Não sei.

— Porque eu sou uma fera, milady, e seria melhor lembrar-se disso. Agora diga o que quer, para que eu possa voltar ao meu dever.

E ele nunca se sentira mais como um animal feroz do que naquele momento, vendo a mágoa crua no lindo rosto dela.

— O que aconteceu depois de ontem à noite? — questionou ela, perscrutando-o com o olhar.

O que acontecera fora que ele redescobrira seu bom senso. Na noite anterior, ele havia se despojado de todas as defesas, baixara a guarda. E quando a vira parada à soleira de seu quarto, não fora capaz de resistir. Mas o sol nascera, junto com um novo dia, e sair da cama dela nas profundezas da noite serviria para lembrar-lhe de que não havia futuro para eles.

Ele deu de ombros, indiferente.

— Talvez eu tenha me fartado, e depois de ter sua boceta, a febre em meu sangue foi curada.

Ela ficou pálida; ele desejava poder retirar suas palavras. Mas os homens de Gustavson talvez já estivessem em Londres procurando-o. E Fera não tinha dúvidas de que fariam mal a quem fosse próximo a ele. Não se deteriam diante de nada em sua tentativa de destruir Theo. Ele se sacrificaria para não permitir que algo acontecesse com Pamela por sua causa.

— Você reduz o que aconteceu a mera luxúria? — perguntou ela, com um tremor na voz que quase o destruiu.

Maldição, como poderia permanecer inflexível? Como poderia manter distância, se o desejo de tocá-la o estava destruindo por dentro? Ainda assim, obrigou-se a responder com desdém:

— Sim, luxúria. O que mais existe entre um homem e uma mulher?

— Sentimentos ternos. Emoções. Existe amor.

Claro, ela devia ter sido apaixonada pelo marido. Uma súbita e dolorosa pontada de ciúme feriu Theo.

Mas ele não podia se permitir pensar no que ela o fazia sentir. Aproximando-se de Pamela, ele colou seu corpo ao dela, agarrando-se à dinâmica que existia entre eles antes da noite passada.

Dinâmica na qual Pamela o via com um desprezo gélido, e ele brincava com ela de gato e rato. Porque isso era muito mais seguro que a proximidade que haviam alcançado. Amantes que possuíam sentimentos ternos um pelo outro... não, melhor voltar ao que eram: inimigos que trocavam farpas.

— Sabe o que penso, marquesa? — perguntou ele.

— Não, nem me importa saber o que pensa — retrucou Pamela, com um pouco de sua velha altivez, embora débil, e erguendo o queixo em desafio. — O senhor é um bruto.

Sim, ele era um bruto. Assim se sentia e se odiava por isso. Odiava o fato de seu passado ter escolhido retornar logo agora. Odiava não poder ter aquela mulher do jeito que a queria. Odiava terem sido reduzidos a uma noite de segredos.

— Um bruto cuja boca você desfruta plenamente — replicou Theo cruelmente, incapaz de evitar enfatizar quão receptiva ela era a ele.

Era uma tolice e uma imprudência, ele sabia. Estavam quase colados um no outro, e o perfume dela, doce tentação de jasmim e jacinto, encheu seus sentidos. Ela tomou a atitude primeiro, enlaçando-o pelo pescoço, esmagando seus seios contra o peito dele. Ele passou o braço em volta da cintura de Pamela com força, adorando sentir as curvas dela se encaixando em seu corpo firme. De repente, todas as suas intenções de afastá-la foram suplantadas por uma onda de desejo.

— Você é vil — disse ela, mas havia mais desespero e mágoa em sua voz que raiva verdadeira. — Como pode me provocar e me tentar tanto assim?

Suas últimas palavras foram ditas tão baixinho que ele mal as ouviu. Mas isso pouco importava, pois abaixou a cabeça e tomou os lábios dela, e todas as razões pelas quais deveria mantê-la afastada desapareceram completamente. Não havia nada além da suavidade dos lábios de Pamela, a doce exigência de seu beijo e a necessidade imperiosa de estar dentro dela de novo.

CAPÍTULO 12

Pamela estava certa naquela manhã, quando Theo saíra da cama. O homem doce que havia feito amor com ela tão apaixonadamente desaparecera de novo por trás da máscara impenetrável do estranho taciturno. O homem severo que a afrontava naquele quarto de hóspedes era frio e indiferente, feito de pedra, não de carne, osso e calor.

Era como se houvesse dois lados nele, um escondido atrás do outro, e apenas em raros e doces momentos ele revelava seu verdadeiro eu. Momentos como a noite passada.

Momentos como este, em que ele a beijava, desmentindo todo aquele cruel desinteresse. Theo podia dizer a si mesmo o que quisesse, mas seu corpo não mentia, e todo o calor que emanava dele e o volume rígido pressionado contra ela diziam que a noite anterior não havia sido suficiente. Que a queria tanto quanto ela ansiava por ele.

Pamela se entregou a esse beijo, mostrando-lhe sem palavras o que sentia por ele. Muito mais que luxúria. Ela não era mulher de se envolver leviana ou facilmente; havia guardado bem seu coração durante quatro anos após a morte de Bertie, e somente Theo havia dizimado suas defesas. Theo, com seus segredos, os olhos frios e um passado assombrado do qual se recusava a falar.

Ela não pretendera beijá-lo quando o vira no corredor; pretendera apenas conversar com ele. Mas agora que os lábios dele estavam nos dela, percebia que era tão inevitável quanto o sol no céu da manhã. E, assim como o sol, ele a aquecia, dava-lhe vida.

Pamela sentia-se renovada em seus braços e se incendiava em todos os lugares em que ele deixava seu toque. Suas mãos a acariciaram do quadril até a cintura, depois mais alto, puxando-a para seu corpo sólido e musculoso enquanto afagava as costas dela. Uma das mãos ele levou à nuca de Pamela, e o atrito áspero na pele sensível dela foi mais delicioso do que ela poderia ter imaginado. A outra pousou em seu rosto, mantendo-a imóvel enquanto se deleitava com sua boca, cobrindo-a de beijos longos e carnais que faziam uma umidade se acumular entre suas coxas.

Na noite anterior, ela havia sido tola, ousada e insensata.

Mas naquela tarde, estava sendo imprudente, correndo riscos.

Qualquer pessoa poderia encontrá-los. Céus, ela nem tinha certeza de ter fechado a porta do quarto. Mas mesmo assim, não se importava, ali, com os lábios dele nos dela e a língua deslizando quente, úmida e possessiva em sua boca. Ele a beijava completamente, reivindicando-a para si, até que tudo que ela conseguia sentir era o gosto dele e só o que reconhecia era a necessidade vibrante e pulsante de se fundir nele.

O beijo havia começado com raiva e frustração, mas mudara gradualmente. Já não eram duas pessoas em guerra, e sim dois amantes se saboreando. Com os lábios ele acariciava os dela, com o polegar, o rosto, com a mão lhe apertava a nuca com tal ternura que a fazia derreter. A vontade de brigar desvaneceu, Pamela não estava mais furiosa com ele por debochar do que havia acontecido entre eles.

Ela entendeu que ele estava agarrado à sua máscara de gelo, fazendo tudo que podia para afastá-la. Assim como sua recusa a se despir diante dela, seus comentários cortantes e sua fria indiferença haviam sido uma maneira de se proteger.

Theo afastou seus lábios dos de Pamela para traçar um caminho incandescente ao longo da mandíbula dela, e depois desceu ao pescoço.

— Pamela… — sussurrou, em parte como imprecação, em parte como apelo. — O que você faz comigo?

Pamela desejava fazer com Theo o que ele fazia com ela. Deixá-lo desesperado de desejo, de tal forma que mal conseguisse pensar devido à necessidade que o dominava. De tal forma que, quando finalmente dormisse, acordasse com o corpo faminto pelo dela e uma dor que só poderia ser amenizada de uma maneira.

Ela jogou a cabeça para trás, sentindo-a pesada, deixando mais espaço para a boca luxuriosa dele explorar, e então conseguiu falar.

— Diga outra vez que é apenas luxúria o que sentimos um pelo outro. Diga que isto não significa nada… que eu não signifíco nada para você.

Ele sugou a pele dela de um jeito ardente, úmido e carnal.

— Se eu disser isso, estarei mentindo.

Qual seria a justificativa, então? Ela desceu as mãos, que havia pousado sobre seus ombros largos, até suas costas, acariciando-o em movimentos lentos e suaves. Como desejava que as barreiras de tecido fossem removidas para tocar sua pele nua! Mas mais que isso, queria que ele confiasse nela e se desfizesse de todas as camadas que mantinham seu corpo longe do dela.

— Por que, então? — perguntou baixinho. — Por que me disse aquelas coisas? Por que foi tão cruel comigo?

Ele ficou tenso sob os dedos dela; os músculos de suas costas enrijeceram, e ele levantou a cabeça para fitá-la com olhos tempestuosos.

— Porque você merece coisa melhor. Não sou o homem que pensa que sou.

— Por que não posso decidir por mim mesma o que mereço? — questionou ela. — É de extrema arrogância de sua parte escolher por mim e me dizer o que eu quero, sendo que já sei.

— E o que você quer, marquesa?

A mão com que ele segurava seu rosto se deslocou, deslizando por seu pescoço em uma carícia suave que deixou suas pernas fracas. Com que facilidade ele transformava sua fúria em anseio, sua indignação em desejo! Ele tinha tanto poder sobre ela... Pamela era impotente e estava sob o domínio daquele homem enigmático.

Como isso era possível? A consciência disso era indesejada e totalmente aterrorizante. Ela nunca havia pensado duas vezes em um homem depois de Bertie, mas agora, podia ver como era natural, uma vez que abrira seu coração, deixar outro alguém entrar. E isso era o mais assustador de tudo; não a intimidade física que compartilhava com Theo, e sim uma intimidade maior, um sentimento mais profundo que a habitava. Uma pessoa podia entregar seu corpo, perder-se no prazer, mas o coração, aquele músculo teimoso e maravilhoso, ninguém adentrava com facilidade. Mas quando adentrava...

Ela sustentou o olhar de Theo; seu coração batia forte. Ele havia perguntado antes o que ela queria, e a verdade era que não sabia. Nunca pensara em querer a felicidade para si outra vez. Mas talvez houvesse agido mal fechando-se. De repente, pareceu-lhe que passara tempo demais chorando por Bertie, tanto que esquecera como era ser simplesmente ela mesma. Pamela havia enterrado sua dor em vestidos, leques e adornos, na alta sociedade e em sua reputação, e havia perdido de vista a mulher que um dia fora.

A Pamela que ainda ansiava por beijos e pelo toque reconfortante de um homem.

— Quero lembrar como é viver de novo — replicou ela, corajosa. — Quero paixão e felicidade.

— E deve encontrá-las — disse ele, descendo a mão até tocar o coração dela, tão grande e acolhedor.

Ela queria lhe dizer que já havia encontrado, que ele havia devolvido ambas à vida dela, mas sentiu que Theo não estava pronto para ouvir tal confissão. Restava dizer o que ela não havia dito: *eu quero você*. Mas não era ousada o suficiente para revelar tudo naquele momento. Não ainda.

Pamela cobriu a mão dele com a sua, mantendo-a ali, e perguntou a única coisa que ousou:

— Você irá a meu quarto outra vez esta noite?

— Deveria encontrar isso em outro lugar — admoestou ele gentilmente, retirando a mão de baixo da dela. — Não sou o homem certo para você, marquesa.

E mais uma vez, ele a estava rejeitando. Não tão insensivelmente como antes; suas palavras eram suaves, mas era uma rejeição mesmo assim. Doeu. Não só no orgulho de Pamela, mas em seu coração tolo também.

— Por que não? — Ela sustentou o olhar dele, desafiando-o.

Ele ainda estava em seus braços, e Pamela se sentiu satisfeita por ele não ter se desvencilhado dela.

— Por que insiste em me afastar? — urgiu ela.

— É para o seu bem — afirmou ele com aspereza, a mandíbula tensa.

A resposta dele foi frustrante para Pamela. Ele admitira que o que havia entre eles não era insignificante, e seus beijos e toques diziam o mesmo. Mas ainda assim, negava a possibilidade de permanecerem juntos.

Ela soltou um suspiro pesaroso, vindo do fundo de seu ser.

— Você me perguntou o que eu queria, e agora que lhe contei, diz que estou errada por querer isso.

— Não está errada, mas há coisas que você não entende, que não posso explicar, milady.

Pamela sacudiu a cabeça.

— Não faça isso. Não nos reduza à formalidade depois de tudo que aconteceu.

— Nossas posições são diferentes.

Ele desceu devagar a mão da nuca às costas dela. Não a havia soltado ainda, e Pamela sentia sua relutância, pois era o mesmo sentimento obstinado dela. *Não faça isso*, pensou. *Abrace-me. Fique comigo. Não me abandone.*

Ela se agarrou a ele, absorvendo seu calor e força através do casaco, ainda acariciando suas costas.

— Eu não me importo com nossas posições. Isso não significa nada para mim.

— O que seu irmão, o duque, diria se descobrisse que a própria irmã viúva levou um de seus guardas para a cama? — perguntou ele bruscamente. — Imagina que ele ficaria satisfeito em saber disso?

Ela não havia pensado nas repercussões que enfrentaria com Ridgely. Só pensava em Theo. Mas as palavras dele a fizeram parar e ponderar. Seu irmão estava longe de ser um santo; era um libertino, e as ações dele com a pupila eram uma ampla prova disso.

— Não é da conta dele o que eu faço — retrucou, embora soubesse, na verdade, que existia a possibilidade de ele não ficar satisfeito. — Estou longe de ser uma jovem virginal.

E se o rumor de que ela tinha um amante se espalhasse... bem, ela se preocuparia com essa eventualidade quando chegasse a hora, não agora. Saberia ser discreta. Não seria a primeira mulher em sua posição a ter um amante.

— E quanto à sua responsabilidade para com Lady Virtue? — insistiu ele. — Acha que será capaz de escoltá-la na sociedade se houver boatos de que você levou um rufião para sua cama?

Pamela não gostou da maneira como Theo se referiu a si mesmo, com tanta depreciação, como se fosse indigno. De onde havia saído aquela opinião negativa? O que acontecera com ele para fazê-lo acreditar ser tão desprezível?

— Você não é um rufião — asseverou ela.

— Você não sabe disso, Pamela — disse ele com firmeza. — Você não me conhece.

— Então me diga quem você é — implorou ela. — Conte-me por que se esconde de mim. Diga-me o que não me disse. Conte-me *tudo*.

— Deus do céu! — exclamou ele, exasperado, baixando a testa e a encostando na dela.

Foi um gesto tão íntimo quanto um beijo.

— Diga-me, Theo — repetiu ela. — Você estava à minha porta na noite passada. Você me beijou primeiro. Você começou isto.

Ele fechou seus olhos sombrios e impenetráveis por um momento.

— Eu não deveria ter feito isso.

— Mas fez.

Pamela não permitiria que Theo se afastasse dela tão facilmente. Levou as mãos ao rosto dele, sentiu a barba por fazer espetando suas palmas e fundiu seus lábios nos dele. Ele não a afastou. Retribuiu o beijo com um grunhido, abraçando-a firme contra si, como se ela houvesse partido com a boca o que restava de seu controle.

Ótimo, pensou ela. Iria parti-lo aos pedaços, derrubar todas as barreiras e muralhas que ele tentava erguer entre eles.

Ele apertou sua cintura, possessivo e resoluto, e ah, que glória era para ela sentir essa urgência, a sutil pressão dos dedos dele a pressionando por cima do vestido e espartilho. Ele estava perdendo o controle.

Theo abandonou os lábios de Pamela com o peito arfando, e a fitou com tanta intensidade que lhe tirou o fôlego.

— Sou um perigo para você. Não deveria estar aqui sozinha comigo. Deveria ir, sair correndo, ficar em seu mundinho seguro de salas de estar, bailes e musicais.

— Meu mundo não é seguro — argumentou ela, com os lábios ainda formigando pelos beijos dele. — Sua presença aqui na Hunt House é uma prova disso.

Ela não havia esquecido o motivo de Theo e os outros guardas estarem ali. Alguém queria Ridgely morto. Se ele queria falar de perigo, pois bem, ela já estava cercada de riscos em grande medida, e nada parecia mais preocupante que a ameaça que Theo representava ao seu coração.

— Não posso lhe dar mais que um prazer passageiro — disse ele em voz baixa, aço coberto de veludo e seda. — Nada mais do que isso pode haver entre nós.

Acaso ele pretendia apagar o fogo que ardia dentro dela com tal alerta? Se sim, estava enganado.

— Eu quero o que puder me dar.

Ainda abraçados, ele foi levando-a à porta do quarto, que ainda estava entreaberta. Qualquer um poderia tê-los encontrado. Não importava; o que importava era que ela parecia ter vencido aquela pequena batalha. Ele a mantinha nos braços, estava ali com ela.

Theo fechou a porta e a trancou. E então, ela ficou solidamente presa entre o grande corpo dele e os painéis de mogno, e não havia outro lugar onde preferisse estar. Ele não lhe contara seus segredos, mas isso também não tinha mais importância.

Ela seria paciente; esperaria. Ele não estava mais tentando afastá-la; ao contrário, abraçava-a forte. A evidência de seu desejo pressionando-a, e ela redescobriu a ousadia que a fizera abrir seu coração para ele e banir seu orgulho.

Pamela levou a mão à braguilha das calças de Theo. Ele gemeu e projetou os quadris para a frente. Ela moldou seus dedos ao redor daquele volume pulsante, acariciando-o, até que um anseio surgiu nela como uma maré crescente. Ali estava toda a confirmação de que ela precisava sobre o que ele sentia por ela — a mesma avidez profunda e permanente. Se ele era teimoso, pelo menos o corpo dele não era.

— Pamela — grunhiu Theo, como uma advertência.

Ela encontrou um botão e o abriu.

— Quero você dentro de mim.

Como era libertadora aquela confissão, assumir o controle das necessidades de seu corpo, o comando de si mesma depois de tantos anos de negação!

— Tome o que quiser.

Ele a beijou profundamente, passando a língua pela fenda dos lábios dela. Mais botões se abriram, e então, ela libertou sua ereção, que pulsava quente e urgente em sua mão. Agarrou-o e o acariciou devagar.

Acaso ele pretendia possuí-la contra a porta? Ele afastou os lábios e levantou a cabeça, observando-a com uma voracidade ardente e selvagem, e baixou seu olhar intenso até a mão dela, que o acariciava. Ela olhou para baixo também, hipnotizada pela visão, por senti-lo. Como era lindo à luz do dia, grande e rígido, a pele lisa, rosada e tensa! Pela fenda surgiu uma gota perolada, e com o polegar ela a espalhou pela cabeça do pau, como havia feito na noite anterior. Sua boceta latejou, em prontidão. Ela se sentia vazia e ansiosa, e só ele poderia preenchê-la. Só ele poderia lhe dar o que ela necessitava.

Mas como? Seu leito conjugal não fora particularmente inventivo, embora lhe houvesse proporcionado prazer. Seria mesmo possível que um homem e uma mulher fizessem amor em pé, encostados em uma porta?

— Será que podemos… — murmurou ela umedecendo os lábios, recordando como havia sido tomá-lo em sua boca, respirar seu cheiro almiscarado, sentir o impulso controlado dele deslizando sobre seus lábios e língua — … de pé?

Ele recolheu o vestido e anáguas de Pamela em resposta e os subiu até a cintura dela.

— Segure.

Ela fez o que ele pediu, segurando todo aquele tecido com a mão livre. O ar fresco beijou suas pernas cobertas de meias enquanto ela se desnudava da cintura para baixo para ele. Theo levou os dedos ao centro do desejo dela, trabalhando naquele agrupamento de nervos inchado. Ela estava quase insuportavelmente pronta para ele; o ato sexual da noite anterior e os beijos apaixonados deixaram seu corpo vermelho e impaciente. Desesperadamente desejoso de mais.

Ele espalhou o orvalho de Pamela por suas dobras, desceu os dedos e, encontrando a entrada, deslizou para dentro.

— Enrosque sua perna em volta de mim.

Ela fez o que ele pediu; a mudança de posição a abriu mais plenamente para ele. Ele deslizou dentro dela, acariciando-a profundamente, preenchendo-a com os dedos em movimentos rítmicos que a fizeram ofegar e arquear o corpo contra o dele. O mundo de Pamela se reduziu a nada mais que os dois, à conexão do corpo de ambos, ao movimento dos dedos de Theo. Ouvir o som de sua prontidão, sórdido e alto, deixou-a ainda mais molhada e aumentou seu desejo em um crescendo pulsante e feroz.

Quando ele curvou os dedos, pressionando tão deliciosamente aquele ponto sublime e secreto dentro dela, tudo explodiu. Um grito escapou dos lábios de Pamela, que ele abafou beijando-a enquanto o corpo dela simultaneamente se contraía e relaxava. Ele a beijou com força e rapidez, tão profundamente que ela bateu a cabeça na porta. Mas não se importou, pois no instante seguinte, o pau firme dele estava em sua boceta.

Em uma estocada ele a preencheu, total e completamente. Ela estava presa à porta pelo corpo e o pau de Theo, segurando suas saias entre eles com uma das mãos, e a outra no ombro dele para se equilibrar na ponta de um dos pés, movendo os quadris contra cada estocada. Fizeram amor furiosamente, corpos se chocando, se esforçando, buscando. Ela não sabia qual dos dois estava mais desesperado pelo outro.

Ele se mexia dentro dela com gloriosa precisão, encontrando o mesmo lugar que os dedos haviam estimulado com tanta maestria; cada movimento de seus quadris estimulava seu clitóris com uma fricção deliciosa. Cada vez mais rápido, a porta batendo a cada estocada. Mas ela já não se importaria se alguém passasse pelo corredor e indagasse sobre os ruídos que emergiam do quarto de hóspedes vazio. Não pensava em nada que não fosse ele.

Theo interrompeu o beijo e enterrou o rosto no pescoço de Pamela, abocanhando a pele como se estivesse faminto por ela. Como se nada fosse suficiente. Ela estava em agonia extática, desesperada para chegar ao clímax outra vez, entrelaçando seu corpo ao de Theo, apoiando-se no chão e na porta para mexer os quadris ao ritmo das investidas frenéticas do corpo dele. Mais fundo, mais alto, mais forte. Eram dor e prazer unidos, cada arremetida a fazia se desmanchar mais. Até que ela se derreteu pela segunda vez, pulsando no pau dele em uma série de espasmos que fizeram seu corpo se projetar para longe da porta.

Ela enterrou o rosto no ombro dele enquanto o clímax a fazia se contorcer, afundando os dentes naquela solidez, sem se importar se deixaria marca ou não. Ele começou a se mexer dentro dela ainda mais rápido e vertiginoso, e então, seu corpo enrijeceu e ele se retirou freneticamente, agarrando seu pau enquanto jorrava por toda a parte interna das coxas dela em jatos quentes.

Ele se largou sobre ela, um peso maciço e benquisto. O coração dos dois batia em sincronia, e eles estavam sem fôlego, exaustos. Ela o abraçava com força, até que o som de movimento no corredor os fez se afastarem, culpados. Apressadamente, ele retirou um lenço e limpou ambos. Seu semblante era uma máscara impenetrável quando a olhou nos olhos.

— Preciso ir — murmurou, para que ninguém ouvisse. — Tenho um dever a cumprir.

— Mas você irá até mim esta noite? — insistiu ela. — Mais tarde. Tenho que ir a um baile e só voltarei bem depois da meia-noite.

Como ela desejava que fosse um baile no qual ele estivesse presente e que pudessem dançar juntos uma valsa! Mas era um desejo tolo, e ela sabia disso.

— Mais tarde — concordou ele sem sorrir.

Gentilmente a afastou da porta e a deixou, sem olhar para trás.

CAPÍTULO 13

Sozinha na cavernosa sala de estar da Hunt House, Pamela tentava não pensar em Theo, mas não conseguia. Porque quando ela colocava seu giz pastel sobre o papel para desenhar após o inesperado interlúdio no quarto de hóspedes, só um rosto aparecia.

O dele.

Ela olhou para a reprodução grosseira do belo rosto de Theo que a fitava e suspirou. As horas até que pudesse vê-lo outra vez se estendiam, indesejadas e assustadoras. E ela percebeu, repentina e forçosamente, que as diversões que usara para se acalmar nos anos que se seguiram à morte de Bertie não eram mais suficientes. Não queria mais desenhar e não queria fazer compras. Também não mais se entusiasmava com a ideia de se perder no turbilhão social naquela noite, no baile de Searle.

Tudo em que havia se perdido tão profundamente agora fracassava.

E seu coração? Havia derretido completamente até o último vestígio de gelo que ela construíra ao redor. Era assustador, porque ela não tinha ideia do que fazer com aqueles sentimentos inconvenientes. Não era apenas luxúria básica, era algo muito mais forte. Algo maior e aterrorizante.

Algo que se parecia muito com amor.

Um rangido no piso do corredor a alertou de que não estava sozinha um instante antes de uma criada aparecer à porta. A jovem fez uma reverência perfeita e disse:

— Lady Deering, perdão pela interrupção, mas Vossa Senhoria me pediu para informar-lhe que deseja uma audiência com milady no escritório dele.

Pamela sentiu um frio correr por sua espinha. Fechou o caderno, afastando o rosto de Theo. Com mãos trêmulas, levantou-se e alisou as saias, apertando firme o caderno e o suporte para giz. Acaso seu irmão a vira saindo do quarto de hóspedes antes? Ou um criado?

— Claro — forçou um sorriso, pois não queria que a criada visse quanto ficara nervosa com a convocação inesperada. — Obrigada.

Outra reverência e a criada se foi. Pamela foi até o escritório do irmão sentindo um frio na barriga, perguntando-se o que ele poderia fazer. Só havia uma razão para ele desejar uma audiência privada.

Ele sabia.

Acaso pediria que ela deixasse a Hunt House? Se assim fosse, para onde ela iria? À casa da mãe, supôs, no campo. Se a mãe a aceitasse. Ou talvez pudesse implorar a hospitalidade de amigos por um tempo. Talvez Selina. Certamente, Ridgely cortaria seu crédito nas lojas se estivesse muito furioso. Ela não tinha como se aborrecer se ele o fizesse; afinal ela lhe dera motivos para tal. Havia sido errado da parte dela ter um amante, ainda mais dentro da Hunt House. Especialmente com Lady Virtue na residência.

Com a mente em turbilhão pensando nas implicações do que havia feito, Pamela bateu na porta fechada do escritório e esperou que o irmão a convidasse a entrar. Hesitante, entrou, encontrando-o de sentinela diante de uma fileira de janelas, passando a mão por seus cabelos escuros e os deixando desgrenhados.

— Ridgely — começou ela, pensando que deveria dar uma explicação, dizer qualquer coisa para atenuar a dor da indignação dele por suas ações escandalosas.

— Deseje-me felicidade — disse ele antes que ela pudesse prosseguir. — Estou prestes a entrar na alardeada instituição do matrimônio, também conhecida como algema.

Ela pestanejou, fitando-o, totalmente chocada.

Ele não sabia, então. Aquele encontro não se tratava dela e de Theo. O alívio tomou conta dela como a chuva fria que batia nas vidraças. Pamela cambaleou, ciente de que se tivesse uma constituição mais fraca, poderia ter desmaiado.

— Casamento — repetiu ela quando pôde falar. — Você?

— Eu — concordou ele, seu tom irônico, inclinando a cabeça e reconhecendo a ironia do destino. — Vou me casar com Lady Virtue.

Lady Virtue?

Não. Ela havia sido muito cautelosa supervisionando a moça depois daquele terrível incidente na biblioteca. Ou não? Acaso estivera muito envolvida em sua relação clandestina com Theo?

A culpa tomou conta de Pamela.

— Mas você… ela… — gaguejou.

— Sim. Pretendo me casar com ela. — Trevor fez uma pausa e suspirou. — *Preciso* me casar com ela.

— Precisa?

Então, ela entendeu. Por deus, algo mais havia acontecido. Ele havia desencaminhado Lady Virtue. Pamela tinha que se mexer. Andar. Seus pés começaram a carregá-la por todo o aposento, mais perto de seu irmão, para que pudesse analisar melhor sua expressão.

— O que você fez desta vez?

Ela marchou em direção a Ridgely; seu medo de ser desmascarada havia sido suplantado pela indignação em nome de sua protegida. Era imaginação sua, ou seu descuidado irmão libertino estava corando?

— Eu a comprometi — assumiu ele, afastando-se da janela e indo em direção à lareira, em cujos tijolos ainda permanecia a mancha de tinta preta, debochando de Pamela por sua incapacidade de controlar sua fúria na última vez que tiveram um encontro *tête-à-tête*.

Ele se voltou para ela, parecia estar bastante envergonhado.

— Muito além de qualquer possibilidade de reparo.

Deus do céu! De fato, ela andara tão envolvida em seus próprios assuntos que falhara no cumprimento de seu dever.

— Faz apenas três dias desde o último incidente — disse, sem muita convicção.

— Quatro — murmurou Ridgely.

Como se isso importasse. Pamela não sabia com quem estava mais decepcionada, se consigo mesma ou com o irmão.

— Você *prometeu!* — recordou ela. — Jurou que ficaria longe dela.

— Pelo visto não consigo manter minha palavra, assim como nosso pai.

O pai deles não fora um homem bom ou gentil. Fora egoísta e ganancioso e desvirtuara a mãe deles para ficar com o dote, e continuou tendo uma série de amantes depois de conseguir o que queria. Pamela não podia culpar a mãe por sua amargura, mas também não queria acreditar que o irmão fosse parecido com o pai.

— Sua falta de controle é deplorável — disse Pamela com frieza. — De verdade, Ridgely, não poderia ter procurado uma daquelas mulheres levianas e se engraçado com ela?

— Sou um canalha — admitiu o irmão. — Ouso dizer que essa é uma das razões de minha própria família me ultrajar.

Que tolice era aquela? Apesar de estar zangada com ele por sua fraqueza no que dizia respeito a Lady Virtue, Pamela amava muito Ridgely.

— Nós não o ultrajamos.

— Nossa mãe ultraja — apontou ele.

A mãe deles era um dragão infeliz, resultado de sua vida com o marido e da perda de seus filhos favoritos, Bartholomew e Matthew.

— Nossa mãe ultraja a todos — destacou Pamela.

Ridgely arqueou uma sobrancelha.

— Desafio você a encontrar alguém a quem ela insulte mais que a mim.

— Por que estamos falando de nossa mãe se o assunto em questão é sua odiosa conduta? — questionou ela, suspirando e sacudindo a cabeça, tentando focar no que seria mais útil: limitar a propagação do fogo que estava prestes a explodir. — As pessoas falarão. Todos presumirão que você desencaminhou Lady Virtue.

— Deixe que falem — retorquiu ele com desdém. — Não dou a mínima para fofocas. Nunca dei.

Naturalmente não dava, visto que era homem. Mas Pamela, sim. Precisava se preocupar, pois era viúva e não tinha nada a oferecer, exceto sua boa reputação. Embora ultimamente estivesse fazendo um excelente trabalho para arruiná-la ela mesma, sem precisar de mais essa confusão.

— Mas *eu* dou — rebateu. — Claro que você não pensou no efeito que essa notícia terá sobre Lady Virtue ou sobre mim. Tenho sido acompanhante dela e fracassei na tarefa de mantê-la a salvo de você. Ela será desprezada pela sociedade se houver o menor indício de escândalo.

— Ela será uma duquesa — disse Ridgely —, com certeza isso amenizará a dor de ter que se casar com um dissoluto. Quanto a você, ninguém a criticará. Você cumpriu bem seu dever de dama de companhia e é um modelo de virtude. Ninguém terá dúvidas de que sou *eu* o culpado.

As faces de Pamela queimaram quando ela pensou no motivo de ter fracassado enquanto acompanhante: seus próprios anseios rebeldes e um homem ao qual não podia resistir. Talvez ela e o irmão não fossem tão diferentes nesse sentido, afinal de contas, pois ela não conseguia manter distância de Theo, assim como Ridgely não havia sido capaz de ser um cavalheiro com Lady Virtue.

— Eu tento, mas estou longe de ser perfeita — admitiu ela. — Fui negligente com meus deveres.

— Você não foi negligente. Eu sou o culpado, não você.

— Mas isso refletirá em mim.

— Farei tudo que estiver ao meu alcance para que nenhum indício de escândalo macule qualquer uma de vocês — jurou ele. — Você tem minha palavra.

Ela acreditava nele. Ridgely era muitas coisas, mas mentiroso não estava entre elas. Ainda assim, um compromisso repentino e um casamento não planejado entre ele e Virtue... ela amava o irmão e passara a gostar muito de sua pupila; queria a felicidade de ambos. Queria para eles o amor e o contentamento que conhecera com Bertie, e não desejava que isso terminasse abruptamente em tristeza e pesar.

— Você será um bom marido para ela, não é? — perguntou a Ridgely.

Seu irmão engoliu em seco, mais sério do que jamais o vira, inclusive na noite em que aquele homem misterioso quebrara o pescoço ao cair da escada.

— Tentarei.

— Tentará? — Ela voltou a andar de um lado a outro. — Isso não é nada tranquilizador.

— Se pretende jogar alguma coisa, por favor, reconsidere — rogou ele devagar, tentando aliviar o clima sombrio. — Acabei de substituir o tinteiro.

— Fiquei arrasada quando joguei o tinteiro — defendeu-se ela, pois lamentava sua precipitação e seu temperamento explosivo. — E a culpa foi sua — acrescentou, para reforçar. — Assim como a culpa é sua agora.

Ridgely havia retornado à sua vigília à janela e estava parado ali, com as mãos entrelaçadas.

— Como já ficou estabelecido, sou um canalha.

Sua tranquila aceitação do que havia acontecido entre ele e sua pupila enfureceu Pamela. Ele não precisava ser um canalha, havia sido opção sua. Assim como Theo não precisava guardar segredos, mas escolhia fazer isso. Por que os homens eram tão teimosos?

— E totalmente sem escrúpulos — acrescentou ela em tom ácido. — Onde está Virtue? Precisarei falar com ela.

Naquele momento, Pamela se deu conta da magnitude do que estavam enfrentando — um casamento a planejar, um escândalo a evitar.

— Receio que ela não esteja muito satisfeita comigo neste momento, pois acabou de saber que Greycote Abbey foi vendida — afirmou Ridgely estremecendo, referindo-se à antiga casa de sua pupila e o lugar para o qual ela estava determinada a retornar, a qualquer custo. — E recusou meu pedido também. Foi bem enfática, inclusive.

Oh, céus.

— Se ela está descontente com você, como foi que a desgraçou? — Ela franziu o cenho, pois um pensamento terrível lhe ocorreu. — Você não a forçou, não é?

— Pelo amor de santa Apolônia, Pamela! — ofendeu-se ele, com uma careta. — O que pensa de mim? Eu nunca faria mal a uma mulher. Você deveria saber disso.

Claro que ela sabia. Era Ridgely; ele era um libertino de cabeça oca, com uma coleção de companheiras de cama maior que o lago Serpentine, mas nunca faria algo tão inescrupuloso. Sentiu-se culpada por considerar isso por um momento.

— Espero mesmo que não — disse ela, com um longo suspiro. — Perdão, é que isso tudo foi um choque. Não foi bem uma surpresa, tendo em vista o que testemunhei na biblioteca, mas um choque. — Ela parou de andar, tentando absorver o restante do que o irmão havia dito sobre Virtue. — Disse que ela recusou seu pedido?

Ridgely se voltou outra vez para a janela, ainda sombrio.

— Ela disse que não quer se casar comigo. Aparentemente, pretendia que eu a mandasse de volta para Nottinghamshire.

Que deus a protegesse de debutantes rebeldes que pensavam saber de tudo. O mundo fora feito para devorar mulheres como Virtue e engoli-las inteiras.

— Ela não pode recusar — asseverou ela. — Virtue não tem escolha agora.

— Talvez você possa conversar com Lady Virtue — sugeriu ele, desanimado — e convencê-la a ouvir a voz da razão.

— Você provocou um desastre e tanto, irmão.

E, naturalmente, cabia a ela ajudá-lo a consertar as coisas.

Mas Pamela estava começando a temer ter ela mesma provocado um desastre, que fervilhava dolorosamente em seu tolo coração. E esse desastre em particular... bem, ela não sabia se poderia ser consertado.

— Não há nada que eu possa fazer, Stasia — disse Theo à irmã, categoricamente.

Ela havia ido aos estábulos da Hunt House exigindo vê-lo, recusando-se a ir embora a menos que ele aceitasse que conversassem outra vez. As alternativas que tinha eram ficar ali, diante dos cavalariços curiosos, ou acompanhá-la até a carruagem que a esperava. Depois de ter certeza de que seus homens estavam a postos, ele decidira pela última opção. Estavam percorrendo as ruas de Londres em uma carruagem que Stasia havia tomado emprestada de Archer Tierney depois de escapar mais uma vez dos guardas do palácio que seu tio havia enviado para vigiá-la.

Distrair-se um pouco dos pensamentos intermináveis a respeito de Pamela era bem-vindo para Theo. Ele passara cada momento, desde que se despediram no quarto de hóspedes, torturando-se por suas ineficazes tentativas de se manter longe dela. Odiava-se por ainda a desejar tanto.

— Você pode voltar para casa — propôs Stasia na língua materna deles, sua voz e seus olhos faiscavam com tal intensidade, que nem mesmo se tivessem sido forjados em fogo de verdade teriam maior determinação. — Pode voltar para a Boritânia, que é seu lar, o lugar a que pertence.

Lar.

Uma palavra agridoce, que provocou uma onda de sensações indesejadas e, por razões para Theo inexplicáveis, fez surgir em sua mente uma deusa de cabelos dourados que ele desejava muito mais do que recomendava a sabedoria. Mas não; apesar do desejo que aparentemente não conseguia controlar na presença de Pamela, ela não era para ele, e ele nunca teria um lar com ela.

Ele não tinha um lar verdadeiro havia muitos anos. Antigamente, ele teria derramado até a última gota de seu sangue para retornar à Boritânia, mas não era mais o príncipe mimado que havia sido.

— Eu não tenho um lar — respondeu a Stasia em boritano —, e não pertenço a lugar nenhum.

— Bobagem. — Ela sacudiu a cabeça, teimosa e persistente como sempre. — Seu lugar é a Boritânia. Você é um príncipe de sangue real.

— Fui banido — recordou ele. — Meu retorno seria punido com a morte. Se pensa que Gustavson não me encarceraria e me mandaria à forca em um piscar de olhos, está se iludindo.

— Você sabe que seu exílio pode ser revogado por alguém de sangue real — rebateu a irmã, com determinação inabalável. — Eu poderia revogá-lo agora, aqui, neste momento.

Ele havia pensado nisso. Muitas vezes, ao longo de muitos anos. Até que, por fim, aceitara o fato de que o que restava de sua família teria que permanecer leal a Gustavson ou temer um destino semelhante ao seu. Aceitara que ninguém revogaria seu desterro. Mas o fato de Stasia ter oferecido isso fez com que uma parte antiga e perdida dele ganhasse vida. A pressão cresceu dentro de Theo, mas ele a afastou impiedosamente.

— Revogar meu exílio seria perigoso para você. Nosso tio a mandaria prender e torturar, como fez comigo.

— Não estou preocupada com o que nosso tio faria comigo. Salvar nosso reino é muito mais importante do que salvar a mim mesma.

— Mas *deveria* se preocupar — grunhiu ele, lutando para evitar que as recordações de seus dias na masmorra voltassem à sua mente.

Isso exigiu um grande esforço. Seus punhos estavam cerrados às laterais de seu corpo, as mãos suadas. Era sempre pior na escuridão; as sombras ameaçavam sua sanidade. Mas quando era forçado a lembrar, o pânico aumentava até comprimir sua garganta, e ele quase não conseguia respirar. Theo não sofria esses ataques havia anos; julgava estar curado.

Mas aquela conversa com Stasia, suscitando todas as lembranças do passado, mostravam que não.

— Theo. — Ele ouviu a voz preocupada dela.

A mão dela em seu braço o fez estremecer. Ele a pegou pelo pulso.

— Não.

— Irmão... — Ela afastou a mão. — O que houve?

As palavras clamavam para sair na língua de sua terra natal e de sua juventude.

— O que eles fizeram comigo na masmorra... eu não desejaria a um inimigo mortal, muito menos a você, Stasia. Não permitirei que revogue meu exílio à custa de seu sofrimento.

— Sei que eles o machucaram muito — a voz dela falhou. — Reinald disse que você estava perto da morte quando o levaram ao porão do navio, naquele dia.

Ele fechou os olhos ao ver a angústia, as lágrimas cintilando nos olhos dela, rolando pelo seu rosto. Theo não suportava que sentissem pena dele. Inevitavelmente, aquilo fez a velha raiva crescer dentro dele. Raiva pelo que lhe haviam feito, por tudo que ele perdera, pelas cicatrizes que deixaram, por dentro e por fora.

Tensionou a mandíbula com força, obrigando as emoções a se aplacarem dentro dele até virarem cinzas.

— Eu sobrevivi.

— É mesmo? Mal o reconheço como meu irmão. Na verdade, eu não saberia, não fosse pelo anel e pelos olhos, iguais aos de nossa mãe.

Sim, ele tinha os olhos castanhos da mãe. E o anel que usava no dedo indicador foi tudo que lhe havia sido permitido levar consigo, além da roupa do corpo. Ele havia enterrado o anel no chão sujo da masmorra e se surpreendera por ter tido a presença de espírito de arrancá-lo de seu esconderijo antes de ser retirado de lá. Sua mãe lhe dera o anel; ele o usava em memória dela.

— Está me vendo aqui, diante de você — foi tudo que ele disse. — Estou vivo.

— Mas uma parte de você morreu naquela masmorra — sussurrou ela.

— Posso ver, e odeio Gustavson por isso. Acaso não o despreza também por tudo que ele fez conosco, com nossa família? Com nossa mãe, nosso irmão?

— Eu o abomino com a fúria do fogo ardente de mil infernos — retorquiu ele com furor.

Durante muitos anos após sua chegada a Londres, Theo sonhara em retornar à Boritânia sob o manto da escuridão. Em entrar furtivamente no palácio e sorrateiramente nos aposentos do tio. E então, cortar-lhe a garganta com uma lâmina, drenando seu sangue vital. Mas uma morte assim seria misericordiosa demais.

— Então volte para casa — insistiu Stasia. — Pode lutar com ele e vencer.

— Não colocarei você ou nossas irmãs em tal perigo. Eu preferiria voltar à masmorra.

— Estou noiva de um monarca muito mais poderoso que ele, Gustavson não ousaria me aprisionar. Ele precisa muito de meu casamento com o rei Maximilian.

O rei Maximilian era, de fato, rico e poderoso, e o noivado de Stasia com ele era a razão de ela poder ir a Londres. Mas Gustavson era astuto e cruel, e estava disposto a cometer qualquer pecado para manter seu poder.

— Nosso tio nunca honraria a revogação. — Theo sacudiu a cabeça.

— Gustavson não permitirá que ninguém lhe tire o poder. Ele já planejava derrubar o irmão antes mesmo de você e eu nascermos, e quando nosso pai morreu, poupou-o do trabalho. Nada o impedirá de manter para si o poder que conquistou. Ele pedirá minha cabeça se eu voltar, e depois, a sua.

— E se eu lhe prometer a cabeça dele?

A morte de ninguém seria mais celebrada por Theo que a do tio. Não apenas pela tortura que ele ordenara que lhe fosse infligida, mas pelo que aquele maldito havia feito à mãe deles, a última verdadeira rainha da Boritânia.

— Você não pode me prometer isso, Stasia — murmurou ele. — Lamento que tenha se arriscado tanto durante sua estada em Londres me procurando, e que vá embora decepcionada, mas não voltarei à Boritânia. Saí de lá quase morto e prometi a mim mesmo que nunca mais voltaria.

— O plano já foi posto em prática.

Ela estava falando sério. Muito sério.

O coração de Theo disparou ao perceber isso; suas mãos suavam.

— Você armou uma conspiração contra ele, Stasia?

— Não sou a única que deseja a morte de Gustavson — replicou ela calmamente, como se estivessem discutindo algo insignificante, e não uma conspiração para matar um usurpador do trono boritano. — Somos muitos, unidos por um objetivo comum. Nosso reino sofreu sob o governo tirânico dele. Seus soldados saqueiam aldeias e levam a ele o butim. Os agricultores não suportam mais os impostos cobrados. Nosso povo é pobre, faminto e maltratado, e Gustavson transformou a capital em um paraíso da prostituição e outros vícios. Matou quase todos que eram próximos a ele. Os que estão vivos, foram torturados em sua masmorra. É quase certo que ele tenha matado Reinald. Se eu não me casar com quem ele escolheu e não seguir suas exigências, serei morta também, e depois, o mesmo acontecerá com nossas irmãs mais novas.

Maldição. Ele não queria ouvir aquilo. Não queria pensar na devastação que o tio havia causado na Boritânia. Não queria ter que se preocupar com Stasia, com suas outras irmãs, com seu povo. Mas estava preocupado agora.

— Essa sua trama... — começou ele com a voz tensa, porque, deus, para se vingar daquele bastardo que o cortara, e queimara, e o deixara para sempre horrivelmente marcado, que matara a mãe deles... faria tudo que pudesse. O que sempre desejara e muito mais. — No que consiste?

— Não é só minha — disse Stasia baixinho. — O rei Maximilian me ofereceu ajuda. Aceitei por nossas irmãs e nosso povo, mas precisamos de você, Theodoric. Quando Gustavson for morto, o herdeiro legítimo deverá ascender ao trono; senão, o reino mergulhará no caos. Não vou sacrificar a mim mesma e ao meu futuro em uma união que não quero para que a Boritânia acabe imersa em uma guerra civil. Queria ter lhe explicado tudo antes, mas não ousei revelar toda a trama diante do sr. Tierney. Ninguém pode saber o que estamos planejando. Nada disso pode chegar a Gustavson.

Por isso ela usara a língua nativa deles; não queria correr o risco de que um dos homens de Tierney a ouvisse e saísse falando. Ele teria feito o mesmo no lugar dela, porque o que havia descrito seria considerado traição. Ela poderia ser presa pelos homens do tio, inclusive em Londres, e devolvida à Boritânia para que Gustavson pudesse fazer dela um exemplo. E Theo não poderia impedir que fosse torturada na masmorra.

Um arrepio percorreu a espinha de Theo. Sentia-se frio, vazio e entorpecido diante de todas as ramificações do que ela acabara de lhe contar. Voltar à Boritânia? Ele poderia suportar isso, aceitar o risco? E, se pudesse, o que aconteceria se ele assumisse o trono? Sua mente inevitavelmente correu para

Pamela, para o que havia entre eles, que era algo muito maior do que ele jamais conhecera. E não tinha uma resposta para dar à irmã.

— Preciso de tempo, Stasia — concluiu.

Tempo para refletir sobre tudo que ela havia acabado de revelar; para avaliar se era ou não capaz de retornar, contemplar os riscos e as recompensas de voltar à Boritânia para derrotar o tio e assumir o trono, caso sobrevivesse.

Deus do céu...

— Não temos muito tempo — alertou a irmã. — Meu noivado com Maximilian será anunciado dentro de quinze dias, e você precisará ir para a Boritânia logo depois. Pelo bem de nossas irmãs, de nosso reino e de nosso povo, oro para que você tome a decisão certa.

— Avisarei quando decidir — afirmou ele severamente. — Mas saiba: se eu decidir voltar, eu mesmo o matarei.

— Pela Boritânia — disse ela, levando dois dedos aos lábios em saudação tradicional e logo os elevando.

— Pela Boritânia — repetiu ele, retribuindo o gesto solenemente.

Stasia bateu no teto da carruagem.

— Para a Hunt House, por favor — gritou para o cocheiro.

O homem gritou sua resposta e a carruagem fez um retorno demorado para só então voltar ao lugar de onde haviam partido. Theo não pôde deixar de pensar que aquilo era algo profético.

CAPÍTULO 14

Pamela entrou no quarto de Virtue imediatamente após sua conversa com Ridgely e foi tomada por nova sensação de urgência ao ver o estado da jovem: seu vestido tinha costuras rasgadas, partes amarrotadas onde não deveriam estar e um coque totalmente desfeito. Em resumo, sua protegida parecia completamente desonrada. Comprometida, de fato. Não havia dúvida: o casamento era absolutamente necessário.

Mas a julgar pela expressão teimosa no lindo rosto de Virtue, seria melhor Pamela agir com delicadeza.

— O que aconteceu com seu vestido? — perguntou, gentilmente.

Virtue olhou para si mesma, com as faces coradas.

— Meu vestido ficou preso. Terei que consertá-lo.

Essa explicação não servia. Ela havia ido até ali para convencer a pupila de seu irmão a aceitar seu destino, e isso não poderia acontecer se ambas fingissem que a jovem não havia sido desonrada.

— Preso? — repetiu Pamela, sarcástica. — Preso em quem?

Lady Virtue passou os braços em volta da própria cintura, em um gesto defensivo, e respondeu com queixo erguido:

— Suponho que ele a mandou aqui.

— Sim. — Pamela se aproximou dela, esperando poder fazê-la ouvir a voz da razão. — Não há alternativa para vocês agora, exceto o casamento.

A resposta de Virtue foi instantânea e veemente.

— Não vou me casar com ele.

Exatamente como Pamela suspeitava. Aparentemente, ela tinha um grande desafio à sua frente. Mas ou se dedicava a salvar Virtue da ruína ou passava o resto da tarde e da noite ansiando por certo homem que havia deixado claro que seu coração não estava disponível. Sim, de fato, o primeiro era o caminho mais seguro.

— Você não tem escolha — disse ela gentilmente, dando um tapinha consolador no ombro da menina. — Sua honra foi comprometida.

— Ninguém sabe — rebateu Virtue com obstinada insistência.

— Não, mas *eu* sei — retrucou Pamela, franzindo a testa. — E existe a possibilidade de que os criados saibam também. Bastaria que uma pessoa sussurrasse um comentário e haveria um escândalo. Acredite, minha querida, as más notícias correm muito mais rápido que as boas.

Mesmo assim, a expressão de Virtue permanecia impassível.

— Não me casarei com ele, milady.

Seu coração se enterneceu pela jovem teimosa cujo destino agora era se tornar a duquesa de seu irmão. Ela se lembrava muito bem de quando tinha a idade de Virtue; havia sido uma debutante tímida, fazia todo o possível para agradar a todos, menos a si mesma, pensando que cumprir seu dever e fazer um bom casamento conquistaria o amor de sua mãe. Isso não acontecera, mas naquela época ela não tinha como saber. Felizmente, encontrara o amor com Bertie e o casamento lhe dera um propósito, além da família com que sempre sonhara.

Até o dia em que tudo acabou.

— Já que será minha cunhada, você deveria me chamar de Pamela — declarou, dando outro tapinha no ombro de Virtue. — E você vai se casar com Ridgely, sim, querida. É preciso, depois das indiscrições de hoje.

— Desde o momento em que meu pai morreu, todos me dizem o que devo fazer. Devo ter um tutor, devo ir para Londres e deixar Greycote Abbey, o único lar e a família que já conheci, devo arranjar um marido e agora devo me casar com Ridgely. Estou farta de ouvir o que devo fazer. E quanto ao que *eu* quero fazer?

De fato… Pamela sentiu um aperto no peito, pois entendia a situação de Virtue mais do que ousava revelar. O que ela queria era encontrar a felicidade outra vez, voltar a viver. Mas o que acontecera entre Virtue e Ridgely, enquanto Pamela estava distraída — fazendo amor com Theo de maneira escandalosa —, servia como um alerta agridoce de que não poderia ter o que queria. Pamela não podia ter um amante abertamente, e Theo deixara claro que não desejava um futuro com ela. Tudo que teriam seriam momentos furtivos antes de ele desaparecer de sua vida para sempre. E quando ele se fosse, ela voltaria a ser a Viúva de Gelo, com o coração fechado e vivendo do passado.

Uma viúva obediente, com uma vida irrepreensível.

— Nossa existência é uma vida de deveres, não de desejos — declarou a Virtue.

— Você nunca quis algo mais que tudo e lhe disseram que não poderia ter?

Pamela pensou em Theo outra vez; em seus beijos e suas mãos hábeis, na maneira como a tomava nos braços, em como era senti-lo dentro dela.

— Isso não faria diferença. Somos todos regidos pela sociedade — prosseguiu Pamela. — Devemos seguir seus ditames ou sofrer as consequências. Creio que não está preparada para pagar o preço, Virtue.

— Que preço é mais alto que o casamento? — questionou Virtue, sacudindo a cabeça, como se não suportasse contemplar isso por nem mais um segundo. — Não, não vou me casar com o duque depois de ele ter vendido Greycote Abbey sem uma palavra. Não tive oportunidade de me despedir nem de vê-la uma última vez.

A jovem pestanejou; seus olhos brilhavam de lágrimas, e Pamela sentiu seus próprios olhos marejarem. Odiava ver Virtue tão perturbada e sabia o que aquela casa significava para ela. Mesmo Ridgely estando de mãos atadas com relação a esse assunto — o testamento do pai de Virtue decretara que a casa fosse vendida e os fundos usados para o dote da jovem —, não parecia justo.

— Entendo que esteja aborrecida com meu irmão, mas ele agiu em defesa de seus interesses, cumprindo os desejos de seu pai. Greycote Abbey foi vendida e sua honra está comprometida, e não há nada que possa fazer para mudar isso.

Virtue começou a andar de um lado a outro.

— Ele não pode me obrigar a desposá-lo. Vou deixar a Hunt House e absolvê-lo de todos os deveres relacionados a mim.

Com esse pronunciamento, ela abriu o guarda-roupa e começou a tirar seus pertences e colocá-los na cama bem arrumada. Aparentemente, pretendia fugir. Mas qualquer tentativa desse tipo seria ainda mais prejudicial do que o que já havia acontecido. Pamela não podia permitir.

Foi até Virtue e pousou a mão em seu braço.

— Não seja tola, minha querida. Aonde você iria, uma jovem sozinha no mundo, sem ninguém para protegê-la? Você nem tem acesso a seu próprio dinheiro.

Virtue desabou sobre a cama de maneira dramática, em cima de seus vestidos e suas anáguas.

— Você vai se acostumar com a ideia de casamento — afirmou Pamela em tom tranquilizador.

— Não vou, não — disse ela para o teto.

Pamela se acomodou com cuidado na beira da cama.

— Eu acredito que Trevor possa ser um bom marido para você. Ele tem se comportado como um selvagem, só deus sabe, mas nunca o vi tão atencioso para com outra dama antes de você. Quando você está presente, ele não vê mais ninguém. A reputação dele é bem conhecida, mas não é típico de meu irmão flertar com moças inocentes. Ele prefere viúvas e esposas infelizes.

— Não quero pensar, neste momento, nas mulheres que o duque teria preferido.

Pamela entendia Virtue, porque deus sabia que ela não queria pensar em nenhuma amante que Theo houvesse tido antes dela. E menos ainda nas que teria depois.

— Nenhuma outra será a duquesa dele — disse Pamela suavemente. — Esse direito pertencerá somente a você.

Virtue se voltou para Pamela.

— Ele vai arranjar amantes, é o que quer dizer.

Ela não podia falar pelo irmão, mas, sim, esse era o mundo em que viviam.

— Poderia — concordou Pamela. — Seria um direito dele.

Mas isso não significava que ela não lhe daria uns tapas nas orelhas se decidisse fazê-lo, ou se magoasse Virtue de alguma forma.

Virtue se sentou, fixando os olhos castanhos nos de Pamela.

— Lorde Deering tinha amantes?

As faces de Pamela esquentaram ao ouvir uma pergunta tão inesperada, e ao perceber que, durante a maior parte de sua conversa com Virtue, não havia sido Bertie quem ocupara sua mente, e sim Theo.

— Não.

— Como você se sentiria se ele tivesse? — perguntou Virtue.

Para essa pergunta, pelo menos, ela tinha uma resposta fácil.

— Teria partido meu coração. Nossa união foi por amor. Mas você não está apaixonada por Ridgely, não é, querida?

— Claro que não! — respondeu Virtue, com uma ênfase bastante reveladora. — E como se classificaria minha união com Ridgely? Uma união por pena? Não vou me casar com ele.

— Não será uma união por pena, e sim por bom senso — explanou Pamela. — Você precisa de um marido; Ridgely terá que se casar um dia, de qualquer maneira. Vocês dois têm algum tipo de conexão, é evidente; caso contrário, não estariam nesta situação.

— Não posso perdoá-lo pelo que fez. Nem posso me unir a ele para sempre. Não combinaríamos.

— Permita-se um tempo para refletir sobre o assunto — aconselhou Pamela. — Aposto que mudará de ideia.

— Nunca — jurou Virtue com firmeza.

Mas ninguém sabia melhor que Pamela que *nunca* e *para sempre* eram dois estados destinados à destruição. Assim como acontecia com os corações.

Pamela voltou do baile de Searle bem depois da meia-noite, cansada, mas com esperanças de que Theo a procurasse.

Ele não estava esperando por ela no saguão.

A fiel criada a ajudou a se despir e a tirar todas as joias, devolvendo ao estojo o conjunto de safira que Bertie lhe dera no início do casamento — um dos poucos presentes que ele lhe dera e o único que lhe restava. Tudo estava no devido lugar, seus cabelos soltos e penteados, e a criada se despediu.

Tudo ficou em silêncio.

Um silêncio quase assustador.

Depois da agitação da noite, com os ouvidos cheios das conversas nebulosas de uma centena de homens e mulheres, o silêncio em seu quarto solitário parecia debochar dela. Ah, ela se distraíra o melhor que pudera, ocupando-se com Lady Virtue, que estivera incomumente taciturna e solene, dados os acontecimentos do início do dia e as núpcias iminentes que se recusava a reconhecer. Mas, agora, estava sozinha.

Ele não a procuraria…

Pamela disse a si mesma que isso não importava. Acaso não havia se convencido, quando conversara com Lady Virtue sobre a inevitabilidade de seu casamento com Ridgely, de que não havia futuro entre ela e Theo? E ele não havia deixado bem claro que não estava disposto a ser o tipo de homem de que ela precisava na vida?

Bem, talvez ela devesse ter lhe dado ouvidos.

Porque ali estava ela, à uma e meia da manhã, olhando para si mesma no espelho, mal reconhecendo a mulher que a fitava. Naquela noite, ela usara as joias de Bertie no pescoço e nas orelhas, mas havia tomado outro homem como amante. Um homem que — não podia negar — a fizera sentir outra vez, reviver.

Que a fizera amar outra vez.

Uma leve batida em sua porta fez seu coração — seu coração tolo, dolorido e saudoso — dar um salto. Ela se levantou e atravessou o quarto mais rápido que nunca. Puxou o trinco e abriu a porta, e Theo cruzou a soleira. Seu olhar frio carregava intensidade, e seu semblante estava incomumente incauto.

Havia algo em sua expressão — estava atordoado, pensou Pamela. Mandíbula rígida, como se o peso do mundo houvesse subitamente desabado sobre seus ombros. Ela nunca o vira tão vulnerável, nem mesmo no auge da paixão, quando faziam amor. Pamela mal percebeu a porta se fechando quando abriu os braços para ele.

Theo se aninhou nela, abraçando-a com força, enterrando o rosto em seus cabelos.

— O que aconteceu? — perguntou baixinho. — Algum problema?

Ele respirou fundo, como se aspirasse o perfume dela, e não disse nada por alguns momentos.

— Como foi o baile?

Não era uma resposta às suas perguntas. Acaso ela realmente esperava que ele respondesse, que revelasse tudo? Mas era suficiente que ele estivesse ali. Ela sabia que não deveria esperar mais. Afinal, ele a advertira contra isso.

— Cansativo — disse Pamela.

Ela acariciou suas costas com suavidade; sentia que ele precisava disso. Passou as mãos pelos ombros rígidos, pelos músculos. O cheiro familiar dele se misturava aos aromas frescos da chuva e do ar exterior. Ela ficou imaginando se acaso ele estivera nos jardins.

— Você dançou? — A voz dele soou baixa e estrondosa.

— Não — admitiu ela.

— Pois deveria.

— Por quê? — Ela inclinou a cabeça para trás, buscando seu olhar. — Só há um homem com quem desejo dançar.

Ele abriu um meio-sorriso encantador e raro.

— Um homem de sorte, sem dúvida. Mas talvez possa se contentar comigo.

— Mas era a você que eu me referia.

O sorriso desapareceu, e ele ficou muito sério; sua gravidade habitual voltou. Ele a soltou, deu um passo para trás e fez a reverência mais formal e elegante que ela já havia visto.

— Milady, pode me dar a honra desta valsa? — perguntou ele baixinho.

— Agora? — indagou ela. — Aqui?

— Agora. Aqui. — Ele lhe estendeu a mão.

— Mas não temos música!

— Quer que eu cantarole?

Aquilo não combinava com ele; era algo tão sem precedentes que uma risada escapou dos lábios de Pamela antes que pudesse evitar. Foi uma risada alegre. O riso da mulher que ela havia sido antes que a morte lhe roubasse a leveza. Ela cobriu a boca com a mão para sufocá-la, para que ninguém a ouvisse.

Um escândalo na Hunt House já havia sido suficiente naquele dia.

Theo arqueou uma sobrancelha.

— Não quer que cantarole, então? Só desejo agradá-la.

Pamela retirou a mão dos lábios; ainda sentia a tristeza dentro dele, sabia que ele precisava de uma distração tanto quanto ela.

— Você me agrada — murmurou ela, séria. — Você me agrada muito.

E então, fez uma reverência, como se fosse a debutante que se apresentara à sociedade anos antes, e pousou sua mão na dele.

— Deixe-me agradá-la mais, marquesa.

Ele a puxou com gentileza de volta para seus braços, mantendo-a mais perto do que seria considerado adequado em um salão de baile. Mesmo assim, sua postura era perfeita.

Se ainda restasse algum gelo no coração de Pamela, teria derretido ali mesmo, enquanto ele se preparava para valsar com ela em seu quarto à uma e meia da manhã. Que homem surpreendente ele era! Como poderia deixá-lo ir?

Ele começou a cantarolar e a rodar pelo quarto. Pamela descobriu algo novo sobre ele: Theo era um excelente dançarino. Mas ela não deveria ficar surpresa; ele sempre se movia com uma graça e leveza inatas. Sem dúvida, esses mesmos movimentos perfeitos e elegantes se estenderiam à dança. Mas ela não pôde evitar sentir que havia acabado de descobrir um dos segredos dele.

Pois nenhum homem de origem humilde possuiria tal inegável habilidade para valsar.

— Você dança lindamente — murmurou ela.

Os olhos dele a queimavam, cintilando à luz das velas. Seus dedos entrelaçados provocavam um calor que subia pelo braço de Pamela, passando por seu cotovelo e descendo, parando entre suas coxas, enquanto giravam juntos. Ele parou de cantarolar, mas continuaram, sem perder um passo, deslizando languidamente juntos, como se houvessem nascido para dançar assim.

— Você parece admirada — comentou ele, com voz aveludada e sedosa. — Acaso todos os dândis de Londres são deselegantes?

Dândis não eram, nem nunca haviam sido, o tipo de cavalheiros que estimulavam o desejo em Pamela. Mas Bertie também não. Isso acontecera mais tarde, depois do casamento. Ele a conquistara com seu charme e sua inteligência. Mas a atração que havia sentido por ele era muito diferente da que sentia por Theo.

— Não sei dizer — respondeu ela enquanto giravam —, nem me interessa dançar com eles para descobrir.

— Mas está dançando comigo, um humilde guarda a serviço de seu irmão.

Não havia nada de humilde naquele homem.

— Certamente você sabe que o vejo como muito mais que isso — afirmou ela com suavidade.

Ele diminuiu o ritmo e levou as mãos unidas ao peito, entre ambos.

— Pois não deveria.

— A vida é cheia de coisas que não deveríamos fazer — reconheceu ela, e parou um instante, reunindo forças. — Por exemplo, eu não deveria ter me apaixonado por você, mas me apaixonei.

Pamela não pretendia confessar aquilo aquela noite. Talvez nunca. Mas a diferença que notava nele naquela noite, a vulnerabilidade oculta pela máscara, acabara a motivando. A vida era preciosa demais para ser desperdiçada. Perder Bertie lhe ensinara isso. Se pudesse, teria dito a ele o quanto o amava muitas vezes mais antes de perdê-lo.

Theo parou. Sua mandíbula estava contraída, sua expressão, dura e severa.

— Apaixonada? — repetiu ele, como se deixasse um gosto amargo em sua boca.

E talvez deixasse mesmo. Ela não conhecia o passado dele. Durante muito tempo, o amor não passara de uma dor que residia dentro dela, afiada como um espinho, uma lembrança de tudo que nunca mais poderia ter. Mas isso mudara nos últimos dias. O amor parecia uma segunda chance, não um fardo. Parecia esperança outra vez, não agonia.

Era algo que ela queria contar a ele, em vez de mantê-lo preso dentro de si.

— Estou apaixonada por você, Theo.

Ele cerrou o maxilar.

— Você não me conhece.

— Conheço, sim. — Ela levou a mão ao queixo severo e coberto pela barba. — Sei tudo que preciso saber sobre você. E sei o que meu coração sente.

— Marquesa...

Ele fechou os olhos, como se não pudesse suportar que ela visse a emoção que brilhava em suas profundezas.

Tarde demais. Ela havia visto o desejo, a avidez. A necessidade.

— Não negue o que sinto, não diga que estou enganada — pediu ela. — Olhe para mim, por favor.

Ele abriu os olhos; seu rosto mostrava tanta indecisão e agonia... aqueles lábios carnudos e sensuais que a acariciavam tão bem estavam comprimidos, com uma determinação sombria.

— Sou uma novidade para você. Por ter se enterrado em sua dor por tanto tempo, você esqueceu como é ser desejada. Esqueceu de cuidar de seu próprio prazer. Mas encontrará outra pessoa agora, alguém digno de você, alguém...

— Pare — ordenou ela. — Não quero mais ninguém, Theo. Quero você.

— Você quer a ideia que faz de mim. Não conhece o verdadeiro homem que sou.

— Então me conte — implorou ela. — Conte-me quem você é.

— Vou lhe mostrar — disse ele com amargura, soltando-a.

Ele tirou o casaco e o deixou cair no tapete Axminster, e levou seus longos dedos à fileira de botões do colete. Um por um, ele os abriu enquanto ela o observava. Então, arrancou o plastrão. Quando chegou aos botões do colarinho da camisa, seus olhos cintilavam, e o coração de Pamela batia forte.

Ela não havia pretendido fazê-lo ir tão longe.

— Não precisa fazer isso — protestou, sentindo-se culpada.

— Preciso — rosnou ele. — Você diz que me quer. Aqui estou eu, a fera.

Ele agarrou a camisa de linho e a tirou pela cabeça, jogando-a a seus pés. E ficou ali, diante dela, vestindo apenas calças e botas e uma carranca, desafiando-a a dizer que o amava mesmo assim.

A razão da relutância de Theo em se despir foi finalmente revelada. Seu corpo lindo e forte estava coberto de cicatrizes. Braços, peito, abdômen. As únicas partes que haviam ficado intocadas eram o rosto, pescoço e mãos. Em todos os lugares que o tecido escondia havia cortes, sulcos, rugosidades e feridas cicatrizadas.

Mas, se ele esperava que ela sentisse repugnância, enganara-se. Porque ele era lindo; seu corpo era um mapa de resiliência, de músculos firmes, puro poder masculino. Ela se aproximou e passou os braços ao redor de Theo. Encostou a face na pele nua dele, respirou-o. Deleitou-se com sua força quente e reconfortante.

— Pamela... — grunhiu ele, como se o nome dela houvesse sido arrancado dele, como se pronunciá-lo lhe causasse dor.

— Você não é uma fera — disse ela com firmeza, tão alto quanto ousou no silêncio da noite. — Você é Theo, e eu o amo. Eu amo o homem que você é, por fora e por dentro. Cada pedacinho seu.

Ele a abraçou e a ancorou em si, e deu um beijo reverente no topo da sua cabeça. E ela soube que havia vencido aquela batalha. Faltava apenas a guerra.

CAPÍTULO 15

Ela o amava.

Era tudo em que ele conseguia pensar enquanto colocava Pamela na cama e cobria seu corpo com o dele. Procurou sua boca, beijou-a profunda, lenta e vorazmente, mostrando-lhe quanto a desejava, quanto a adorava.

Estavam nus, pele com pele, pela primeira vez, e, embora sua pele machucada houvesse perdido a sensibilidade em muitos lugares, ele não podia negar como era glorioso tê-la sob seu corpo. Ela era macia, sedosa, quente, cheia de curvas nos lugares onde uma mulher as devia ter.

E ela o amava.

Quando ele tirara a camisa para ela, revelando-se, Pamela não demonstrara repulsa nem piedade. Apenas o abraçara. E ele soube, com uma certeza esmagadora, que não merecia aquela mulher. Mas os braços dela o envolveram, as mãos macias acariciaram suas costas arruinadas pelas cicatrizes horríveis que os torturadores do tio deixaram com os acoites, e ele se sentira inteiro pela primeira vez desde que fora forçado a deixar sua terra natal com nada além das roupas do corpo, sujas e manchadas de sangue, e o anel de sua mãe.

Ela o fizera esquecer.

Mas ela o fizera lembrar também.

Lembrar-se do homem que havia sido. Não o sedutor, o príncipe que não pensava em nada além de seu próprio prazer, e sim o cavalheiro cortês. Pamela o fizera querer dançar valsa, caminhar com ela ao seu lado, encantá-la e cortejá-la, conquistá-la e desposá-la, apresentá-la a seu povo como sua noiva. Ela o fazia querer coisas que ele nunca imaginara que poderia voltar a querer.

Um futuro, um lar, uma mulher em sua cama. Uma só mulher para sempre.

Ela.

Pamela enroscou os dedos nos cabelos dele e retribuiu o beijo, sua língua deslizando na dele. O perfume dela estava nas roupas de cama, envolvendo-os, floral e almiscarado. Enchendo Theo de uma necessidade de possuí-la. Seu pau estava dolorosamente duro, preso entre eles, mas ele ainda não estava pronto para atender ao seu próprio prazer. Primeiro, queria o dela.

Queria enlouquecê-la.

Theo deixou os lábios de Pamela para fazer uma trilha de beijos até sua orelha. Quando encontrou aquele côncavo sensível e o lambeu, ela soltou um gemido rouco de prazer. Pamela era deliciosamente receptiva em todos os lugares, e ele se orgulhava de sua natureza sensual. De todas as mulheres da Terra, nenhuma outra poderia ter sido feita de forma mais perfeita para ele. Pamela era dele.

Mas as palavras estavam além de sua compreensão naquele instante, então, ele o demonstraria da única maneira que podia: amando-a com seu corpo. Sentia-se dilacerado por desejos de intensidade idêntica: saborear devagar cada pedacinho dela, e entrar nela imediatamente. Beijou seu pescoço, apoiando-se nos antebraços para poder encontrar o lugar onde sua pulsação era frenética. Depois a delicada clavícula, deixando um rastro de beijos em seu ombro macio e arredondado, que pedia que ele usasse seus dentes. Gentilmente, ele a mordiscou, deliciando-se com a resposta dela.

Ela estava impaciente, remexia-se embaixo dele, enfiando a mão entre eles para pegar seu pau.

— Quero você dentro de mim, Theo.

Cerrando a mandíbula de puro prazer pelas carícias dela, ele a segurou pelo pulso com delicadeza e disse:

— Ainda não, amor.

Beijou-lhe um seio, depois chupou o bico, enquanto acariciava sua cintura. Ela soltou outro gemido de aprovação, então ele lambeu o mamilo, fazendo movimentos preguiçosos com a língua e olhando para cima. O rubor a deixara com um tom cor-de-rosa, e seus lábios inchados pelo beijo estavam entreabertos. Ele lambeu de novo, ela arqueou as costas, empurrando o seio macio para a frente, como uma oferenda.

Que ele aceitou. Levou a mão até o quadril dela, depois à coxa, até a boceta perfeita e molhada. Deus, ela estava encharcada, e tudo porque ele chupara seu lindo mamilo. Ele foi para o outro seio, esbanjando atenção ao bico enquanto com um dedo abria as dobras dela. Quando acariciou seu clitóris, ela soltou mais um gemido rouco e projetou os quadris para a frente, dizendo sem palavras que era isso que queria.

Ele acariciava e chupava, e ela soltava gemidos doces e suaves de rendição; seu corpo era dele. Nenhuma dama da corte, ansiosa por deitar-se com Theo porque era um príncipe, jamais se entregara a ele assim, de corpo e alma, sem nenhum indício de artifício. Pamela era puro fogo; para ele, era a glória provocá--la com o dedo, enterrar o rosto entre os seios dela, beijar-lhe a carne macia.

Theo encontrou sua entrada e estimulou mais seu orvalho, atiçando-a com movimentos superficiais até deixá-la ofegante, arqueando o corpo, como se ela fosse um instrumento que só ele sabia tocar. Por um momento, ele se apoiou em um braço para poder admirá-la melhor. Pele pálida e macia, seios generosos, cabelos soltos em ondas brilhantes sobre o travesseiro. Curvas luxuriosas e femininas. E coxas gloriosas, abertas, revelando sua pérola, a umidade em seus cachos, nos dedos dele...

Ele viu seu dedo desaparecer dentro dela, saboreando o calor apertado e acolhedor da boceta de Pamela. Ambos inspiraram fundo porque era bom, muito bom sentir aquilo, a pressão de suas paredes internas, ver os quadris dela se projetando para fazê-lo ir mais fundo.

— Theo...

Seu nome era como um gemido de frustração. Ela apertou seu pulso, suplicante, como se quisesse fazê-lo mexer mais rápido.

Mas, não, ele não parou de torturar os dois. Queria aproveitar cada segundo vendo-a se desmanchar. Com o dedo ainda enterrado nela, ele beijou o corpo de Pamela, encaixou seus ombros entre as pernas abertas dela para poder beijar a parte interna de cada coxa.

Ele tirou o dedo devagar e logo o enfiou de novo, alcançando o lugar onde ela era desesperadamente sensível. Percebeu isso pela reação dela: outro suspiro, os pés apoiados na cama para poder impulsionar os quadris mais alto, acompanhando os movimentos dele.

Satisfeito, Theo baixou a cabeça e chupou o clitóris de Pamela.

Ela enroscou os dedos nos cabelos dele, agarrou os ombros, incitando-o. Agitava os quadris. O gosto dela encheu Theo de um desejo ardente. Ela era doce, almiscarada, deliciosa. Ele queria estimulá-la com a língua até fazê-la gritar. Queria se apossar de cada parte dela, deixá-la trêmula de desejo. Queria ver quantas vezes conseguiria fazê-la gozar apenas com seus lábios, língua e dedos.

Não importava quantas fossem, não seria suficiente. O fogo ardia intenso dentro dele.

Ele se afastou um pouco, deslizando a boca por suas dobras, até encontrar o lugar que queria. Enfiou a língua fundo, entrando e saindo, entrando e saindo, exatamente como pretendia fazer com seu pau. Enquanto a chupava, dedilhava seu clitóris, pressionando-a em pequenos círculos, até que ela gritou, trêmula embaixo dele, e as paredes de sua boceta pulsavam ao redor da língua dele.

Então, ele atacou seu grelo de novo, chupando enquanto deslizava dois dedos dentro dela, empurrando, preenchendo-a.

— Theo, meu deus…

Ele estava faminto.

— Goze de novo — disse ele, com a boca no calor escorregadio dela, movendo a língua e mordiscando-a de leve.

— Mais. Por favor. Preciso de você.

Ah, sim. Ela estava se desmanchando para ele; sua marquesa perfeitamente decorosa estava perdendo o controle. Sua voz era ofegante e sensual, ela o agarrava em todos os lugares que podia, suplicando. Ela arranhava seus ombros, seu couro cabeludo.

— De novo — repetiu ele, e chupou com força seu botão enquanto colocava e tirava os dedos em movimentos rápidos, dando-lhe exatamente aquilo de que ela gostava.

— Não consigo… eu… *ah*!

Sim, *ah*, ele queria dizer em voz alta, mas não conseguia encontrar forças para nada além de fazer amor. Ele estava provando que ela estava errada, que conseguia, sim. Lambia, chupava e enfiava os dedos impiedosamente. E ela estava encharcada e contorcendo-se embaixo dele, tudo que ele queria. Theo curvou os dedos, deu uma mordidinha em seu clitóris, provocando-lhe espasmos que apertavam seus dedos; sua boceta e suas coxas tremiam com a força do segundo orgasmo.

Triunfante e desesperadamente duro, ele ficou de joelhos e levou seu pau até a abertura dela. Com um movimento dos quadris, estava completamente dentro dela, bem fundo. Deus, ela estava mais gostosa que nunca, apertando-o, tão molhada e ávida. Pegou as pernas dela para enroscá-las ao redor de seu quadril e baixou o corpo, e assim, ficaram bem próximos, como antes, peito com peito, quadril com quadril, pele com pele.

Não havia mais barreiras de tecido entre eles.

Ele soltou um suspiro ao sentir como era bom, como era certo estar nu e dentro dela. Tão bom que ele se perdeu por um momento, entrando e saindo dela, prendendo-a na cama com seu peso. Demorou a perceber que estava sendo indelicado e usou os antebraços para sustentar a parte superior do corpo.

Por que demorara tanto para senti-la — senti-la de verdade — debaixo de si? Era o céu e o inferno ao mesmo tempo.

Ele levou os lábios aos dela, tomando-os, movendo-se mais rápido, penetrando-a sem se importar com a delicadeza. Só o que queria era possuí-la, sentir cada centímetro dela. Fodia com tanto frenesi que ela foi deslizando pela cama, e só quando interrompeu o beijo percebeu que a cabeça dela estava quase batendo na madeira entalhada da cabeceira da cama. Entrelaçando as mãos sobre a cabeça dela para amortecer o impacto de cada estocada, ele continuou no mesmo ritmo.

— Beije-me de novo — sussurrou ela.

Ele lhe deu o que ela queria. Daria qualquer coisa, tudo que aquela deusa perfeita que o amava desejasse. Aquela mulher que ele não merecia. Ele entrava e saía dela com anseio desesperado; selou os lábios de Pamela com os seus, deixando na língua dela o gosto de si mesma. Ela entrelaçou os braços em volta do pescoço dele, segurando-o com força, acompanhando o ritmo de cada estocada.

E então, ela gritou, e sua boceta o apertou deliciosamente, como um torno. Ele sufocou o grito dela. Também estava perto, bem perto. Só mais alguns segundos...

Ah, deus. Ele ia... não podia...

O clímax o pegou de surpresa, explodindo com tal ferocidade que ele não conseguiu tirar a tempo. Esvaziou-se dentro dela, gozando com tanta força que estrelas salpicavam por sua visão e um som estrondoso ecoava em seus ouvidos. Gozou até ela arrancar dele a última gota.

Rendido, ele se deixou cair em cima de Pamela. O corpo dela era uma tentação suave e divina sob o dele. Ela o abraçou com força, e ele enterrou o rosto no pescoço dela, inalando seu doce perfume, desejando nunca mais ter que sair daquela cama.

Depois de tudo, ao notar as batidas desesperadas de seu coração, deu-se conta de que também estava apaixonado por ela. O destino os unira, e agora, provavelmente também os separaria.

❧

Pamela acordou com um fino fio de luz do amanhecer tingindo o teto de seu quarto, com as pernas entrelaçadas nas de Theo, com o corpo dele colado em suas costas e os braços em volta de sua cintura. Com a respiração quente, profunda e regular dele sobre seu ombro nu.

Ao contrário das outras noites que haviam passado juntos, dessa vez ele ficara.

Não só ficara, como também dormira.

Theo havia adormecido, e ela também, contente no invólucro protetor do abraço dele. A gratidão tomou conta dela, e algo mais também. Um reconhecimento agridoce de que seu amor por Theo não diminuíra seu amor por Bertie. Que podia amar os dois. Que Bertie desejaria que ela encontrasse a felicidade outra vez, não que se obrigasse a viver uma vida solitária pelo resto de seus dias.

Claro que não lhe passara despercebido que Theo não correspondia aos seus sentimentos. Mas ela esperava que, com o tempo, ele baixasse ainda mais a guarda. Ele já havia lhe mostrado suas cicatrizes. Fizeram amor sem uma única peça de roupa os isolando. E depois, ele adormecera na cama dela.

Por baixo das cobertas, ela passou delicadamente o dedo pelas cicatrizes do antebraço dele, sentindo as rugosidades e as partes lisas, os sulcos profundos que haviam sido causados por algo pontiagudo. Talvez uma lâmina ou um açoite. Seu coração se apertou só de pensar no terrível sofrimento que ele devia ter vivido.

O que teria acontecido com ele?

Teria se ferido em um incêndio, talvez? Um dos tios de Bertie se queimara quando criança e ficara com cicatrizes semelhantes no rosto. Mas, embora algumas cicatrizes fossem iguais às desse tio, outras eram diferentes. Os cortes profundos que seus dedos percorriam não haviam sido causados por chamas. Teria um teto desabado sobre ele? Acaso teria rastejado por um edifício em chamas e sofrido ferimentos horríveis ao tentar chegar a um lugar seguro?

Tantas perguntas giravam em sua mente... mas ela não as faria. Também não o pressionaria a revelar mais nada logo depois de ele ter mostrado a parte mais importante de todas: a si mesmo.

Theo se remexeu; ela soube que ele estava acordado pela mudança no corpo dele. Sua ereção grossa e rígida estava deslizando na fenda de seu traseiro. Mas o braço que a segurava, que ela tocava, se retesou. Ele procurou a mão dela, sossegando aqueles dedos errantes entrelaçando-os nos seus.

— Bom dia — murmurou Pamela baixinho, sem ousar se virar, para não quebrar o feitiço que parecia ter caído ao redor deles.

— Maldição — murmurou ele, sombrio. — Fiquei tempo demais.

— Ou não ficou tempo suficiente — rebateu ela, decidida a não permitir que ele desaparecesse com tanta pressa.

Pois temia que, da próxima vez que seus caminhos se cruzassem, mais uma vez ele estivesse frio e distante. Que ele lutasse contra o que estava acontecendo entre ambos. Que fingisse que não haviam dançado juntos à luz tênue das velas de seu quarto, como se não houvesse se despido diante dela e feito amor com ela até deixá-la lânguida e saciada. Como se ela não estivesse apaixonada por ele.

Ele beijou seu ombro nu, raspando-o com sua barba por fazer.

— Você sabe que tenho um dever a cumprir.

— Claro, e tenha certeza de que levo muito a sério o bem-estar de meu querido irmão. No entanto, sou egoísta. Seus homens não podem continuar sem você, só mais um quarto de hora?

— E correr o risco de ser visto saindo de seu quarto? — A voz dele retumbou em sua orelha, onde ele pousara os lábios.

Ele soltou a mão dela e a acariciou, descendo até o pulso em círculos lentos e enlouquecedores que a fizeram desejar que a tocasse em outro lugar.

Em todos os lugares.

Mas ele tinha razão. Estavam em um jogo perigoso, e quanto mais ele se demorasse, mais perto estaria a hora de a família despertar, e os criados se levantariam para cumprir suas tarefas nos quartos e cozinhas do andar de baixo, zumbindo como uma colmeia de abelhas. A Hunt House era imensa para os padrões das residências urbanas, e a verdadeira brigada de criados que cuidavam de seus aposentos dourados era proporcionalmente enorme. Muitos criados, muitas chances de ser visto... e de que fofocas nefastas se espalhassem.

— Eu gostaria de ter uma casa só minha — disse ela, melancólica.

Ela nunca desejara isso, nem precisara; até aquele momento. A morte de Bertie a deixara quase desamparada e sem a residência que antes havia sido deles: uma linda casa pertencente ao pai dele, o duque, que posteriormente passara a ser habitada pelo cruel cunhado de Pamela e sua esposa avarenta. Mas desde que deixara para trás sua bela casa e todas as suas lembranças agradáveis, nunca mais precisara de um lugar próprio. Ela estava satisfeita por ter companhia e não ficar sozinha.

— Por que não tem uma? — perguntou Theo, com o tom grave e agradável de um homem que acabara de acordar. — As viúvas de lordes ingleses normalmente não ficam bem amparadas?

— Lordes ingleses? — repetiu ela, agarrando-se a esse pequeno indício, que como o sotaque ocasional e outras características únicas, indicavam que ele era originário de outro lugar.

Algum lugar longe de Londres.

— Que outros tipos de lordes existem aqui? — perguntou ele, deliberadamente se fazendo de desentendido.

Quem é você? De onde provém? Como veio parar aqui?

Ah, como ela gostaria de poder fazer todas essas perguntas sem o afastar! Mas a paz para eles era muito nova, e acordar nos braços de Theo depois de ele lhe mostrar suas cicatrizes era uma dádiva maior do que ela poderia imaginar ser possível. Ela não ousava querer mais; ainda não.

— De vez em quando há alguns do exterior — respondeu ela. — Da realeza estrangeira, por exemplo, ou dignitários.

As carícias que subiam pelo braço de Pamela se detiveram, e ela sentiu que ele a apertava com mais força.

— É mesmo?

Algo o havia incomodado, mas o quê? Certamente ele não sentia ciúmes dos poucos membros da realeza que haviam visitado Londres no passado, a nenhum dos quais ela havia sido apresentada.

— Eu nunca os conheci, claro — apressou-se a acrescentar. — Mas ouço as fofocas e leio o *The Times*.

— Hmm — murmurou ele, retomando suas carícias lentas e enlouquecedoras.

Ele estava brincando com a parte interna do cotovelo dela. Pamela nunca gostara particularmente dessa parte de seu corpo, pois estava sempre colidindo com os batentes das portas, em uma completa falta de graça. No entanto, quando ele a tocava ali, um calor dominava seu ventre, como se estivesse acariciando seu sexo, e não uma parte ignorada e depreciada de sua anatomia.

Ah, o efeito que ele tinha sobre ela...

Seus mamilos enrijeceram.

Ele levou a boca ao pescoço dela.

— Diga-me outra vez — pediu ele, com os lábios na pele dela —, por que seu marido a deixou sem casa? Por que está aqui, sob o controle do seu irmão?

— Não estou sob o controle dele — negou ela, sentindo seu orgulho ferido. — Ridgely é um irmão generoso para mim.

Mais que generoso. Sim, eles haviam feito um acordo: Pamela seria tutora de Lady Virtue, a pupila dele, e em troca, Ridgely pagaria todas as compras da irmã. E muito generosamente. Mas o irmão não precisava lhe dar carta branca; deus sabia que ela havia desperdiçado uma pequena fortuna em suas compras. Antes disso, ela havia gastado quase toda sua pensão de viúva. Incontáveis chapéus, fitas, vestidos, leques e adornos, tudo para preencher o abismo que Bertie havia deixado em seu coração.

— Eu não quis sugerir o contrário — disse Theo para tranquilizá-la, já com os lábios em seu queixo. — Mas seu marido deveria tê-la deixado bem provida. Parece que não deixou.

— Ele fez o melhor que pôde — afirmou ela, sentindo que estava quase na defensiva, como sempre acontecia quando o assunto era Bertie; mas reprimiu esse impulso.

Mais uma vez, os dedos de Theo se detiveram.

— Você o protege mesmo depois de morto.

Foi uma observação, não um julgamento, pensou ela. Mesmo assim, por um momento, ela não sabia se ele estava ou não questionando sua lealdade. Ou se ela mesma se questionava. Seria possível amar dois homens ao mesmo tempo, um que já havia partido e outro que estava concretamente ali a abraçando, fazendo seu corpo arder? Seria errado ter amado um homem com todo seu ser e, mesmo assim, compreender seus defeitos?

Ela engoliu em seco, confusa quanto a suas emoções.

— Ele era um bom homem. Ele... ele jogava. Mal. Frivolamente. Certa vez, ele apostou sua valiosa carruagem e quatro cavalos puro-sangue em se choveria ou não na meia hora seguinte. Não preciso nem dizer que ele perdeu, pois apostou contra a chuva.

— Deus... — sussurrou Theo. — Ele não conhecia o clima de sua terra natal?

— Ele estava bêbado — disse ela, lembrando como havia ficado furiosa quando ele voltara para casa para dar a notícia, e o que acontecera depois...

Não, ela não pensaria naquilo agora. Era uma lembrança terrível que ela enterrara junto com Bertie.

Mas viera à tona, apesar de suas melhores intenções. E ela recordara.

Bertie estava no clube e voltara para casa contando que havia perdido um dos poucos bens de valor que ainda possuía. Mas rira, como se tudo houvesse sido uma grande brincadeira, e ela ficara furiosa. Havia sido um dos piores dias de sua vida. Pamela não sabia por que havia mencionado isso com Theo, pois tal lembrança fazia seu estômago revirar e lágrimas indesejadas surgirem em seus olhos.

— Sinto muito — disse Theo no silêncio que se instalou, trazendo-a de volta ao presente com um sobressalto. — Não tive a intenção de fazê-la sofrer.

Ela pestanejou furiosamente, evitando que as lágrimas rolassem por seu rosto e olhando para a luz do sol que ficava mais brilhante a cada segundo.

— Não precisa se desculpar. É uma lembrança infeliz, nada mais. Fiquei furiosa com ele, com tanta raiva que gritei. Eu… joguei um vaso cheio de flores, que se quebrou em pedaços. Fiquei muito chateada. E quando terminei de liberar minha fúria, prossegui com meu dia enquanto ele dormia. Eu havia acabado de voltar para minha carruagem depois de fazer uma visita a uma amiga quando comecei a me sentir muito mal. Sentia dores, e só mais tarde soube que estava grávida. Perdi o bebê, claro.

E nunca engravidara de novo.

E não sabia se conseguiria.

Theo estava calado atrás dela, e uma súbita onda de vergonha mesclada com tristeza dominou Pamela.

— Não sei por que lhe contei isso, perdão. Não deveria tê-lo feito, tudo isso é passado.

— Não — retorquiu ele com voz rouca, mas com ternura a fez deitar de costas e pairou sobre ela. — Não se desculpe. — Levou a mão calejada e quente ao rosto dela com reverência, acariciando-o com o polegar. — Obrigado por dividir comigo essa parte sua.

Ela sempre fazia o possível para não pensar naquele dia, naquela terrível perda. Como havia chorado pelo bebê! Não importava que a gestação estivesse em um estágio tão inicial que nem sabia estar grávida. E muito em breve, também teria que chorar por Bertie.

— Nunca contei isso a ninguém — admitiu. — A culpa foi minha por ter ficado tão nervosa.

— Não, meu amor. — Theo a beijou suavemente, com reverência, um beijo compassivo, não de sedução; fitou-a com seu olhar castanho. — A culpa não foi sua, não deve se culpar.

Mas ela se culpava. Quantas vezes se perguntara quão diferente teria sido sua vida de viúva se não houvesse ficado totalmente sozinha, se houvesse sido a mãe que sempre quisera ser?

As lágrimas rolavam quentes por seu rosto, ela não conseguia contê-las.

— Você deve me considerar uma idiota, chorando depois de tantos anos.

— Considero você muitas coisas — disse ele, beijando as lágrimas do rosto dela. — Forte, bonita, inteligente, ousada, altruísta. Mas não idiota. Sinto muito pelo filho que perdeu, pelo marido que perdeu, por sua tristeza. Gostaria de poder carregá-la em seu lugar; tirá-la de você, suspender todos os seus fardos.

Essas palavras a penetraram profundamente, até a medula. Porque ela sentia o mesmo em relação a ele. Se pudesse pegar toda a dor, todos os demônios do passado que ainda assombravam Theo e afugentá-los para longe, assim faria.

Ela apoiou as mãos em seus ombros largos, sentindo a pele nua de Theo tão quente e cheia de vida, e encontrou consolo na ternura e presença tranquilizadora dele, e suas lágrimas diminuíram.

— Agora, mostramos nossas cicatrizes um ao outro.

Ele lhe deu outro beijo casto.

— É verdade.

— O que acontecerá quando seu trabalho na Hunt House terminar? — perguntou ela, dando voz à dúvida que a afligia.

A expressão de Theo mudou, enrijeceu, e sua máscara reapareceu.

— Assumirei o trabalho seguinte.

— Minha pensão de viúva é pequena, mas talvez dê para uma casa no campo — arriscou ela.

— O que está sugerindo? — perguntou ele olhando-a nos olhos, com a mandíbula tensa.

De fato, o que ela *estava* sugerindo? Ele estava tão lindo à luz da manhã... Bonito, feroz, dela. Pamela queria nunca mais sair daquela cama. Estava falando com o coração, fazendo planos que nem sequer sabia se poderiam se concretizar.

Uma mecha de cabelo caíra descuidadamente sobre a testa dele. Ela a afastara com delicadeza; seu amor por ele batia forte e seguro em seu coração.

— Não quero que isto acabe — confessou.

— Pamela...

Ela conhecia aquele tom de voz dele; sabia o que significava.

— Você entrou em minha vida de uma forma inesperada — explicou. — Nunca pensei em amar outra vez, em querer uma vida com outro homem. Mas agora quero. Quero ficar com você.

A mandíbula de Theo se contraiu.

— Você abriria mão de tudo por mim? De seus vestidos elegantes, seus bailes, seus jantares, suas compras?

Acaso ele não acreditava que ela fosse capaz de tal sacrifício? Pois ela sabia que sim.

— Nada disso me faz feliz — disse ela com fervor. — Só você.

Algo na expressão dele mudou, endureceu.

— Eu a faço feliz?

Ela sorriu e passou os nós dos dedos na face áspera dele, na barba por fazer.

— Você não nota?

— Eu fiz você chorar há pouco — contrapôs Theo, obstinado.

— Não foi você quem me fez chorar. Você pensaria nisso, Theo? Pensaria em ir embora comigo para o campo? Poderíamos ser felizes lá, poderíamos ficar juntos.

— Preciso ir — murmurou ele. — O sol já está mais alto, e eu já me demorei demais.

Não era a resposta que ela queria, pela qual esperava desesperadamente. Ela engoliu em seco, decepcionada.

— Claro... não sei o que me deu na cabeça. Que tola sou, realmente.

— Marquesa — disse ele com severidade e urgência, tomando o rosto dela com as duas mãos e olhando-a nos olhos. — Não sei o que o futuro reserva para nenhum de nós dois, mas de uma coisa eu sei. Também amo você.

Essa declaração a surpreendeu. Por um momento, Pamela não conseguiu encontrar palavras para formar uma frase. Ele a amava!

Theo. Aquele homem estranho, frio e misterioso que a fizera ver que ainda tinha uma vida própria, que valia a pena ser vivida.

— Você me ama? — disse por fim.

— Como poderia não amar? — Outro beijo rápido e firme. — Mas justamente porque a amo, tenho que ir. Não quero ser causa de um escândalo para você.

Ela não queria que ele fosse embora, nem naquele momento, nem nunca, especialmente depois de ter dito que a amava. O que eles tinham, de repente, pareceu-lhe frágil e precioso, como se devesse protegê-lo com a própria vida. E ela não conseguia se livrar do medo de que, quando ele saísse daquele quarto, tudo mudaria.

Mas Pamela sabia que ele estava certo.

Eles ainda não haviam fugido para uma pequena cabana. Ainda estavam na Hunt House, cercados por criados. Ela já tinha a questão do escândalo de Virtue e Ridgely e das núpcias tão próximas para enfrentar. Sem contar o perigo para a vida de seu irmão.

Ela esperara quatro longos anos para encontrar a felicidade de novo; poderia esperar um pouco mais.

Beijou Theo outra vez.

— Se precisa mesmo...

— Devo.

Ele afastou a roupa de cama, deixando entrar o frio da manhã. Ela estremeceu, esperando que não fosse um presságio sobre o futuro deles.

Caso pudessem ter um futuro.

CAPÍTULO 16

A carruagem de Archer Tierney chegara à hora marcada e aguardava perto dos estábulos, atrás da Hunt House, com as cortinas bem fechadas para impedir a visão de seus ocupantes.

Stasia havia ido até ali a pedido de Theo.

Respirou fundo, pois sabia que precisava fazer aquilo, então Theo entrou na carruagem.

Não havia sol naquele dia. Na penumbra, notou que a irmã estava vestida de púrpura, a cor boritana, e tinha o brasão da mãe no pescoço outra vez.

— Irmão — cumprimentou Stasia calorosamente em boritano.

— Irmã — respondeu ele, solenemente.

A um comando dela, a carruagem entrou em movimento e saiu sacolejando por ruas familiares que ele logo não percorreria mais. A ideia de voltar à sua terra natal provocava nele uma terrível combinação de expectativa e pavor.

Porque isso significava que teria que deixar Pamela.

— Já tomou uma decisão? — perguntou Stasia, como se conseguisse ler os pensamentos dele, voltando à sua língua materna.

Ele não estava preparado para admitir isso ainda, para assumir o que significaria.

— Você parece familiarizada com as carruagens de Tierney — observou Theo, achando curioso aquilo.

Um leve sorriso surgiu nos lábios de Stasia.

— Ele é um homem inteligente.

— Inteligente demais, talvez — advertiu Theo.

— Gosto da companhia dele — admitiu ela, como se isso devesse anular as preocupações do irmão. — Não vou me desculpar por aproveitar toda oportunidade de escapar dos guardas e do olhar atento de nosso tio e usufruir de certa liberdade.

Theo se perguntava o que ela teria tido que suportar durante sua ausência de dez anos.

— Eu não quis sugerir que devesse se desculpar.

— Não precisa se preocupar, cumprirei meu dever para com o reino — garantiu ela, não sem um traço de amargura. — Eu sei o que devo fazer. A questão é se você fará o que deve.

Outra vez a pergunta. Ainda não estava pronto para responder, pois sua resposta mudaria tudo.

— Você não quer se casar com o rei Maximilian?

— Por que eu iria querer? — respondeu ela. — Mas a questão nunca é o que eu quero fazer nesta vida, e sim o que devo fazer. O que for melhor para a Boritânia.

Ele compreendeu o leve ressentimento que contaminava as palavras dela, pois ele próprio o sentia. Porque fazer o que era melhor para seu reino significava deixar para trás a única fonte de verdadeiro contentamento que ele conhecera desde seu exílio.

— Por isso tomei uma decisão — anunciou ele. — Durante muitos anos, estive revoltado demais pelo que aconteceu comigo e com nossa mãe para me preocupar com a Boritânia. Mas sabendo que nosso povo está sofrendo, e sabendo como você e nossas irmãs sofrerão sob o governo maligno de Gustavson, só há uma escolha para mim. Voltarei.

Um pouco da rigidez de Stasia desapareceu; seus ombros, já menos pesados, cederam de alívio. Por um momento, ela parecia muito mais jovem que seus vinte e cinco anos. Parecia a criança que ele recordava, e não a mulher estoica que havia se tornado.

— Louvado seja deus! — exclamou ela. — Você tomou a decisão certa, Theodoric, apesar de não parecer feliz por isso.

— Faz bem à minha alma ter decidido voltar, mas também representa um peso — confidenciou. — Eu me apaixonei por uma mulher, e odeio ter que deixá-la aqui.

— Ah — exprimiu Stasia, e conseguiu transmitir uma riqueza de significados com seu tom e seus olhos. — Quem é ela?

— A viúva marquesa de Deering.

Ele odiava se referir a ela pelo título. Teria preferido torná-la sua esposa, mas sabia que um casamento apressado não seria resposta para seus problemas. Theo não a vincularia a ele enquanto não tivesse certeza de seu destino e seu futuro.

Pamela havia passado por muito sofrimento e muitas perdas na vida, e ele não seria fonte de mais.

— Ela sabe quem você é? — perguntou Stasia com ternura.

Theo suspirou, pois os segredos que guardava de Pamela pesavam muito sobre ele.

— Ainda não.

Ele sabia que teria que se abrir. Ela merecia saber a verdade. Deus, ela merecia muito mais que isso! No entanto, era a única coisa que Theo poderia lhe dar; uma promessa de futuro estava além de suas possibilidades.

— Ela o ama, então?

A pergunta de Stasia interrompeu seus pensamentos inquietos.

— Sim, ama.

Ele não suportava pensar na dor excruciante que seria se despedir dela sem saber se voltaria.

— Quanto tempo ficará em Londres? — perguntou Theo. — Eu me alegraria se vocês se conhecessem.

Stasia fixou nele um olhar astuto que o fez recordar a mãe.

— Talvez seja melhor contar a ela quem você é antes de nos conhecermos. Ela é de confiança, não é?

— Eu confiaria minha vida a ela — respondeu ele, sem hesitar.

— Ela não pode saber dos detalhes do nosso plano, independentemente da confiança que tem nela — advertiu Stasia. — Gustavson tem olhos e ouvidos cúmplices em Londres prontos para levar a ele até a mínima informação. Se nossos planos chegarem a ele, seu retorno será em vão, e ela também poderá correr perigo.

A mente de Theo retornou à escuridão da masmorra em que ficara trancafiado, ao som de passos na pedra quando algum de seus algozes se aproximava: ao suor que gotejava de sua testa, às suas mãos úmidas... Seria capaz de enfrentar de novo aquilo que quase o matara tantos anos atrás?

Theo pensou em sua mãe, seu irmão, suas irmãs. Depois em seu povo, os orgulhosos boritanos que sofriam sob o governo cruel de Gustavson. Pensou em Pamela, no amor e na força dela.

E então, soube que conseguiria.

Soube que teria que conseguir.

— Não vou colocá-la em risco por nada, nem ao nosso plano. Gustavson já viveu tempo demais sem arcar com as consequências do que fez. Ele matou nossa mãe, está roubando nosso povo e merece morrer pelas minhas mãos.

— Eu o odeio demais por tudo que ele fez e tomou — sussurrou Stasia.
— Queria eu matá-lo. Queria que fosse eu a pessoa a livrar nossa terra daquela víbora impiedosa.

— Faremos isso juntos — disse ele, sério.

— Juntos — concordou ela, e o surpreendeu ao pegar sua mão com uma expressão feroz. — Sinto muito, Theodoric. Lamento não ter feito nada para evitar seu sofrimento, seus anos de exílio.

— A culpa não é sua, Stasia, você não passava de uma criança.

— Eu deveria ter feito algo para enfrentá-lo. — Lágrimas brilhavam em seus olhos. — Se tivesse feito, talvez nada disso houvesse acontecido.

— Não — negou ele, suavemente. — Você teria tido o mesmo destino que eu, ou talvez pior. Fico contente por ter sido eu aquele que foi levado à masmorra. Agradeço por ter sido eu o torturado, o que carrega as cicatrizes. Ele alguma vez já machucou você? Caso sim, conte-me agora, para que eu possa devolver a ele o mesmo sofrimento por que você passou, mas cem vezes pior. Não serei misericordioso.

— A dor que ele me infligiu foi de outro tipo — explicou Stasia. — Ele sempre foi cruel e controlador, mas sabia que poderia nos usar em seu benefício. Queria nos ver casadas para aumentar seu poder e sua fortuna, e não se atreveu a estragar suas chances nos torturando ou jogando-nos nas masmorras. — Ela sorriu com amargura. — Agradeço a deus por isso.

— E Reinald? — perguntou, apesar da dor que lhe causava. — Gustavson o machucou?

Doía muito pensar que o irmão havia sofrido como ele, imaginar o que poderia ter acontecido com Reinald.

— Não sei. Nunca fomos livres para falar abertamente com Reinald. Nesses anos todos, eu o vi muito pouco. Estava sempre se reunindo com o conselho ou com nosso tio e, muitas vezes, permanecia nos aposentos do rei por semanas a fio. — Ela fez uma pausa e sacudiu a cabeça, perturbada. — Sabendo o que sei agora, suspeito que Gustavson tenha feito algo para deixar Reinald doente. E, então, chegou um dia em que nosso irmão morreu e nosso tio se declarou rei.

A fúria de Theo cresceu pelas vidas que o tio destruíra com sua corrupção e ganância. E nas que ainda destruiria se não fosse arrancado do trono.

— Nós nos vingaremos — prometeu com firmeza. — Esse monstro será detido, mesmo que isso demande meu último suspiro.

— Rezo para que não exija seu último suspiro, irmão — disse Stasia. — A Boritânia precisa de você.

— Farei o possível para que não seja assim. Tenho muitas razões para viver.

Ele tinha Pamela agora. E faria tudo que estivesse ao seu alcance para voltar e buscá-la.

— Agora, diga-me o que deve ser feito.

E a conspiração começou de verdade enquanto a carruagem atravessava Londres.

Pamela observava a caligrafia masculina de Theo dando forma a seu nome no registro colocado diante dele. Estava prestes a revelar outro segredo: seu sobrenome. Mas ao contrário da última ocasião em que fizera uma revelação a Pamela, dessa vez, ele não tinha escolha.

Ridgely e Virtue se casaram em uma cerimônia pequena e apressada, com a presença de duas testemunhas apenas: Theo e Pamela. Seu irmão, de alguma forma, havia convencido Lady Virtue de que seria sensato casar-se com ele. Pamela não queria saber o que ele havia feito, pois conhecendo Ridgely como conhecia, tinha certeza de que envolvia algo escandaloso.

Mas ela mesma não poderia alegar ser inocente de todos os escândalos. Ela e Theo haviam passado os últimos dias fazendo amor quando e onde podiam. Na sala de música, na biblioteca, no quarto dela, no túnel que dava para os jardins, no quarto que havia sido temporariamente designado a ele... Como não falaram mais sobre o futuro, ela se contentara com escapar para se encontrar com ele e tê-lo perto de si até o amanhecer, quando inevitavelmente o idílio chegava ao fim.

Pamela não queria pressioná-lo. Ele já havia mostrado suas cicatrizes; o resto, ela tinha certeza de que chegaria, no devido tempo.

Impassível, com uma frieza que desmentia os abraços calorosos e beijos magistrais que trocava com Pamela, Theo deu um passo para o lado, permitindo a ela pegar a pena e assinar seu nome no registro.

Lá estava o nome de batismo completo dele: Theo St. George.

Ele tinha um sobrenome. E conhecido, aliás.

Conhecido por um bom motivo. Os jornais estavam cheios de reportagens sobre a visita de uma das princesas da Boritânia, Vossa Alteza Real Anastasia Augustina St. George. Mas certamente não poderia haver uma conexão entre eles...

Com um frio na barriga, Pamela mergulhou a pena no tinteiro e assinou seu nome no espaço designado.

Sua mente cogitava todas as possibilidades enquanto se desenrolavam as demais formalidades relativas ao casamento. Theo não poderia ser parente de Vossa Alteza Real, poderia? Claro que não. Ele lhe teria contado. Não teria?

A apreensão fez coagular a felicidade hesitante que sentia.

Ele tinha sotaque... ficara tenso quando ela mencionara a realeza estrangeira. E falava dos lordes ingleses como se fosse proveniente de outras terras.

Ela engoliu em seco.

Tudo ao seu redor começou a acontecer em câmera lenta, de forma confusa. Tinha vaga consciência de que Ridgely perguntava educadamente a Virtue o que ela desejava fazer após o café da manhã de casamento, e que a jovem respondia que desejava cavalgar em Rotten Row, apesar de não ser a melhor hora para isso.

— Estará conosco no café da manhã de casamento, não é, senhor? — perguntou Ridgely a Theo, e a atenção de Pamela se voltou para o homem que amava.

O homem que ela secretamente tomara como amante.

O homem cujos mistérios iam se desvendando, um a um.

Seu traje estava impecável, com seu plastrão escuro costumaz amarrado com um nó simples, uma camisa de linho branca engomada, que realçava seus cabelos escuros e olhos castanhos. O anel no dedo indicador dele chamava a atenção de Pamela. Ele o usava sempre. O que significaria?

— Tenho deveres a cumprir, Vossa Senhoria — recusou ele, educadamente.

E lá estava outra vez aquele resquício de um sotaque estrangeiro em sua voz de barítono suave e aveludada.

— Seus deveres podem esperar por mais ou menos uma hora — disse seu irmão, despreocupado. — Pamela mandou preparar um banquete para compensar sua decepção por não ter podido planejar uma imensa cerimônia, como teria preferido.

Era verdade que Pamela queria que Virtue e Ridgely tivessem um lindo casamento. Um casamento apropriado, e não um tão precipitado e tingido de escândalo como o que acabara de se celebrar. Mas a vontade de seu irmão prevalecera, e ali estavam eles.

Ela encontrou o olhar de Theo e sentiu o mesmo choque que sempre a percorria quando seus olhos se encontravam.

— Junte-se a nós no café da manhã de casamento, sr. St. George.

Se ouvi-la chamá-lo pelo sobrenome afetou Theo, ele não demonstrou. Mantinha a mesma expressão impassível que ela esperava.

— Por favor — implorou Virtue gentilmente. — Será um prazer tê-lo conosco.

Theo se curvou respeitosamente.

— Como quiser.

Ainda nenhuma mudança em seu semblante. Nada que sugerisse que as leves suspeitas que haviam surgido dentro dela pudessem ser verdadeiras. Mas elas continuaram crescendo enquanto aquele quarteto improvável se reunia na sala de jantar, à mesa do suntuoso café da manhã que ela havia planejado com a sra. Bell. Frutas de estufa provenientes de Ridgely Hall, bolos de mel e de ameixa, presunto de Bayonne, uma grande variedade de geleias, chocolate quente...

Nada disso lhe apetecia. Pamela estava feliz por seu irmão, claro, e esperava que ele encontrasse contentamento no casamento. Não muito tempo antes, ela não teria acreditado que fosse possível que ele se casasse com alguém, e muito menos com sua espirituosa pupila. Ele sempre afirmara, de maneira inflexível, que não desejava assumir tal responsabilidade.

Mas ela notava a leveza entre os dois. Via como Ridgely olhava para Virtue. Sem dúvida era o modo como um homem olhava para a mulher que amava. E Virtue também parecia feliz, apesar de sua raiva inicial de Ridgely e da recusa em se casar com ele.

O amor era capaz de operar uma estranha magia, pensou Pamela.

Seria essa mesma magia que a fizera não ver o que agora lhe parecia tão evidente: que Theo não era quem afirmava ser? E se ele fosse, de fato, membro da família real da Boritânia, o que isso significaria? Por que estava em Londres, ganhando a vida como guarda-costas?

— Você está calada, irmã — observou Ridgely. — Ainda está triste pelo casamento que poderia ter planejado?

Ele estava brincando, mas, por um momento, Pamela pensou em outro casamento. Um que provavelmente nunca aconteceria — entre ela e Theo. Acaso ele estava escondendo dela, apesar da intimidade que compartilhavam, sua verdadeira identidade?

Ela forçou um sorriso.

— De maneira alguma. Estou apenas chocada por você ter finalmente se casado. Achei que nunca se estabeleceria com uma esposa.

Ridgely sorriu com seu habitual estilo despreocupado.

— Acho que eu estava esperando encontrar a única mulher que pudesse me domar.

As faces de Virtue coraram, mas ela lançou um olhar malicioso ao marido.

— Eu o domei? Não creio que isso seja possível.

— Você me ensinou a acreditar no impossível, minha querida — disse Ridgely, com olhos apenas para sua nova duquesa.

Pamela reprimiu uma inconveniente onda de inveja.

Ela estava feliz por ambos, de verdade. A inveja latente era pela possibilidade de Ridgely e Virtue assumirem abertamente seu relacionamento, um luxo de que ela e Theo não usufruíam. Assim como não tinham a certeza da permanência de sua união. Ela nunca sabia se teria Theo para além da luz da manhã seguinte.

— E você me ensinou que preciso tomar muito cuidado quando decide que deseja alguma coisa — retrucou Virtue com ironia. — Sua persistência é incomparável.

— A persistência é a única maneira de cortejar e conquistar uma mulher — brincou ele, voltando-se para Theo. — Não concorda, sr. St. George?

Theo olhou para Pamela por um momento e ela sentiu seu rosto esquentar. Para disfarçar, ela deu uma mordida discreta no abacaxi.

— Não sei dizer, Vossa Senhoria — respondeu Theo de forma cortês.

— Ah, então não existe uma sra. St. George? — indagou Virtue.

— Não sou o tipo de homem com quem uma dama deveria se casar — retrucou Theo.

Pamela enrijeceu. Era a primeira vez que ela o ouvia falar de casamento, e suas palavras não eram um bom presságio para o futuro deles. Sem dúvida, era possível que ele pretendesse continuar sendo amante dela. Eles não haviam falado sobre permanência, simplesmente viviam os momentos furtivos. Grande parte dele ainda permanecia envolta em sigilo.

Mas não o nome dele.

Ela pensou de novo nas coincidências.

— Por que não? — perguntou Ridgely, curioso.

— É a natureza de minha ocupação, imagino — falou Theo baixinho.

— Eu entendo — concordou Ridgely. — Tierney nunca me contou onde o encontrou. Noto um sotaque estrangeiro em você.

Theo sorriu friamente; Pamela sabia que ele não revelaria nada a Ridgely.

— Um homem deve ter seus segredos.

E ninguém tinha mais segredos que Theo.

A dúvida e o pavor tomaram o ventre de Pamela, pesados como pedras. Ele havia dito que a amava, não? Mas e se amá-la não fosse suficiente para fazê-lo desejar algo mais?

— Você está surpreendentemente calada de novo, Pamela — repetiu Ridgely, lançando a ela um olhar desconfiado. — Depois de todas as broncas que me deu nessas últimas semanas, pensei que teria algo mais a dizer. Ou um tinteiro para atirar. Nem mesmo uma leve arenga?

Seu irmão não sabia o que seu temperamento lhe custara naquele dia longínquo. Referira-se ao incidente do tinteiro apenas como brincadeira, mas ela não pôde deixar de pensar no vaso despedaçado, nas flores arruinadas, na água por todo lado. E mais tarde, no sangue que escorria de seu corpo.

Por baixo da mesa, ela sentiu a mão de Theo subir até seu joelho, confortando-a.

Ele sabia.

Ele entendia.

Ela fez um esforço para sorrir para o irmão.

— Se quiser uma arenga, terei o maior prazer em lhe oferecer uma. Tenho certeza de que sua esposa encontraria inúmeras razões para isso. Não é verdade, Virtue?

Virtue retribuiu o sorriso, aliviada com a confirmação de que havia alguém do seu lado. Pamela lembrava como era ser recém-casada, tentando encontrar equilíbrio em um território estranho e assustador. Muitas vezes ela cambaleara. A família de Bertie nunca gostara dela e, quando ele morrera, muito se alegraram por poder lhe desejar boa sorte e mandá-la embora.

— Posso pensar em pelo menos meia dúzia de razões agora — gracejou Virtue.

Sua resposta rendeu uma risada encantada de Ridgely, e o restante do café da manhã de casamento correu em uma atmosfera mais leve.

Mas, mesmo assim, a mão de Theo permaneceu, um peso firme e reconfortante no joelho de Pamela por baixo da mesa.

CAPÍTULO 17

Ele a perderia.

Theo sabia disso; tinha essa horrível e dolorosa sensação que corroía suas entranhas.

O café da manhã em celebração ao casamento terminara quando o duque de Ridgely e sua duquesa se escusaram para se preparar para a cavalgada em Rotten Row. Theo providenciara para que dois de seus guardas seguissem o casal discretamente.

E então, fora em busca de Pamela.

Ela havia ficado consternada no café da manhã, e ele pensava que a razão não eram as provocações bem-humoradas de seu irmão, o duque. Theo suspeitava que parte do motivo era *ele*. E a recordação do aborto que sofrera, que ainda a assombrava. Mas havia algo mais que o incomodara durante todo o polido café da manhã e o cumprimento dos deveres dele no que dizia respeito à proteção do duque e a duquesa.

Theo tinha que contar a Pamela quem era realmente. Havia escondido isso dela por tempo demais, sem saber como confessá-lo. Mas cada dia que passava, mais se aproximava o anúncio do casamento de Stasia. Mais perto ficava o momento de ele voltar à Boritânia e enfrentar o tio.

Ela estava nos jardins, sentada no banco que costumava ocupar sempre que desenhava, sempre que precisava se distrair, como ele já sabia. Para Theo, perder-se nas tarefas sempre havia sido um excelente meio de espantar os demônios, mas para Pamela, eram as compras, a sociedade e o desenho.

Pamela lhe mostrara seus esboços, inclusive o que o representava, e mesmo se não estivesse perdidamente apaixonado por ela, teria visto seu inegável talento natural. Ela desenhava com o mesmo olhar que voltava ao mundo:

via o melhor em tudo e em todos e fazia até o mundano parecer majestoso, e o indigno, louvável.

Theo não fez nenhum esforço para esconder sua chegada; ao ouvir o som de suas botas no cascalho, ela afastou os olhos do desenho e abriu um leve sorriso.

— Você me encontrou — disse baixinho, como se ela soubesse que ele a encontraria.

— O que está desenhando? — perguntou ele, acomodando-se no banco ao lado de Pamela, tão perto que sua coxa roçou a dela sobre o vestido matutino que ela ainda usava.

— O duque e a duquesa — respondeu ela, abrindo seu caderno e estendendo-o para ele como uma oferenda.

E lá estava, de fato, o duque de Ridgely e sua esposa, trocando votos. Fora um momento sagrado, e ele não esperava que o afetasse tão profundamente como ocorreu. Também não estava preparado para o desejo que despertaria nele, a ideia de que, em um mundo perfeito, ele e Pamela se casariam. Mas o mundo estava longe de ser perfeito, e ele também.

Ele observou o desenho de Pamela, notando que ela capturara a intensidade da expressão do duque olhando para sua noiva.

— Você os representou muito bem, amor.

Como sempre, ela ignorou os elogios à sua habilidade.

— Acabei de começar. Com mais algumas horas de trabalho, talvez realmente pareçam eles.

— Já parecem eles — confirmou Theo com firmeza. — Você é muito talentosa, seus desenhos ganham vida, Pamela.

— Tenho um talento mediano — insistiu ela, humilde. — Mas é bom, pois sou uma absoluta abominação com bordados e aquarelas.

Ele odiava o fato de ela se recusar a reconhecer como era habilidosa. Era evidente que passara a vida toda vivendo para os outros, e não para si mesma, e ele também detestava isso.

Theo tomou o queixo de Pamela gentilmente, com o polegar e o indicador, para inclinar a cabeça dela em sua direção e ver aqueles olhos azuis sob a aba do chapéu elegante.

— Nada em você é mediano.

Ela abriu a boca, como se fosse protestar.

Mas ele levou os lábios aos dela, sufocando seu protesto. Apenas por um momento. E sentir os lábios dela nos seus, tão calorosos e receptivos, foi o paraíso. Um paraíso que ele não merecia. E, assim, recordou o motivo de ter ido procurá-la.

Interrompeu o beijo enquanto uma leve névoa começava a cair; o ar estava frio, o céu previsivelmente cinzento. Ele se perguntou se acaso ela não estaria com frio ali sozinha, desenhando. Pamela sempre cuidava de todos, menos de si mesma. Ele também havia notado isso.

— Preciso lhe contar uma coisa.

Ele se obrigou a pronunciar essas palavras tão dolorosas, que carregavam o medo de que o que ia dizer estragasse tudo que eles tinham.

Recordou a si mesmo que não era justo continuar com ela como se não tivesse planos de ir embora. Como se fosse ficar na Hunt House para sempre e pudessem continuar fazendo amor por todos os cantos sem que ninguém descobrisse. Ela merecia mais, muito mais do que ele poderia lhe dar. Mas podia ser honesto com ela, dar-lhe a verdade. Podia lhe dizer quem era.

— Você está muito sério — murmurou ela, franzindo a testa, tensa e preocupada. — Não sei se vou gostar de ouvir.

— E nem eu quero falar — confessou ele com o peito constrito e dolorido.

Pamela era como o sol nascendo depois de uma década de escuridão e ele não podia ficar com ela. Mas era ganancioso e egoísta, e queria dela o máximo que pudesse tirar, enquanto pudesse.

— Diga — sussurrou ela.

Theo respirou fundo, tomando coragem, e expirou devagar.

— Meu nome é Theodoric Augustus St. George, e já fui herdeiro do trono do reino da Boritânia.

Pronto, estava feito. O impossível fora dito em voz alta. Ele ficou esperando com um aperto no peito.

Sua confissão foi recebida com silêncio.

Pamela entreabriu os lábios. Em choque, supôs ele. Mas ela não disse nada.

Ele logo tentou preencher o silêncio, explicar tudo.

— Fui exilado por meu tio, Gustavson, que assumiu o trono após o desaparecimento de meu irmão mais novo, o rei Reinald — acrescentou.

— Meu deus — sussurrou ela por fim.

Theo não sabia o que ela estava sentindo. Se estava com raiva, perplexa ou magoada. Talvez um pouco de cada. Pamela estava sentada no banco fitando-o, pálida, e tão linda que doía olhar para ela. Devagar, ela fechou o caderno e o deixou no colo.

— Acredita em mim? — perguntou ele, pois também havia a possibilidade de ela o considerar um mentiroso.

Ele também não acreditaria se estivesse no lugar dela. Sua história era mais emaranhada e distorcida que as vinhas.

— Já suspeitava — murmurou Pamela. — Quando vi seu sobrenome esta manhã, lembrei-me do que li no *The Times* sobre a visita de uma princesa da Boritânia a Londres.

— Stasia é minha irmã — admitiu.

— Seu sotaque, seus segredos, suas cicatrizes. Meu deus, suas cicatrizes, Theo! O que as causou? Vai me contar agora?

Ele não queria contar.

Não queria falar nisso… não queria todo aquele horror entre eles. Mas Pamela perguntou, e ele já havia mentido para ela por tempo demais.

Ele esfregou o rosto.

— Os capatazes de meu tio. Fui mantido durante semanas em cativeiro em uma masmorra antes do exílio, e torturado lentamente. Eu era chicoteado, espancado, cortado e queimado em uma base diária, em quase todas as partes do corpo, exceto nos locais considerados sagrados, pois nem mesmo meu tio amaldiçoaria a própria alma enfurecendo os deuses que venera. Foi somente pela graça de meu irmão Reinald que fui autorizado a sair e ir direto a um navio que zarpou para a Inglaterra. Se eu voltar à minha terra natal, o castigo será a morte.

Ela arfou, como se ele a houvesse machucado fisicamente, e levou a mão ao coração.

— Por quê? Por que fizeram isso com você?

Ah, por tantos motivos… mas todos se resumiam à ganância.

Theo havia começado a falar, e agora queria terminar.

— Meu pai estava em seu leito de morte — relatou em voz baixa. — Éramos dois herdeiros vivos para assumir a coroa, Reinald e eu; mas meu tio Gustavson queria o trono para si. Meu pai não estava muito lúcido no final; teria concordado com qualquer coisa, e eu estava… — Suas palavras foram sumindo, pois as emoções antigas guardadas por tanto tempo comprimiam sua garganta. — Não estive presente nas últimas horas dele, e lamentarei isso para sempre. Não só pelo que aconteceu depois, mas porque deveria estar ali, ao lado dele. Eu era filho dele e o amava. Mas tinha tanto medo de perdê-lo que não suportava ir a seus aposentos.

A emoção o fez calar.

— Theo. — Pamela pousou a mão no braço dele. — Não precisa explicar nada.

— Mas eu quero. Quero que você saiba.

Theo suspirou para recobrar as forças, e então, sua história surgiu em sua mente como um espectro virulento, e ele voltou dez anos no tempo, para quando um príncipe de vinte anos que nunca havia assumido uma única responsabilidade de repente enfrentava a perda do pai e a possibilidade de se tornar soberano de um reino.

— Meu tio aproveitou a oportunidade; trancou-se nos aposentos de meu pai e inventou uma história de traição de minha mãe, alegando que ela havia envenenado o rei. Então, surgiu um decreto real, assinado por meu pai, exigindo que todos os filhos de sua linhagem repudiassem minha mãe e exigissem sua cabeça.

— Não! — exclamou ela, como se não suportasse ouvir o restante, já antecipando o que viria.

Ele se obrigou a continuar.

— Eu era o mais velho; tinha vinte anos. Recusei-me a repudiar minha mãe e a exigir sua execução. Eu sabia que era tudo mentira e que Gustavson havia usado a doença de meu pai para tomar o poder que tanto queria. Os outros eram mais jovens. Reinald tinha treze anos, Stasia quinze, nossas irmãs Annalise e Emmaline apenas dez anos. Eles só entenderam o que estavam assinando quando já era tarde demais. Fui levado para as masmorras, pois não assinei a sentença de morte de minha mãe. E por mais que tenha sido torturado, eu me recusei a repudiá-la.

— Theo…

Lágrimas escorriam pelo rosto de Pamela; ela nem tentava enxugá-las ou fingir que não estavam lá, como normalmente fazia. Simplesmente chorava.

Por Theo.

Pela mãe dele.

Pelos irmãos, que eram jovens e ingênuos demais para compreender.

Deus, como Theo amava aquela mulher! Mais do que ele jamais imaginara ser possível.

— Não chore por mim, meu amor — disse, tomando-a nos braços, sentindo o amor por ela queimar nas profundezas de sua alma com mais força do que ele poderia imaginar. — Eu sobrevivi.

— Mas sua mãe… — sussurrou Pamela, com voz trêmula.

Theo encostou o rosto no de Pamela, absorvendo seu calor, sua força.

— Ela foi executada por meu tio enquanto eu estava preso.

Um soluço sacudiu o corpo de Pamela.

Ela tremia muito. Theo a puxou para si e a abraçou com força.

— O que... que aconteceu depois? — perguntou.

— Meu irmão Reinald se tornou rei quando me recusei a repudiar minha mãe. Ele me libertou, mas fui banido, e, se voltasse à Boritânia, a pena seria a morte. Fui levado a um navio, sangrando e quase morto, e desembarquei na Inglaterra.

— Seu próprio irmão... Como ele pôde fazer isso com você?

Theo sacudiu a cabeça, pois havia perdoado Reinald pelo papel que desempenhara no que acontecera com ele e a mãe deles.

— Ele tinha apenas treze anos e estava sob a influência de meu tio. Na verdade, não tinha escolha. Eu não o culpo pelo que aconteceu; a culpa recai exclusivamente sobre os ombros de Gustavson. Sua sede de poder o levou a trair os filhos e a esposa do irmão. No fim, as ações de Reinald protegeram nossas irmãs.

Mas, uma vez que Reinald estava desaparecido, suas irmãs já não tinham assegurado seu lugar na corte. Theo andara pensando em tudo desde que Stasia o procurara com seu plano. O único valor de suas irmãs para Gustavson era como mercadoria, para casá-las com reis estrangeiros e aumentar sua influência. Se elas o desafiassem, é provável que teriam de enfrentar o mesmo destino que Theo enfrentara na masmorra. Ou pior.

E ele não suportaria isso. Gustavson tinha que ser detido.

— Você foi muito mais indulgente do que eu seria em seu lugar — afirmou Pamela.

— Eu não perdoei meu tio. Jamais o perdoarei. E ninguém de minha família estará seguro enquanto ele não morrer.

Ao ouvir suas próprias palavras, Theo as reconheceu como verdadeiras.

Ele passara os últimos dias totalmente apaixonado por Pamela, tentando encontrar uma maneira de evitar o inevitável. Mas com súbita e dolorosa clareza, compreendera que não havia nenhuma; teria que voltar à Boritânia. E, ao fazer isso, teria que deixar Pamela.

Como sempre, Pamela compreendeu o que não havia sido dito.

A chuva começou a cair forte, mas Theo não sentia o choque das gotas frias permeando seu casaco. Tudo que existia para ele era o rosto dela.

A expressão de Pamela era de choque.

— O que está evitando me dizer?

Sempre tão inteligente! Theo não sabia como, mas ela o conhecia melhor que ele mesmo.

Ele engoliu em seco.

— Reinald desapareceu, e, com Gustavson no poder, minhas irmãs estão em perigo. Eu estou em perigo. Por deus, você pode estar em perigo pelo simples fato de me conhecer. Meu tio sabe que estou em Londres; foi assim que minha irmã conseguiu me encontrar aqui. Ela me contou em que estado se encontra a Boritânia, contou que Gustavson está pilhando as terras e o povo. Se eu não voltar, minhas irmãs poderão ter o mesmo destino que minha mãe e meu irmão.

— Voltar? — repetiu Pamela, horrorizada. — Mas você disse que será morto se voltar!

Ele assentiu; sentia-se como em todos aqueles dias que passara na masmorra enfrentando sua dose diária de tortura: mortal. Simplesmente mortal. O arrogante príncipe que se dedicara ao hedonismo na corte se humilhava e encarava o inegável fato de que era tão humano, tão capaz de enfrentar a morte, quanto todos os seus súditos.

— Stasia está disposta a revogar meu exílio. Pelas antigas leis, qualquer pessoa de sangue real pode revogá-lo — explicou.

— Mas e seu tio? Ele mesmo não mataria você, ou mandaria prendê-lo e jogá-lo na masmorra de novo?

Ele sustentou o olhar de Pamela, rezando para que ela não o detestasse pelo que tinha que fazer.

— Não tenho escolha, meu amor. Preciso retornar e enfrentá-lo, e espero vencê-lo. Senão… — Theo se calou, pois ambos sabiam o que significaria se ele fracassasse: a morte certa. — Senão, pelo menos terei tentado. Tenho o dever de tentar, por meu reino e por minhas irmãs, e para vingar minha mãe.

As faces de Pamela estavam úmidas, mas não por causa da chuva.

Ah, como ele odiava ser a fonte da tristeza dela! Odiava-se por ser a razão dos soluços que chacoalhavam seu corpo.

— Vou sentir muito sua falta — disse ela com determinação agonizante. — A cada momento de cada dia.

Não havia mais nada a dizer; Theo a pegou nos braços e a abraçou com força enquanto a chuva açoitava os dois.

CAPÍTULO 18

Pamela viu o leque que havia sido deixado em seu quarto, na mesa ao lado da cama, e o abriu, a fim de ver a cena pintada nele.

Era o mesmo leque que ela havia admirado mais cedo, quando saíra para fazer compras com Virtue, em uma tentativa desesperada de se distrair e não pensar no fato de que estava apaixonada por um príncipe exilado que pretendia voltar a seu país para uma morte quase certa.

Ela não havia comprado o leque. Mas Theo a observara, pois as acompanhara. E o comprara para ela. Pamela sabia disso sem precisar perguntar, assim como sabia que ele havia entrado furtivamente em seu quarto para deixar-lhe o presente. Assim como sabia que ele logo a deixaria.

Não tinham muito tempo, como ele havia explicado. O noivado de sua irmã Stasia seria anunciado e eles teriam que agir antes disso. Mas os guardas do tio estavam vigiando Stasia e Theo, de modo que quando ele decidisse partir, seria sem aviso prévio. No meio da noite. Ele se recusara a contar mais sobre seus planos por medo de que ela fosse usada como um peão por seu tio.

E assim, passavam os dias como estranhos e as noites como amantes. Durante o dia, ele era o guarda de rosto impassível e olhos frios que vigiava a Hunt House. À noite, era o amante doce que levava paixão e amor outra vez ao coração de Pamela. E um dia, em breve, seria apenas uma lembrança.

Theo iria embora.

E ela ficaria sozinha de novo.

Ela fechou o leque e o deixou na mesa com a mão trêmula. Era seu presente de despedida, então? Um sinal de que ele estava se preparando para partir? Ela precisava saber, embora, supostamente, devesse estar se vestindo para o baile de Torrington. Iriam Pamela, Virtue e Ridgely, e seria a primeira vez que o casal apareceria junto como marido e mulher. Esperavam amenizar o impacto das fofocas em torno das núpcias apressadas.

Contudo, a última coisa que Pamela queria era ir àquele baile.

Mas ela amava o irmão, amava Virtue e faria isso por eles. Colocaria um sorriso no rosto e, com o leque que Theo lhe dera, fingiria que seu mundo não estava prestes a desmoronar. Nos últimos quatro anos, ela havia se aperfeiçoado na arte de fingir. E naquele momento, era uma habilidade exigida outra vez.

Pamela saiu de seu quarto em busca dele.

Não demorou muito para encontrá-lo. Ele estava no corredor, em frente à biblioteca. Sustentando o olhar dele, ela entrou na grande sala de dois andares com sua parede de livros. Theo a seguiu, trancando a porta atrás de si.

Ela atravessou o tapete como se fosse uma bala de canhão e se lançou sobre Theo. Ele a abraçou pela cintura e enterrou o rosto no pescoço dela.

As lágrimas faziam os olhos de Pamela arderem, mas ela fez o possível para reprimi-las. Ele era todo calor, força, solidez, com seu familiar e amado aroma de frutas cítricas e sabonete, que provocava seus sentidos. Ele era tão vital, tão vivo!

Tão dela.

— Obrigada pelo leque — murmurou, levando os lábios aos cabelos dele, tão sedosos, escuros e macios que ela não pôde deixar de esfregar seu rosto neles.

— Foi só um presentinho — disse ele, passando os lábios pelo pescoço dela. — Nada perto do que desejo lhe dar.

Ainda era impossível acreditar que aquele homem lindo e orgulhoso era um príncipe que havia sido despojado de seu título, de seu lar e de tudo que era seu por direito. Que fora forçado a obter seu ganha-pão em Londres como mercenário. E embora Pamela soubesse que os recursos dele eram modestos, ele gastara uma pequena fortuna em um presente para ela.

— Não precisa me dar nada — disse. — Deve economizar seu dinheiro, precisará dele em breve.

Sua voz falhou ao pronunciar a última palavra, apesar do esforço de tentar disfarçar.

— Você o estava admirando. Queria que tivesse algo lindo para se lembrar de mim, caso eu não possa voltar.

Caso não possa voltar... Pamela não queria pensar nas implicações destas palavras: que nunca mais o veria, que ele jamais voltaria para ela.

— Não preciso de um leque para isso — sussurrou Pamela, com a voz cheia de emoção contida. — Nunca poderia esquecer você, Theo.

— Você deveria estar se vestindo para o baile desta noite, não?

Mas ele não a soltou, nem ela a ele. Ficaram ali abraçados, no silêncio da biblioteca, como se fosse uma despedida. E talvez fosse, pensou Pamela, triste.

— Será esta noite? — perguntou ela, mesmo sabendo que não devia.

Sabia que ele não lhe contaria.

— Quanto menos você souber, melhor, amor.

Havia advertência em seu tom, mas também ternura. Ela queria acreditar que ele a avisaria de alguma maneira, que saberia qual dos seus encontros secretos seria o último. Mas não o pressionaria. Ela entendia a extensão do perigo que o cercava e não seria a razão de qualquer mal que pudesse lhe acontecer. Theo já havia sofrido inimaginavelmente.

— Rezo para que vá em segurança, seja quando for — disse ela. — Gostaria de ter algo para lhe dar também, para você se lembrar de mim.

— Eu nunca a esquecerei. — Ele levantou a cabeça e a fitou com uma intensidade crua, amor explícito, provocando um aperto no coração dela. — E assim que puder, juro que voltarei para buscá-la.

Essa promessa aqueceu o coração de Pamela, mesmo sabendo que seria quase impossível. Mesmo que derrotasse o tio e sobrevivesse, ele era um príncipe. Ela era uma marquesa viúva, com uma pensão que não era suficiente nem para sustentar a si mesma. Eram de mundos muito diferentes. O fato de haverem acabado juntos era um milagre, que ela guardaria para sempre.

Mas ela não se enganaria pensando que Theo voltaria depois de ir embora.

— Não precisa me fazer promessas as quais não será capaz de cumprir — disse ela baixinho. — Você é um príncipe, e eu, uma viúva. Se derrotar seu tio, é provável que tenha de se casar com alguém que seja conveniente para seu reino.

— Quando eu o derrotar — retorquiu ele com firmeza —, vou me casar com quem eu quiser. Vou me casar com a mulher que amo. *Você.*

Ah, seu coração tolo e ingênuo! Ela queria acreditar que esse futuro era possível; desejava isso com todas as suas forças. Mas sua mente, com toda sua racionalidade, conhecia a desesperança das circunstâncias. De qualquer maneira, ela o amava, tanto que era como uma dor física.

Pamela pestanejou; seus olhos ardiam.

— Não sou rainha, Theo.

— Você é *minha* rainha — disse ele, com uma urgência nova na voz. — Você é a rainha de meu coração e, se deus quiser, será a rainha de meu povo. Você é a única mulher que quero ter ao meu lado.

— Theo — protestou ela, pois ele falava de um futuro impossível.

Mas ele a calou com os lábios, com um beijo lento e doce, que ela queria que durasse eternamente. Pamela retribuiu o beijo, tentando não ceder às lágrimas que ameaçavam cair pelo medo de que Theo fosse capturado e morto no instante em que voltasse à sua terra natal.

Em seguida, ele a fitou, segurando seu rosto entre as mãos.

— Você vai me esperar?

Ele estava lindo, com uma expressão severa e séria, que ela não hesitava em contemplar. Sua promessa saiu com facilidade.

— Esperarei você para sempre. — Ela inclinou a cabeça e beijou a palma quente da mão dele. — Amo você.

— Eu lhe prometeria mais — garantiu ele, com a voz rouca de emoção —, mas não me atrevo, enquanto não tiver certeza.

Pamela estava arrasada. Jamais esperara sentir de novo algo tão profundo e tão diferente do que sentira com Bertie. De repente, sentiu que antes havia sido muito jovem, mas que já não era capaz de ser a mesma garota frívola. O tempo, a perda e a dor a transformaram na mulher que era, uma mulher que podia viver e amar outra vez. Theo havia lhe mostrado isso, e lhe mostrara como voltar a ser ela mesma.

Uma lágrima teimosa finalmente se libertou, escorrendo por sua face.

— Não quero promessas — afirmou ela. — Só quero você.

— Eu sou seu — disse ele. — Para sempre.

Como seria bom, pensou Pamela enquanto ele beijava sua face, onde a lágrima de tristeza havia molhado. Mas ela aceitaria o que ele pudesse lhe dar e usufruiria de cada momento que restasse, e os guardaria em seu coração tão profundamente que as recordações jamais desapareceriam.

— Antes de ir, prometa que vai me beijar uma última vez — implorou ela, já com seu orgulho esmagado e reduzido a pó sob o peso das emoções.

— Prometo, amor. — Ele lhe beijou a têmpora, descendo a mão para sua cintura. — Quanto tempo tem antes de ter que ir se vestir para o baile?

Ao ouvir essa pergunta, um calor se espalhou pelo ventre de Pamela; um anseio já conhecido.

— Tempo suficiente — respondeu ela, e pegou a mão dele para conduzi-lo até uma chaise longue.

Tempo suficiente, dissera Pamela. Mas essas palavras estavam erradas; para Theo, nunca seria suficiente o tempo com ela. E cada tique-taque do relógio o fazia recordar que o tempo que tinham estava acabando.

Ele partiria ao amanhecer do dia seguinte. Stasia mandara avisar que tudo estava preparado. O momento que ele temia estava quase chegando. Mas não pensaria nisso agora; aproveitaria ao máximo o tempo que lhe restava com Pamela.

Theo cobriu o corpo dela com o seu na chaise longue, deleitando-se com a suavidade e maleabilidade de suas curvas femininas. Pamela fora feita para ele. Feita para amar. Como suportaria deixá-la pela manhã? Com ela sob seu corpo, com os lábios colados tão deliciosamente nos seus, ele não sabia se conseguiria.

Ele beijou seu pescoço, sua orelha, o queixo e então apoiou-se em um dos braços para poder vê-la. Não tinham tempo suficiente para se despir, de modo que ele se contentou em puxar o corpete de seu vestido vespertino para baixo, revelando um seio cheio, macio, com o mamilo rosado e rijo. Pegou-o com mão trêmula, acariciando o bico com o polegar até que ela suspirou e se arqueou.

Theo a beijaria centenas de vezes antes de partir; jurou isso a si mesmo enquanto descia a cabeça e passava os lábios sobre o mamilo, deliciando-se com a maneira como ela estremecia, com a inalação profunda, com a mão que ela pousou no ombro dele e a outra nos cabelos, onde enroscou seus dedos, incitando-o a continuar.

Tomado por uma febre incontrolável, ele revelou o outro seio, liberando-o das refinadas restrições. Levou a língua ao mamilo, demorando-se ali, lambendo-o em círculos, até deixá-lo rígido.

— Por favor — sussurrou ela.

Theo sabia o que ela queria. Passou os lábios pelo bico e chupou, e com a mão livre, pegou um punhado de anáguas e saias e as subiu, revelando suas lindas pernas. Sabia que poderia se deleitar em cada centímetro de sua carne suave e rosada, lambendo, beijando e deliciando-se, sem nunca se fartar.

— Você é linda. Quero saborear você enquanto ainda posso.

Os dedos dela nos cabelos de Theo relaxaram; sentiu Pamela se tensionar embaixo dele ao tê-la feito recordar que logo não teria escolha a não ser deixá-la. Para dissipar a dor de ambos, ele a beijou entre os seios e levantou as saias até a cintura dela. Ela abriu as pernas, revelando uma pele rosada e brilhosa, macia e quente e feita para ele tanto quanto o restante de seu corpo.

Como ele desejava colocar-se de joelhos, ou ter tempo para devorá-la na cama! Mas a chaise longue não permitia que ele a agradasse plenamente como desejava. Porém, mais tarde, ele compensaria isso.

— Quero tocar você — murmurou ela, descendo a mão do ombro ao peito e abdômen dele.

Roçou com os dedos a ereção rígida, passando a mão nela por cima da calça, e ele soltou um suspiro, sentindo o fogo crescer.

— Abra minha calça — ordenou ele com voz rouca, pois precisava senti-la sem a indesejada barreira de tecido.

Ela não hesitou, estimulada pela mesma necessidade frenética e desesperada que ele. Abriu depressa os botões da vestimenta e, soltando um suspiro, agarrou-o, acariciando-o com firmeza.

— Quero você dentro de mim.

Ele *precisava* estar dentro dela, enterrar-se profundamente e esquecer tudo e todos. Mas suas pernas eram muito compridas, e, como teria que se apoiar em um braço, não conseguiria segurar suas saias e lhe proporcionar prazer ao mesmo tempo.

A maldita chaise longue da biblioteca não estava se mostrando tão prestativa quanto da última vez que a haviam usado. Ele tentava alinhar seu corpo com o dela e dar a ambos o que queriam, mas não conseguia encontrar uma posição confortável.

— Sou grande demais para estes móveis — murmurou, mas teve uma ideia. — Vamos tentar de outra maneira.

Ela fez outra carícia enlouquecedora no pau dele, quase o levando a gozar em sua mão.

— Mas preciso de você agora, Theo.

Ele cerrou os dentes, tentando controlar a enorme onda de desejo que lhe percorria, tão ávido quanto o dela.

— Vou lhe mostrar.

Com cuidado, Theo se sentou na chaise longue, colocando-a sentada sobre ele, com um joelho apoiado de cada lado do corpo dele, montando-o. Ele a segurou pela cintura para impedir que caísse no tapete.

Gemendo baixinho, ela se esfregou nele, cobrindo-o com sua umidade.

Paraíso. Senti-la era como estar no Paraíso. Não, melhor ainda: era a perfeição. Ela era a luz do sol cintilando sobre as ondas do oceano, o aroma do ar salobre. Era linda e poderosa como o mar. E ele estava perdido nela, arrastado pela maré para longe da costa.

Theo tentou recordar o homem que havia sido antes, o hábil sedutor que conquistara mais mulheres do que conseguia se lembrar. Mas com Pamela montada nele e seus seios luxuriosos na altura de seu rosto, ele não conseguia se lembrar de uma única maneira de cortejá-la, agradá-la ou seduzi-la. Não haveria artifício, lentidão nem gentileza naquela noite. Ele estava louco de desejo por ela, e no dia seguinte ele a perderia.

Talvez para sempre. Aquelas horas fugazes eram tudo que lhes restava.

— Coloque-me dentro de você — grunhiu ele.

E, mais uma vez, a mão dela estava em seu membro duro; mas em vez de acariciá-lo da base à ponta, ela o levou ao calor convidativo de sua boceta. Pressionou-o até tê-lo por inteiro dentro dela, e ela estava tão quente e enchar-cada, que ele pensou que talvez morresse antes de retornar à Boritânia. Quem sabe morresse de puro prazer; pouparia seu tio do trabalho de tentar acabar com ele pela segunda vez.

Ela o acolheu dentro de si, molhada e maravilhosa como sempre, envol-vendo Theo tão profundamente que ele quase se desmanchou. Ela gemia enquanto se movia, enlouquecendo-o de prazer.

Ah, deus. Durante segundos, minutos, talvez mais, Theo não conseguia se lembrar de uma única palavra. As paredes internas dela apertavam seu pau e nada parecia mais certo. O êxtase quase o fazia delirar. O rosto de Pamela estava rosado, suas pupilas — dois discos de obsidiana —, dilatadas e vidradas. E seus lábios, entreabertos.

— Theo… — sussurrou ela.

— Cavalgue — murmurou ele, tocando-a em todos os lugares que podia.

Seios, mamilos, pescoço macio, cabelos, que ainda estavam presos, até que com seus dedos ele desfez o coque cuidadoso que a criada dela havia feito, e os grampos caíram no tapete.

Queria vê-la desmanchando-se como ele.

Acaso havia trancado a porta da biblioteca? Theo não conseguia se lembrar, mas não estava em condições de atravessar a sala e fazer isso agora. Chupou um mamilo, deleitando-se com o suspiro ofegante de Pamela, as costas arqueadas e a resposta do corpo dela. Ela se movimentava entorpecida, empalando-se nele, subindo, descendo e o enterrando fundo.

A umidade dela escorria por seu pau, provavelmente manchando suas calças. Teria que se trocar quando pudesse voltar a seu quarto. Mas não tinha a menor importância. Não havia nada nem ninguém mais no mundo além daquela mulher, que tomava os lábios dele enquanto se movia em um ritmo que os levava à loucura. Ele levou a mão ao clitórios inchado e começou a brincar com ele enquanto Pamela cavalgava, e sufocou o gemido dela com um beijo.

Tantas palavras que queria dizer enchiam a cabeça, a mente e o coração de Theo. Palavras bonitas, floridas, promessas que pretendia cumprir. Mas no final, abraçou-a com força, acompanhando o ritmo dela, sem deixar de beijá-la. Ela gozou com um grito estrangulado, e ele perdeu o controle, movendo-se e perdendo-se dentro dela, enquanto a sentia pulsar com um desejo tão frenético, que não podia fazer nada além de lhe dar tudo. Tudo dele. Ele deu uma última estocada e a encheu com sua semente antes de retirar-se, como deveria ter feito.

— Amo você — sussurrou em boritano, pois não era mais capaz de usar nenhuma outra língua.

Seu coração era dela.

E um dia, se deus quisesse, seu trono também seria.

CAPÍTULO 19

Pamela sonhava com lábios que a beijavam. Lábios magistrais e habilidosos. Lábios que ela conhecia muito bem, que pertenciam ao homem que amava. Ele fora ao quarto dela tarde, depois que ela voltara do baile de Torrington, onde Virtue fizera seu *début* — com certo tumulto — como duquesa de Ridgely. Fizeram amor uma vez com pressa e uma segunda vez devagar, saboreando-se, impregnados de tristeza e ternura.

Os beijos se prolongavam, encontrando ambos os cantos de sua boca, seu queixo, sua orelha… e ela se deu conta de que eram reais. Não estava dormindo nem sonhando.

Abriu os olhos para um mundo ensombrado; Theo acariciava seus cabelos como se ela fosse tão frágil quanto o mais fino cristal. Ela levou a mão ao rosto dele e sentiu a umidade se espalhar por sua palma junto com as cerdas ásperas de sua barba, e então, soube.

Ele estava indo embora.

O dia que ela temia havia chegado.

Estava vestido, sentado na beira da cama, como fazia sempre antes de sair do quarto, antes que os criados acordassem. Mas sua postura era diferente; seus ombros estavam rígidos. Ele exalou um suspiro forte e tempestuoso.

— É hoje, então? — sussurrou Pamela com a voz trêmula e o coração partido.

— Você tem minha promessa solene de que farei tudo ao meu alcance para voltar — murmurou ele, em vez de lhe dar uma resposta direta.

Ela sabia que ele pretendia cumprir suas promessas, mas também que provavelmente o destino faria com que fossem quebradas. O tio de Theo era um homem vil, cruel e poderoso, e assumira o trono da Boritânia, com todas as suas riquezas e os privilégios. Theo era apenas um homem, independentemente de ser o rei legítimo. Não tinha um exército consigo. E o perigo que ele enfrentaria aterrorizava Pamela.

E esse medo por ele lhe comprimia a garganta, ameaçando sufocá-la.

— Estou preocupada com você — disse, abafando um soluço. — Depois de tudo que passou nas mãos daquele homem mau…

— Shhh. — Ele pousou os lábios nos dela. — Sou mais velho agora, mais sábio, mais forte. Muitos outros me apoiam e, juntos, triunfaremos sobre o mal. O bem vencerá.

Mas o bem não havia vencido antes, nem ainda, e por isso Theo havia ido à Inglaterra, a Londres. O mal o deixara com cicatrizes, frio, amargurado e furioso. O mal matara sua mãe, destruíra sua família e roubara seu direito de primogenitura.

Era surpreendente que ele pudesse sentir tanta ternura por ela. Que a amasse tão desinteressadamente, visto que o mundo só lhe mostrara uma crueldade insensível.

As lágrimas transbordaram, deixando marcas quentes no rosto dela.

— Por favor, tome cuidado, meu amor.

— Pode deixar. — Ele a beijou de novo, devagar, demoradamente. — E voltarei para fazer de você minha rainha.

Ela teria rido dessas palavras não muito tempo antes, pois pareciam impossíveis. No entanto, passara a conhecê-lo bem no tempo em que passaram juntos. Já o conhecia por fora e por dentro e sabia que ele acreditava nas palavras que pronunciava, nos votos que fazia. Sabia que ele a amava e que pretendia voltar para buscá-la.

Porém, ela também sabia que se, por algum golpe de sorte, ele fosse capaz de recuperar o trono, não seria dono de sua vida. E casar-se com uma viúva sem filhos e possivelmente estéril não seria o procedimento adequado para um governante que pretendia assegurar seu reino. Tal compreensão pulsava em seu coração: se ele milagrosamente sobrevivesse e seu plano para recuperar o poder e vencer o tio desse certo, ela teria que o esquecer.

— Quero deixar algo com você, para que guarde até eu voltar — disse Theo, pegando a mão dela e abrindo-a.

O familiar metal frio do anel, aquecido pela pele dele, deslizou pesado e suave contra a palma da mão dela.

— Seu anel? — Ela tentou puxar a mão, pois tal presente era perturbador, parecia uma admissão de que ele não voltaria para ela. — Mas você o usa sempre, não pode dá-lo a mim.

— Minha mãe me deu este anel — falou ele baixinho, deixando-o na palma da mão dela e fechando seus dedos com delicadeza, mas com firmeza, fazendo-a aceitá-lo. — É tudo que me resta dela. Quando estava preso na masmorra, eles me tiraram tudo de valor que eu tinha, mas tive a precaução de enterrar isto no chão. Quando fui libertado, desenterrei-o e o trouxe comigo. Nunca saiu de meu dedo até hoje.

Ela se perguntava o significado daquilo, mas não podia imaginar qual seria.

— Não posso aceitar, Theo. É seu.

— *Você* é minha, e quero que guarde o anel para mim. É minha promessa de que voltarei. Use-o no pescoço e pense em mim. Pense em quanto a amo.

O coração de Pamela doía, mas ela apertou os dedos sobre o anel.

— Vou usá-lo como você pediu.

— Obrigado. — Ele a beijou outra vez. — Você é boa demais para mim, Pamela.

Mas Pamela não era boa o suficiente, e ele veria isso um dia. E ela suportaria esse dia de alguma maneira, porque amava Theo. Adorava aquele estranho de olhar frio com suas cicatrizes e seus demônios. Adorava cada pedacinho dele.

— Eu sempre amarei você — declarou-se a ele.

— E eu sempre, sempre amarei você. Deixo você agora pelo bem de meu povo, mas voltarei para buscá-la, juro.

Sob o brilho fraco da manhã, ele levou dois dedos aos lábios e os beijou antes de levantá-los.

— Pela Boritânia.

Ele era tão corajoso, tão forte! Havia sofrido para que seus irmãos sobrevivessem. Recusara-se a repudiar a mãe, apesar da tortura cruel que o tio lhe infligira. E agora, estava voltando para a terra que tanto o traíra.

Pamela pensou de novo no que ele lhe dissera um dia, que parecia ter sido muito tempo atrás. *Não é por uma mulher que estou de luto, e sim pelo homem que fui um dia.* Ele sempre fora o homem destinado a governar um reino, e ela entendia isso agora de uma forma que não entendia antes.

Ele chegara a ela, pela primeira vez, como um estranho no meio da noite.

E a estava deixando como um rei.

Um arrepio percorreu sua espinha quando ela retribuiu o gesto e repetiu as palavras.

— Pela Boritânia. Viva o verdadeiro rei.

Ele a beijou uma última vez e então, como um fantasma na noite, foi embora.

Como se nunca houvesse existido.

Não restava nada além do cheiro de Theo em sua roupa de cama e a dor que ele havia deixado em seu coração.

Deixar Pamela foi mais difícil do que Theo imaginara. Ele havia deixado sua terra natal ferido, traído e quase morto, e enquanto seu navio se afastava, nem uma vez olhara para a costa.

No entanto, quando saiu da Hunt House logo após o amanhecer, olhou para trás. Olhou para a janela dela, para a vela solitária acesa ali em vigília, muitas vezes. Mais do que havia contado. Foi necessária toda a determinação de sua alma — a necessidade de ajudar seu povo, de vingar sua mãe, de salvar suas irmãs — para fazê-lo prosseguir.

Foi essa determinação que o levou a Archer Tierney, seu improvável amigo e salvador, pela última vez.

Tierney o recebeu em seu escritório, e a Theo não passou despercebido que havia uma capa roxa boritana no encosto de uma cadeira, à vista de todos. Uma peça de roupa que só poderia pertencer a uma pessoa.

— Stasia está aqui? — perguntou a Tierney, confuso, pois já haviam se despedido.

Na verdade, haviam concordado que quanto menos se vissem, melhor, uma vez que o plano estava em andamento. Não havia necessidade da presença dela naquela manhã. Especialmente pelo perigo que representava escapar dos guardas.

Tierney pegou um charuto e deu uma longa tragada.

— Vossa Alteza Real? Não, por que a pergunta?

— A capa dela está ali — disse Theo, apontando para a cadeira.

— Essa capa não pertence a ela — replicou Tierney com tranquilidade. — De maneira nenhuma.

— A cor — comentou ele. — É a cor real da Boritânia. Bastante única.

Tierney abriu um leve sorriso.

— Não creio. Pertence a uma mulher que conheci em uma casa de má reputação.

— Tierney, se estiver brincando com minha irmã, arrancarei seu coração do peito com minhas próprias mãos — avisou, severo.

Stasia estava quase prometida ao rei Maximilian. Theo pensou de novo na familiaridade que ela tinha com Tierney, no uso que fazia das carruagens dele, em seu conforto hospedada na casa que ele possuía na cidade. E não gostou muito.

— Eu nunca brincaria com sua irmã — respondeu Tierney, erguendo uma sobrancelha. — Princesas boritanas mimadas não são de meu gosto.

Theo não acreditava em Tierney, mas os planos haviam sido postos em prática e ele precisava da ajuda daquele homem para tirá-lo de Londres, para que pudesse embarcar no navio com destino à Boritânia, conforme o combinado.

— Ela sofreu muito sob os ditames de meu tio — alertou o amigo. — Está se sacrificando pelo bem da Boritânia, e de mimada não tem nada.

Tierney deu outra tragada em seu charuto, aparentemente impassível.

— A capa não pertence a ela, St. George, e príncipe ou não, está passando dos limites. Você tem assuntos muito mais importantes que uma capa esquecida com que se preocupar. A carruagem foi preparada para você e seu tempo é limitado.

Seu amigo não estava errado sobre Theo ter assuntos mais importantes com que se preocupar. Pensou na viagem à Boritânia, longa e perigosa. Ele não conseguiria respirar tranquilo até chegar à delegação que o rei Maximilian enviaria para escoltá-lo até a Boritânia. Mas estava deixando para trás a mulher que amava e a irmã, e isso o preocupava.

— Tierney, prometa-me que cuidará de Stasia enquanto ela estiver em Londres, e de Lady Deering também — pediu Theo com a voz áspera e tensa de emoção. — Já sabe algo mais sobre o responsável pelos ataques a Ridgely?

— Sim — confirmou Tierney, sem se preocupar em dar detalhes. — E não precisa se preocupar. Suas mulheres serão bem cuidadas.

Ele cerrou a mandíbula com tanta força que doeu, mas se forçou a assentir.

— Obrigado.

Tierney inclinou a cabeça e jogou o charuto na lareira.

— Deus o acompanhe, St. George.

Theo sabia que precisaria de toda a ajuda — celestial ou não — que pudesse obter.

CAPÍTULO 20

Quatro meses depois

𝒫amela estava de joelhos nos jardins da Hunt House colhendo os primeiros ramos de alecrim da primavera, sem se importar com a terra úmida que sujava seu vestido e suas anáguas. O sol escolhera aquela manhã para perfurar a neblina que pairava sobre Londres com extraordinária persistência nos últimos dias. E o céu, que bênção, estava livre da chuva.

Mas, além disso, ela precisava de distração, apesar dos fantasmas que permaneciam naqueles jardins.

Theo estava em toda parte. Em seu coração, suas lembranças, nos desenhos que guardava em seu caderno. Estava à luz das velas e na escuridão. Na chuva e no sol, no dia e na noite. Tudo que ela via a fazia pensar nele e nos momentos preciosos e furtivos que viveram juntos.

Ela cortou um raminho de alecrim e a fragrância perfumou o ar, acompanhando o cheiro da terra molhada. Deixou-o cair com leveza na cesta, sobre os que já havia colhido, e passou para o próximo. Penduraria o alecrim em buquezinhos bem amarrados de novo naquele ano, para secar. Depois, faria o mesmo com a manjerona.

Cuidar das ervas, assim como desenhar, mantinham suas mãos ociosas ocupadas. Impediam que sua mente divagasse demais. E com Virtue e Ridgely em lua de mel na Greycote Abbey, que seu irmão apaixonado havia comprado de volta para fazer uma surpresa à duquesa, Pamela precisava de toda distração que pudesse encontrar. Não estava preparada para a Hunt House vazia e silenciosa sem eles, mas entendia o desejo dos dois de viajar.

Fora uma fonte de grande consolo o fato de a mulher responsável pelos atentados contra Ridgely — uma ex-amante louca — ter sido presa depois de tentar ferir Virtue também. A mulher não seria mais capaz de causar mal a ninguém. Os guarda-costas que antes rondavam pelos corredores haviam ido embora.

Pamela estava completamente sozinha.

Sozinha, sem nada além dos fragmentos de notícias que lia sobre Theo no *The Times* para acalmá-la.

Ela cortou outro raminho e o colocou na cesta; depois, arrancou uma erva daninha errante do solo. O tio de Theo, o rei, fora morto por revolucionários, e o sobrinho chegara depressa ao poder. E se a matéria que ela lera naquela manhã fosse confiável, o novo rei estava à procura de uma noiva.

A notícia doera nela, apesar de não ser uma surpresa. Ela sabia, desde o momento em que Theo a deixara, que ele não seria mais dono da própria vida. Ela estava grata por ele ter sobrevivido, por seu tio malvado ter sido arrancado do trono e não ter podido infligir mais dor a Theo, à sua família ou à Boritânia. O tempo que passara com ele parecia nada mais que um conto de fadas; mas era uma história que ela guardaria para sempre no coração como um tesouro.

Ao concluir sua tarefa, Pamela pegou sua cesta e se levantou, tentando inutilmente limpar seu vestido de jardinagem sujo de lama. Percorreu o labirinto de trilhas do jardim e estava chegando aos degraus do terraço quando o súbito aparecimento de Ames, o mordomo, a assustou.

— Milady, há uma visita — disse ele rigidamente.

— Não estou em casa, Ames — alertou ela com gentileza, pois, aparentemente, ele havia esquecido.

Ela não desejava suportar mais uma visita de uma conhecida petulante e formal lhe perguntando por que não havia comparecido ao último baile, ou lhe oferecendo as mais recentes novidades da sociedade. Tudo lhe parecia vazio. Preferia se dedicar ao desenho e, com a melhora do tempo e a primavera finalmente voltando a Londres, também à jardinagem.

— Eu avisei, porém, a pessoa é insistente.

Ele segurava uma bandeja onde havia um cartão, que estendeu a ela.

Pamela viu o cartão e seu coração disparou. As palavras que lera naquele pequeno retângulo branco flutuavam diante de seus olhos. Ela pestanejou, na expectativa de que aquilo desaparecesse, ou que as letras assumissem outro formato e provassem que ela estava enganada. Mas as letras estavam lá, nítidas e inegáveis.

Era maravilhoso e assustador.

Por um momento, ela não foi capaz de elaborar um pensamento coerente. Esqueceu até o próprio nome.

Depois de quatro meses, ali em Londres? Mas como era possível? Os jornais nada falavam de uma visita real.

O que ele estava fazendo ali? O que significava aquela visita?

Pamela umedeceu os lábios.

— Certamente você está enganado, Ames. Isso é alguma brincadeira?

— Não é brincadeira, Lady Deering — afirmou o mordomo, com seu semblante sombrio e ilegível de sempre.

Ela olhou para seu vestido enlameado e seus dedos sujos, e o desânimo apagou um pouco da hesitante esperança que havia brotado nela. Justo no dia em que ela decidira não usar luvas?

— Onde ele está? — perguntou, e sua língua parecia dormente.

— Na sala de estar, milady — entoou Ames.

Com a cesta ainda pendurada no braço, Pamela recolheu as saias, passou correndo pelo mordomo e entrou pela porta que dava para o salão principal. Estava horrorosa; sem dúvida, não estava em condições de cumprimentar um rei.

Um rei.

Seus pés se emaranharam e ela quase caiu devido à pressa e ao choque.

Theo havia voltado para ela, conforme prometera. Mas ela não ousava esperar que ele cumprisse todas as promessas que lhe fizera.

Pamela chegou à sala de estar, cuja porta estava aberta, e viu uma pessoa de costas para ela andando pelo tapete Axminster, que poderia ser um estranho, não fosse sua forma e figura tão familiares e amadas.

Pamela parou, agarrada à cesta, enlameada, molhada e insegura.

Muito insegura.

Respirou fundo quando Theo se voltou, e as linhas tensas da expressão dele se suavizaram quando ele fixou seu olhar castanho no dela.

— Pamela — disse.

— Alteza — ela conseguiu dizer, fazendo a reverência mais precária que já fizera, toda atrapalhada pelo coração aflito, as saias e a cesta encharcadas.

Eles se entreolharam; a distância entre ambos de repente era pequena depois de tantos meses solitários. Mas era como se fosse um vasto oceano.

— Estava cuidando de suas ervas? — perguntou ele baixinho.

Como se ele não houvesse saído da cama dela ao amanhecer, quatro longos e dolorosos meses antes, e recuperado seu trono. Como se não fosse um monarca, como se não vestisse lindas calças pretas e colete, plastrão e casaco; e como se sua camisa branca engomada não fosse um protesto contra o triste e sujo vestido matutino de Pamela. Como se o tempo, a distância e as estações não os houvessem separado.

— Sim. — Ela engoliu em seco, tentando controlar as lágrimas e reunindo coragem para fazer a pergunta cuja resposta mais temia. — Por que veio?

Ele estava se aproximando dela a passos largos, e parou perto o suficiente para tocá-la. Theo cortara o cabelo e fizera a barba também. Estava lindo como sempre.

Mas ele não era mais dela.

Difícil se lembrar disso, visto que o que ela mais queria era se jogar nos braços dele.

— Acaso não prometi que voltaria? — perguntou ele, seu sotaque mais presente do que antes.

Era um indício de que ele passara muito tempo em sua terra natal, falando sua língua nativa. Sua pele estava bronzeada pelo tempo passado sob o sol, e de repente ela ansiava saber onde ele havia estado e tudo que havia feito durante os meses que passaram separados.

— Prometeu — reconheceu ela.

Mas ela não esperava que ele cumprisse a promessa; não ousava ter esperança.

— Poderia largar a cesta por um momento, Pamela?

Ela agarrava a cesta com uma força férrea, e o cheiro familiar de alecrim subia para cumprimentá-la como um velho amigo.

— Não sei se seria sensato.

Se ela não tivesse a cesta para agarrar, muito provavelmente faria algo tolo e imprudente.

— Por que não seria sensato?

— Porque se eu não estiver segurando a cesta, vou me jogar em seus braços.

Ele deu o último passo que os separava e gentilmente pegou a cesta dela, colocando-a no chão. Endireitou-se e sustentou seu olhar.

— E qual seria o problema?

Seu corpo oscilou em direção a ele como se tivesse vontade própria.

— Você está procurando uma noiva. É o que dizem os jornais.

E ele não lhe mandara uma única carta durante todos os meses em que estivera fora, recordou Pamela a si mesma. Mais uma prova de que não tinha intenção de retomar onde haviam deixado as coisas quando ele retornara à Boritânia.

— Os jornais não estão errados, mas já encontrei a mulher que quero tornar minha rainha.

Ela murchou por dentro. As pequenas e fracas luzes de esperança que mantivera acesas dentro dela durante aqueles quatro longos meses em que ele estivera fora desapareceram, morreram. E embora houvesse feito o máximo para se preparar para a eventualidade de ele se casar com outra, não podia negar que o golpe fora muito mais duro do que ela havia previsto.

Ela mordeu o lábio, tentando esvaziar de expressão seu semblante.

— Desejo a vocês toda a felicidade.

Uma lágrima escapou, apesar de suas tentativas para evitá-la, e rolou por sua face.

Theo a pegou com o polegar coberto por uma luva. Segurou seu queixo, mas então, pegou os dedos de fina pelica entre os dentes e os puxou para que sua mão ficasse nua e livre. O primeiro toque dele em sua pele a fez fechar os olhos; a força da emoção a fez cambalear em extática agonia.

Fazia tanto tempo…

Tantas noites solitárias…

— Não fui claro, meu amor? — perguntou Theo, com tanta ternura que era impossível acreditar que ele não a queria.

— Você desapareceu — ela se forçou a dizer. — Quatro meses sem notícias suas, salvo o que consegui encontrar nos jornais.

E ela lera os jornais de Ridgely com intensa devoção a cada detalhe, debruçando-se sobre cada palavra, todos os dias daqueles meses intermináveis, desesperada por qualquer indício dele que pudesse encontrar.

Ele franziu a testa.

— Perdão, meu amor. A Boritânia está passando por um levante. O correio real foi dissolvido por meu tio, para tentar manter em segredo seus crimes contra o reino. Quando cheguei, havia batalhas a travar, revolucionários para convencer a se juntarem a mim…

Ele parecia mais cansado do que ela jamais o vira, como se sua máscara houvesse caído e revelasse o verdadeiro homem que escondia. E ela sentiu uma pontada de arrependimento por pensar o pior dele. Por questionar a falta de correspondência enquanto ele lutava não só pela própria sobrevivência, mas também pela de sua terra natal.

Pelo que ela havia coletado nos relatos oficiais, a guerra terminara depressa, havia dois meses, com a morte de Gustavson. Apoiado pelo rei Maximilian e pelos revolucionários, Theo retomara seu trono de direito.

— Sei que você tinha assuntos muito mais urgentes com que se preocupar — murmurou Pamela, sentindo-se subitamente egoísta e tola. — Afinal, você é rei, e eu sou apenas uma viúva de Londres que vive da boa vontade de seu irmão, usando um vestido enlameado e um chapéu velho.

Tardiamente, ocorreu-lhe que ela não o havia retirado quando entrara, tão desesperada estava para vê-lo.

Ele passou o polegar pelo lábio inferior dela, em uma carícia lenta e enlouquecedora, e disse:

— Você não vai falar de minha rainha de forma tão depreciativa. Como rei da Boritânia, eu a proíbo.

Ela ficou paralisada; seu coração martelava o peito.

— Theo...

Era inútil qualquer união entre eles. Certamente ele sabia disso. Certamente por isso havia ido vê-la. Ele encontraria outra pessoa para se casar, alguém jovem, inocente e de sangue real. Alguém que não tivesse terra debaixo das unhas e saias manchadas. Alguém que o merecesse também, ela esperava.

— Finalmente disse meu nome. — Ele sorriu, e ela sentiu os efeitos de seu sorriso até nos dedos dos pés. — Sonhei em ouvi-lo em sua voz pelo menos mil vezes nestes meses em que estivemos separados.

— Theo — repetiu ela como um sussurro, um apelo. — Por favor, não faça isso. É doloroso demais.

Ele passou o polegar errante pelo rosto dela. Um toque simples, mas que a encheu de desejo e fogo.

— O que é doloroso? — perguntou ele.

— Amar você, saber que vai se casar com outra.

A confissão saiu como se fosse arrancada dela; seu orgulho mal permitindo que a expressasse, mas ela sabia que não tinha escolha. Sempre havia falado claramente, e embora as circunstâncias houvessem mudado muito, ele a procurara. Isso tinha que significar alguma coisa.

— É isso que pensa?

Ele riu, incrédulo, de tal modo que Pamela poderia se angustiar pensando que havia sido por causa de algo que ela havia dito, se também não estivesse satisfeita por notar leveza nele.

— E o que mais devo pensar? Você deve se casar com alguém condizente com sua posição.

— Não, marquesa. Eu devo me casar com a mulher que amo. A mulher que tem sido minha inspiração, me incentivando a cada hora de cada dia a fazer de tudo até que pudéssemos estar juntos de novo. — Ele a beijou suave, doce e fugazmente, e ela pensou que ia derreter. — Você, meu amor, rainha de meu coração. Quer se casar comigo e ser a rainha de meu povo também?

Ela cambaleou e se segurou nas lapelas do casaco dele para se firmar.

— Seu povo nunca me aceitaria.

— Eles me aceitam e aceitarão a noiva que eu escolher.

Ele falava com seriedade e confiança, como se não houvesse dúvida. Mas, ah, Pamela sabia. Pois eles fizeram amor sem que ele se retirasse dela e ela não engravidara. A descoberta fora simultaneamente fonte de alívio e lágrimas no primeiro mês de ausência dele.

— Você precisa de uma rainha que possa lhe dar um herdeiro — disse baixinho, pestanejando rápido para evitar que mais lágrimas rolassem.

— Não há razão para supor que você não possa me dar um herdeiro — rebateu ele.

Mas ela não permitiria que nenhum dos dois se apegasse a esperanças que quase certamente seriam frustradas.

— Talvez eu não seja capaz de ter um filho depois do que aconteceu, do bebê que perdi.

— Então, uma de minhas irmãs herdará o reino, caso isso aconteça. Stasia, Emmaline e Annalise seriam excelentes rainhas.

— Suas irmãs… — disse ela, pensando nas princesas mais novas que haviam sido deixadas nas garras duvidosas do tio malvado. — Elas estão bem?

— Sim — respondeu Theo, e logo sua expressão ficou triste. — Pudemos dar a meu irmão Reinald o funeral que ele merecia. Estamos superando tudo juntos, curando o reino e nossa família. Mas faltava uma pessoa em casa nos últimos quatro meses, e tive que atravessar um oceano para encontrá-la e levá-la comigo, para seu lar.

Ele estava sendo insistente. Claro, como não? Acaso ela duvidava que um homem que havia sobrevivido a tudo aquilo não seria também firme no que queria para si e para seu futuro? Mesmo que isso significasse uma rainha que não poderia lhe dar herdeiros.

— Fico feliz por estarem bem — replicou ela —, e feliz por seu reino estar se recuperando.

Ele tirou as mãos dela de seus ombros e as levou aos lábios para dar-lhes um beijo reverente.

— Agora, só precisamos de você.

— Não sou apta para ser rainha, e você sabe disso.

Ele soltou as mãos dela e a surpreendeu ao acariciar seu pescoço. Ela sentiu cócegas dentro do corpete e percebeu que ele estava puxando a corrente de ouro que ela usava todos os dias, escondida dentro do decote modesto de seu vestido.

— O que é isto? — perguntou ele baixinho.

— Theo, não.

O colar apareceu e o anel pousou diretamente sobre o coração dela.

— Você usa meu anel — disse ele, triunfante.

Claro que usava. Porque ela o amava e era tudo que lhe restava dele. Pestanejou mais, tentando em vão impedir as lágrimas que brotavam quentes e ardentes.

— Olhe para mim — insistiu ele.

Ela o fitou. E o amor que viu nos olhos dele a deixou sem fôlego.

— Os boritanos acreditam no destino — afirmou. — Acreditamos que certas partes da nossa vida estão pré-determinadas, destinadas a acontecerem. E desde o momento em que a vi naquele primeiro dia, com os pés descalços e seu caderno de desenho, soube que você era meu destino. Nada mudou isso. Nem a guerra, nem os meses que se passaram, nem a retomada do trono. Amo você, Pamela, e quero passar o resto de minha vida ao seu lado. Não quero que nos separemos nunca mais.

O coração de Pamela estava dividido entre a dor e o regozijo. Era uma calamitosa mistura de esperança e desespero, de amor, alegria e medo.

— Senti tanto a sua falta, Theo — confessou ela. — Todos os momentos de todos os dias que estivemos separados. E eu o amo desesperadamente, mas muita coisa mudou.

— Eu não mudei — afirmou ele com firmeza. — Nem meu coração. Case comigo, meu amor. Tudo aquilo que recuperei com muita luta será em vão se eu não puder ter você ao meu lado.

Ela estava perigosamente prestes a aceitar a proposta dele, a acreditar que poderiam ter um futuro juntos, apesar de tudo.

— Não sei o que dizer — sussurrou, emocionada.

Ele sorriu. Foi um sorriso lindo, lento e completo, que a fez lembrar como às vezes ele era bonito e encantador e podia facilmente convencê-la a fazer sua vontade com suas mãos e seus lábios hábeis.

— Diga sim.

Ele baixou a cabeça antes que ela pudesse responder, e colou os lábios nos dela em um beijo voraz e intenso, um beijo que fez os joelhos de Pamela quase cederem.

— Por favor — acrescentou quando ambos já estavam sem fôlego e o coração dela batia com tanta força que ela tinha certeza de que ele podia ouvir.

Só havia uma resposta que ela poderia dar, Pamela soube enquanto ele a mantinha em seus braços. Ele havia voltado para buscá-la; Theo a amava, e ela o amava.

— Sim.

Ele a abraçou e afundou o rosto em seu pescoço.

— Obrigado, meu amor. Não vai se arrepender, juro.

E naquele instante, ela soube que havia tomado a decisão certa. Porque Theodoric Augustus St. George era mais que um rei. Também era um homem que cumpria sua palavra. Um homem de força e perseverança inimagináveis. Um homem que sobrevivera ao insondável e que triunfara sobre o mal.

Era o homem que ela amava e seu lugar era nos braços dele.

EPÍLOGO

Pela fresta da porta entreaberta, Theo viu os pés da esposa.

Nus, sem a cobertura de meias ou dos sapatos, iluminados pelo brilho esmaecido da luz da tarde e por um par de velas. Eram os pés de uma rainha que preferia desenhar descalça e sem impedimentos de espartilhos e anáguas. E ele adorava aquela rebeldia dela, aquele toque de selvageria sob suas maneiras calmas e decoro frio, da mesma forma que amava tudo nela.

Ele ficou olhando da soleira, satisfeito com as mudanças que ela havia feito nos três meses desde que haviam se casado. Juntos, haviam despojado o palácio da ostentação, ganância e opulência com que Gustavson o havia coberto, até que todos os vestígios dele desapareceram. Até o jardim da mãe de Theo fora restaurado.

O ouro fora derretido e reaproveitado. Quadros, móveis, instrumentos e joias foram entregues à melhor casa de leilões da capital e vendidos. O dinheiro que receberam foi usado para reduzir impostos e aluguéis, para reparar estradas que precisavam urgentemente de pavimentação e para reconstruir a outrora grande marinha boritana.

O povo estava feliz. O reino, assim como Theo e suas irmãs, aos poucos começava a prosperar de novo, já longe da sombra de uma década de domínio de Gustavson. Tinham um aliado sólido no rei Maximilian, de Varros, uma nação insular a leste. E o próprio Theo estava contente de verdade.

Contente pela primeira vez desde que conseguia se lembrar.

Mas havia uma fonte principal para seu contentamento, acima de todas as outras — embora o amor por sua terra natal e pelo povo boritano fosse forte —, e ela estava sentada numa chaise longue, franzindo a testa, fitando o caderno que tinha no colo enquanto trabalhava em seu mais recente desenho. Theo ficou à soleira por um instante, aproveitando a rara oportunidade de observá-la enquanto ela desenhava. Entre a imensa agitação do casamento boritano tradicional deles e a acomodação do casal no palácio, além da luta diária para restaurar a terra sua antiga glória, a vida dos dois era um turbilhão. Ele passava muito tempo em reuniões parlamentares e de seu conselho privado e não tinha tempo suficiente para admirar sua bela rainha.

E que rainha ela se tornara! A mãe de Theo, se houvesse vivido para ver, teria ficado orgulhosa. Pamela se adaptara a seu papel com facilidade e graça. Era amada pelo povo, e ele entendia bem por quê.

Por fim, ele se afastou da soleira e entrou no quarto, fechando a porta atrás de si para ter mais privacidade. Pamela ergueu os olhos quando ele entrou, fechou seu caderno e o colocou junto com o suporte para o giz de cera ao seu lado, e se levantou.

— Meu amor — disse ela em boritano.

Os esforços dela para aprender sua língua nativa o agradavam, e ele não conseguia esconder o sorriso. Deus, sorrir estava se tornando bastante comum para ele ultimamente. Felicidade e alegria também.

— Minha rainha — respondeu ele, pegando a mão dela e levando-a aos lábios para beijá-la, mesmo com os dedos manchados de giz pastel.

— Não esperava que a reunião do conselho privado acabasse tão cedo — disse ela. — Se eu soubesse que viria, teria escolhido um vestido melhor.

Ela estava com um vestido boritano de linho branco que abraçava suas curvas, e que ele aprovou efusivamente.

— Gosto de você assim — retorquiu, voltando ao idioma comum, pois Pamela ainda não dominava a complexa língua materna dele e ele queria que ela compreendesse perfeitamente o que estava dizendo. — Era assim que você estava no dia em que a conheci em Londres. Também estava desenhando com os pés descalços.

Ela lhe lançou um olhar suave e curvou os lindos lábios rosados em um sorriso.

— Como eu poderia esquecer? Você me disse que se chamava Fera, mas, na verdade, era um príncipe cujo destino era ser rei.

Como a vida era diferente naquela época! Ele vivera uma existência solitária, fora um homem sem nome e sem passado por tanto tempo que se esquecera de como era pertencer a algum lugar, a alguém.

E o melhor de tudo, a ela.

— Eu só poderia ser rei de verdade quando tivesse minha rainha ao meu lado — falou ele, puxando-a para mais perto.

O leve volume da barriga dela roçou nele: a evidência do filho — que ela jurara que nunca seria capaz de lhe dar — que crescia em seu ventre.

— Você fez de mim o homem que sou.

Era verdade.

Ela o amara quando ele não era nada nem ninguém. Ela o amara apesar de suas cicatrizes. Havia corrido grandes riscos para estar com ele. Quando chegara a hora de ele servir à Boritânia, ela aceitara, e sua lealdade a ele nunca hesitara. Ela havia abandonado sua vida em Londres, deixado o único lar que conhecera e começado um novo capítulo na Boritânia como rainha de Theo. Estava aprendendo os costumes, a língua, a tradição daquela nova terra. E Theo não poderia estar mais grato.

Ele havia nascido príncipe e fora coroado rei, mas nenhum título ou honra no mundo poderia se comparar a ter o amor daquela mulher.

Seu perfume sensual o envolveu como uma nuvem de jasmim e jacinto. Ele não resistiu, levou os lábios aos dela e a beijou; o beijo logo se intensificou e as línguas se entrelaçaram. Ela tinha um gosto doce, muito doce, como chá com mel com um toque das especiarias boritanas de que ela aprendera a gostar.

Ela levou a mão à braguilha dele. Seu membro despertou para os dedos que o buscavam e ela lhe fez uma carícia tão luxuriosa que fez Theo gemer e pensar em todas as outras coisas que amava em sua rainha.

Coisas que envolviam línguas, calor, umidade, curvas e pele sedosa.

Ele levantou a cabeça e se perdeu em seus olhos cor de mar noturno.

— Acho melhor deixar você voltar a seus desenhos. Eu não tinha intenção de atrapalhar.

Ela entreabriu seus lábios inchados pelo beijo.

— Theodoric Augustus St. George, não se atreva a sair destes aposentos. Meu desenho pode esperar. É um retrato de Virtue que vou mandar para ela de presente de aniversário, mas tenho muito tempo para terminar.

— Não seria nenhum problema eu voltar mais tarde — provocou ele, incapaz de esconder o sorriso nos lábios.

Ela pegou o plastrão dele e deu um puxão, brincalhona.

— Adoro quando você faz isso — comentou ela.

Ele ergueu uma sobrancelha e olhou para o lindo rosto dela, outra vez emocionado por poder estar de volta à Boritânia com ela ao seu lado. Fora um milagre pelo qual ele jamais deixaria de agradecer.

— Quando eu faço o quê, meu amor? — perguntou.

Pamela levou as mãos ao rosto de Theo e o fitou com tanto amor que ele quase perdeu o fôlego.

— Quando você sorri.

— Você é a razão disso — disse ele, sério. — Sempre e só você, meu amor.

E então, Theo pegou sua rainha nos braços e a carregou para a cama a fim de lhe mostrar quanto era agradecido por ela, em todos os sentidos.

Leia também

**ASSINE NOSSA NEWSLETTER E RECEBA
INFORMAÇÕES DE TODOS OS LANÇAMENTOS**

www.faroeditorial.com.br

CAMPANHA

Há um grande número de pessoas vivendo com HIV e hepatites virais que não se trata. Gratuito e sigiloso, fazer o teste de HIV e hepatite é mais rápido do que ler um livro.

FAÇA O TESTE. NÃO FIQUE NA DÚVIDA!

FARO EDITORIAL

ESTA OBRA FOI IMPRESSA
EM OUTUBRO DE 2024